關雎鳩關

诗经试译

姚中嶬 著

天天之桃

黑龙江人民出版社

图书在版编目（CIP）数据

诗经试译 / 姚中嶙著. — 哈尔滨：黑龙江人民出
版社，2017.11
ISBN 978 - 7 - 207 - 11203 - 3

Ⅰ. ①诗…　Ⅱ. ①姚…　Ⅲ. ①古体诗—诗集—中国—
春秋时代 ②《诗经》—译文　Ⅳ. ①I222.2

中国版本图书馆 CIP 数据核字（2017）第 295134 号

责任编辑:李　梅　孙国志
封面设计:张　涛
责任校对:秋云平

诗经试译

姚中嶙　著

出版发行　黑龙江人民出版社
地　　址　哈尔滨市南岗区宣庆小区 1 号楼
邮　　编　150008
网　　址　www. longpress. com
电子邮箱　hljrmcbs@ yeah. net
印　　刷　北京万博诚印刷有限公司
开　　本　787 × 1092　1/16
印　　张　25.5
字　　数　330 千字
版　　次　2017 年 12 月第 1 版　2021 年 1 月第 2 次印刷
书　　号　ISBN 978 - 7 - 207 - 11203 - 3
定　　价　62.00 元

前　　言

　　孩提读私塾时，由于日伪当局对于中华传统古籍的严厉限制，禁止销售，因此读《诗经》时，只念了一本，就没的读了，父亲接着让我读《书经》，四册书，刚读完两册，又勒令私塾停办，学习中华古文化的机会没有了。只有上"官学堂"，越级读了四年至高小毕业。东北光复后，跟随父兄在家种了两年庄稼，一九四七年冬，经老师推荐，参加了共产党领导的民运土地改革工作团，在火热的阶级斗争中，要推翻旧时代，创立新社会，传统的中华古文化学得的点滴古籍，也就弃置无用了。随着时间的推移，逐渐对新文化产生了爱好。还是一九五三年，我调到县农业科任职，受县委派遣，到赫哲族四排先锋农业生产合作社蹲点包队。闲暇时到村小学校去，发现在一本文学杂志上，刊登了文怀沙先生用白话翻译的屈原《九章》《九歌》，使我受到很大启发。其后，陆续在一些文学刊物上，又看到某学者片段的翻译的白话《诗经》，因此，引起了我很大兴趣，一九六七年"文化大革命"当中，文艺路塞，在参加劳动的过程中，阴雨天，无事可做，自己拿出《诗经》反复阅读研磨之后，开始用白话译释起来，聊以自慰。说实在话，个人这点浅薄文底，要想穿凿古文经典，实在是自不量力。当时有古学功底的父亲已故世多年，边荒之地率无可师者，因此，只有通过查古注，翻字典,反复研磨与探究诗文原意,逐渐有所领悟,半年时间,断断续续地翻译了《国风》中的《周南》《召南》,还有十三国中的《邶国》,共计四十四篇。置于楱中,转眼三十年过去,一九九七年,我的《东疆吟草》诗集出版时,顺将这四十四篇译诗归入"诗经试译"栏目内,以期就教于世人,可惜,边鲜儒士,旷时古董,迄无问津者……

2016年春,承蒙饶河县政协主席杨志先生关顾,将我的《乌苏里江放歌》和《东疆吟草》两本诗集,合并一起,定名《放歌乌苏里》,作为饶河县文史类编,并经黑龙江人民出版社正式出版。发稿时,我考虑原"诗经试译"部分,若置于该诗集中,显得不伦不类,因此将其抽出,在《放歌乌苏里》校印的同时,我心想,何不将"诗经试译"全部完成? 巡览这些浩繁艰涩的诗,犹如穿行在几百里寂无幽径的古岳寒林,未免心生忧惧,友人学者、作家范震威先生鼓励我说:"你既有成例,只要恒下心来,定能如期完成。"他并且为我几次邮寄参考书籍;加以四子姚松林为此极力支持,遂于2016年3月9日始,至12月16日,其间除两次去哈尔滨核稿出版诗集,去华夏遗土海参崴旅行,以及接待来访亲友之外,用于译诗二百二十天时间,所剩二百六十一篇,其中有题无文者六篇,实译诗稿二百五十五篇,因每篇章节文字多寡不同,基本上是每天译诗一篇多一点,《诗经》试译工作,总算全部完成。

《诗经》是我国最早的一部诗歌总集,堪称诗之鼻祖,诗歌大都采自于民间,亦有成诗于天子、诸侯、士大夫文人者,存贮很多,经孔夫子删编集成如此规模。史书记载,孔夫子删诗时选定收诗三百一十一篇,后经秦火,失去六篇,因此仅余三百零五篇。

《诗经》所记述的事情,上溯到周之先祖神农氏之后。姜姓有邰氏之女高辛氏之妃姜嫄,因其无子,遂郊祭,足践一巨人脚印,乃生欣喜欢快之感,遂怀揣有孕,生一男孩,取名后稷,生来辨识百谷,耕植无不丰登,帝尧延为农师,民益充盈,天下昇平。因其居于邰地(今陕西省武功县境),以主母姜嫄之祀,后稷乃周人之先祖,带有神话般传说色彩(《诗经大雅·生民之什篇》)。自姜嫄、后稷,历经尧、舜、禹、汤、周之文王、武王,至平王东迁一千一百余年的历史,而其主要记载的是自周之先祖后稷之四世孙公刘,复后稷之业,乃立国于豳之谷,十世至大王,迁于岐山(今陕西三水县),十二世至于文王伐崇侯虎,十三世武王伐纣而有天下,至平王东迁之后(公元前七百三十年左右),前后四百多年的历史所经历记载的事情。

《诗经》共分《国风》(另有十三诸侯国邶、鄘、卫、王、郑、齐、魏、唐、秦、陈、桧、曹、豳所采之风,不在国风之内)《小雅》《大雅》《颂》(周颂、鲁颂、商颂),启蒙读物《三字经》里说:"曰国风,曰雅颂,号四诗,当讽咏",就是这四个部分。

什么是《国风》?诸侯所封之地为国,民俗歌谣为风,由于上方教化,下民有所感而言,诸侯采之,贡于天子,列于乐官,借知其国民风尚之美恶,政治之得失。因周南、召南系周天子世居之区,崇德教化,民风淳朴亲善,无乖僻邪靡之气,因此为正风,故孔夫子曾褒誉《诗经》周南篇说:"关雎,乐而不淫,哀而不伤"(《论语·八佾》)。并对其儿子伯鱼说:"女为周南、召南矣乎?人而不为周南、召南,其犹正墙面而立也欤!"(《论语·阳货》)国风以外十三诸侯封地,残暴淫邪之气,无所不有,所集成之诗,正邪兼具,因此谓之变风。无论是《国风》或是十三诸侯国所采之"变风",共计一百六十二篇诗,其中叙述男女家庭及情爱之诗,即有五十余篇。其中:"之子于归,宜其室家"者有之(《国风·桃夭篇》);丈夫从役在外,妻子在家苦盼,不得宁息者有之(《国风·卷耳》诗,王国诗《君子于役》篇);女子被骗,流落异域他乡与人同处,最后被人遗弃者有之(邶国之《氓》诗);丈夫喜新厌旧遗弃前妻,另求新欢者有之(邶国之《谷风》篇),男女相悦爱,畏父

— 3 —

母，兄弟在侧以及邻里之多言，不敢接近者有之(郑国诗《将仲子》)；有的丈夫死去，母亲逼其易嫁，为了守护自己的孩子，坚决不肯(邶国诗《柏舟》)；更有的阴奔之女，竟日与狂夫和狡童们在一起厮混(郑国诗《山有扶苏》《萚兮》《狡童》《褰裳》《东门之墠》等篇)……这就是西周时期，毫无虚拟或粉饰的纯真自然的社会场面和生活情景，今天看来，仍不陌生，再过三千年后，人类男女间的钟爱与离异，以及缠绵的情思，当是一个永不过时的话题。

第三部分，叫《雅》，其中《小雅》，是朝廷宴享宾客之乐歌，其中包括战争、灾荒、丧乱、政治、人文、历史之叙述；《大雅》是诸侯朝觐天子，宗庙祭祀之乐歌，尤其对周文王，宗族统系之表述。然而其中也包括自然地理、政事、人文之记叙；第四为《颂》，分为《周颂》《鲁颂》《商颂》三个部分组成。周颂，是对于周天子文王武王功业的赞颂；鲁乃周公姬旦后裔伯禽所封采邑之区，因周公扶持成王理政平定管叔、蔡叔、纣子武庚叛乱有大功(见《豳风》:《东山》《破斧》《九罭》)，享受天子礼乐称《颂》；商颂是对于商汤治国平夷拓疆有大功劳之颂扬，虽至殷纣昏庸无道被诛，而对纣之庶兄微子，仍封于宋，承汤之宗祀。

尽管题分为四类，而其内容十分广泛，上自天子诸侯，下至平民百姓、社会政治经济、人文地理、战事灾荒、农林渔牧生产、歌舞乐祭，无所不包，无所不涵。早在夏禹时期，九州之内，即留有禹之踪迹，商颂里记载商汤"域彼四方""奄有九州""南伐荆楚""自彼氐羌，莫敢不来享(朝贡)"，西周时期，对外敌入侵之征讨，如北逐猃狁，《诗小雅·鹿鸣之什·采薇》诗中有"靡室靡家，猃狁之故"的描写，"出车"篇中有"赫赫南仲，猃狁于襄""薄伐西戎"之记述；彤弓之什中之《六月》诗，记述周宣王时期，命樊侯中山甫，另有尹吉甫领兵北逐猃狁凯旋时"炰鳖脍鲤，宴享诸友"的热烈场面。其后又有方叔南伐荆楚的记载:《小雅·彤弓之什·采芑》诗，记述军士南征，途中粮食接济不上,只得采苣(苦荬菜)而食;后来,宣王封申伯于谢,命召伯前往经营城邑建设,使得南方平定,王心也得以安宁(《小雅·都人士之什》);《大雅·荡》之什中有周宣王奖赏召公虎平定淮夷的记载;《常武》篇中有宣王亲自领兵平定徐夷的记述。鲁颂中《泮水》和《閟宫》诗也有平定淮夷的记事,如:"淮夷来同,莫不率从"。

《诗经》中不乏对贤仁天子,亲爱百姓,为民众所拥戴颂扬的描写,如周朝天子文王、武王、成王、宣王等政治清明,百姓安居乐业,《大雅·文王之什》中备述其详,贤仁国君,亦特有之。如卫武公年九十五岁,尚箴儆于国,叮咛群臣监己,勿适非礼。《卫风·淇奥》诗,即是卫武公之自励。

既陷昏庸当政,如周幽王之世,崇信褒姒,奸佞谗陷,小人承势,盗贼蜂起,灾荒饥馑频仍,民不聊生,人民苦不堪言,《节南山》《正月》《十月之交》《雨无正》《云汉》等诗,皆述此情境。更有的昏君承袭夷狄之恶习,荼毒无辜生灵,残忍至极。秦武公死时(公元前六百七十八年),生人从葬六十七人,及至他的玄孙秦穆公死时(公元前六百二十一年)生人从葬者一百七十七人。连他的三子针虎,可称国之桢干,"百夫之御",民众再三呼救,也未得幸免(见《诗经·秦风·黄鸟》篇)。既至战国以后,秦统一中国,秦始皇死时(公元前二百一十一年),后宫人氏全部从葬,连造墓工匠均未得幸免。封建统治阶级的残暴可想而知。同时,从《诗经》中,还可以看到诸侯国君奢靡乱伦,道德沦丧,令人发指,如卫国诗"新台",《二子乘舟》篇,记述卫宣公霸占子伋媳及杀害子伋与寿的经过,令人不堪忍睹。齐国诗:《南山》《载驱》篇,记述鲁桓公妻文姜,是齐襄公之胞妹,未嫁时即与其兄通奸,既嫁仍保持此不正当关系,公元前六百九十四年夏鲁桓公(十八年)带其妻文姜至齐地泺(在济南东北)议事,夜间又发现文姜暗与其兄齐襄公私通,被其发现,厉斥文姜,遂告之,事过未久,齐襄公宴请鲁桓公,派公子彭生赶马车前往迎接,未届齐都鲁桓公已死于车上。……很可能是有意暗害的。作为国君,道德如此败坏,人伦丧尽,真是禽兽不如!《陈风·株林》篇,记述陈灵公淫于其大夫孔灵仪之妻,事泄,泄谏不听,反被杀。后终被其子征舒所弑,征舒又被楚庄王所杀。

总之《诗经》是一部反映我国西周时期上自天子、诸侯,下至平民百姓各方面人士之情状,生产生活面貌以及自然山川草木、鸟兽鱼虫、民众风俗习惯无所不包无所不涵的百科全书。它不但有文学性、科学性,又是一部对人有所鉴戒的修身正心治国平天下之典籍。名其谓经,从先圣《四书》之《论语》《大学》《中庸》《孟子》各典籍中,引用《诗经》中之格言警语掌故者,不下数十处之多。诸如:"如切如磋,如琢如磨;瑟兮僩兮,赫兮咺兮!有斐君子,终不可谖兮"(《诗经·卫风·淇奥》);"不敢暴虎,不敢凭河,只知其一,不知其他,如临深渊,如履薄冰"(《小雅·小旻之什》篇);"谓天盖高,不敢不跼,谓地盖厚,不敢不蹐"(《小雅·彤弓之什·正月》篇);"他山之石,可以为错,他山之石,可以攻玉"(《小雅·鹿鸣之什·伐木》篇);"周虽旧邦,其命维新"(《大雅·文王之什》);"经始灵台,经之营之,庶民攻之,不日成之"(《大雅·文王之什·灵台》);"伐木丁丁,鸟鸣嘤嘤,出自幽谷,迁于乔木"(《大雅·鹿鸣之什·伐木》);"乃积乃仓,乃裹餱粮,于橐于囊,思辑用光,弓矢斯张,干戈威扬,爰方启行"(《大雅·生民之什·公刘》);"桃之夭夭,其叶蓁蓁,之子于归,宜其家人"(《周南·桃夭》);"兄弟阋于墙,外御其侮""妻子好合,如鼓瑟琴,兄弟既翕,和乐且耽"(《小雅·鹿鸣之什·常棣》);"迨天之未阴雨,彻彼桑土,绸缪牖户,今汝下民,或敢侮予"(《豳风·鸱鸮》);予其惩,而毖后患,莫予荓蜂,自求辛螫(《周颂·小毖》);"奕奕梁山,维禹甸之"(《大雅·荡之什·韩奕》)……因此,孔夫子说:"诗三百,一言以蔽之，思无邪。"(《论语·为政》)他并且劝导学生们说："小子何莫学夫诗，诗可以兴，可以观，可以群，可以怨，迩之事父，远之事君，多识于鸟兽草木之名。"(《论语·阳货》)

《诗经》①既属上古之文作，经近三千年之演绎，许多自然物种名称之转变，语言表述之迁迁，书中词汇掌故，历代名家学者尚有几多费解之处，笔者身为边塞林泉耄耋老夫，根基浅薄，资质椎钝，前后历经五十年时间，将《诗经》诵读了几遍，反复咀嚼推敲，以领悟诗文之含义。用白话释之于笔端，我恍若回到两千七百年前的西周时期的中华古国，从自然山川动植物、社会人文历史、风土民情、生产与生活等方面，做了一次长途旅行和造访，虽然所经仓促，不得精细，感悟自然是肤浅的，因此所译释的诗句，音韵难得和谐，且又并非逐字逐句之诠释，译文有多有少，以能粗线条领略原诗之情境含义为足矣。但是有一个关键问题必须说明，即：《诗经》既然来路广泛，又成诗于天子、诸侯、士大夫文人者，所述事体大多有其真名实迹者，并非全然是民歌民谣。原诗的形成历史背景、情境和语气必须原样地烘托出来，绝不能变成顺口溜和快板词。仅此与同道好学之士相切磋共勉，舛误之处，实属多多，诚望过目者不吝赐教。

①本书所依据的《诗经》原本，是民初时期由上海锦章书局印行的《绘图监本诗经》，书前为宋朱熹的《序》，全书为繁体字线装本，无出版年月。翻译过程中，也参考了其他版本，特此说明。

八十八岁翁姚中嶍
2017年1月20日

目　　录

第一卷　国　风

第二卷　邶以下十三国（上）

第三卷 邶以下十三国(下)

诗经试译

— 4 —

诗经试译

第四卷　小　雅

诗经试译

第五卷 大 雅

第六卷　颂

诗经试译

第一卷 国 风

　　诸侯所封之地域叫国,民俗歌谣为风,由于上方教化,而下民感而有言,如物动之有声,诸侯采之,贡于天子,列于乐官,借以考知其国风尚之美恶,知其政治之得失,因此,将周南召南列为正风,所以用之于闺门、乡里、国家社会之教化。邶、鄘、卫、王(国)、郑、齐、魏、唐、秦、陈、桧、曹、豳十三国为变风,亦归乐官管领,以备观察警戒。

周南之国（十一篇）

　　周，国名，周国本在禹贡雍州境内岐山之阳，后稷三世孙古公亶父始居其地。传子王季至孙文王姬昌，辟地渐广，徙都于丰，而分岐州故地，以为周公旦采邑之区。周公为政于国，召公宣布于诸侯，于是德治教化大有所成，南方诸侯之国江、沱、汝、汉之间，其不从化，三分天下有其二，至武王姬发迁都于镐（今陕西省西安西南），遂灭殷纣而有天下。武王崩，成王诵嗣立，周公姬旦为相，制作礼乐，乃采文王之世风化所及民俗之诗，配以管弦以为房中之乐，逐渐推广至乡党、邦国，著明先王治化之盛，使之后世沿此以修齐治平天下。盖其得之国中之外，兼以南国之诗，得之国中者为周南，得之南国者谓之召南。

关雎①（三章）

关关雎鸠，在河之洲。窈窕淑女，君子好逑。
参差荇菜，左右流之。窈窕淑女，寤寐求之。
求之不得，寤寐思服。悠哉悠哉，辗转反侧。

参差荇菜，左右采之。窈窕淑女，琴瑟友之。
参差荇菜，左右芼之。窈窕淑女，钟鼓乐之。

鸣声关关的雎鸠鸟啊，
最喜欢在小河的沙洲上嬉游。
美丽而又贤淑的姑娘啊，
是仁厚小伙子的好配偶。

长短不齐的荇菜呀②，
漂在水面上左右地流动。
美丽而又贤淑的姑娘啊，
我无时无刻不在把你追求。

追求不到你的时候啊，
黑夜白天都在把你思念。
好长好长的时间了，
我翻来覆去地不得安稳。

长短不齐的荇菜呀，
左采右采终究把你采到手，
漂亮而又贤淑的姑娘啊，
让我抚琴弄瑟和你结成最亲爱的朋友。

长短不齐的荇菜呀，
费了好大力气才选择到手。
漂亮而又贤淑的姑娘啊，
让我们敲起锣鼓永远在一起欢乐吧！

注:①关雎:雎音疽,关关鸣声,雎鸠,鹗之异名,又名王雎或苇鹰,性同鸳鸯,生有定偶而不相乱。

②荇菜:又名接余或苦菜,生根水底,茎如钗股,上青下白,叶紫赤,花黄色,圆径寸许,浮在水面,嫩时可食。

③琴瑟:琴五弦或七弦,瑟二十五弦,皆古代丝弦乐器。

葛覃① (三章)

葛之覃兮,施于中谷,维叶萋萋。黄鸟于飞,集于灌木,其鸣喈喈。

葛之覃兮,施于中谷,维叶莫莫。是刈是濩,为𫄨为绤,服之无斁。

言告师氏,言告言归。薄污我私,薄浣我衣。害浣害否? 归宁父母。

葛草伸展着长蔓,
爬满了幽深的山谷,
叶子长得多么茂盛。
黄鹂在天空飞翔,
成群地落在灌木枝上,
那喈喈的鸣声多么动听。

葛草伸展着长蔓,
爬满了幽深的山谷,

叶子长得密密层层，
等到收割回来再用水煮了，
织成细密的或者粗爽的葛布。
穿在身上心里多么舒适，
就是染渥穿坏也不觉得厌恶。

请告诉我的师母②，
辞告我的丈夫，
我将要归省去了，
我的内衣也已穿脏，
我的外衣也好洗了，
哪件当洗，哪件还不当洗，
收拾一下，我将要回家看爹妈去了。

注：①葛覃：葛草名，可织布，古时多着此服，覃、音谈，延及之意，形容葛覃
延伸的情形，此篇传为文王妻后妃之作。反映了一个勤劳的姑娘在为葛草丰
收织成布而将要回家去归省父母的欣悦之情。
②师母：原为师氏，朱熹注女师也，译者以为做婆母解，亦无不可。

卷耳①（四章）

采采卷耳，不盈顷筐。嗟我怀人，寘彼周行。
陟彼崔嵬，我马虺隤。我姑酌彼金罍，维以不永怀。
陟彼高冈，我马玄黄。我姑酌彼兕觥，维以不永伤。
陟彼砠矣，我马瘏矣，我仆痡矣，云何吁矣。

采呀,采卷耳呀。
没等把竹筐装满,我就再也采不下去了,
唉!多么怀念我心上的人啊,
不知怎的,我竟呆呆地伫立在大道之旁。

想登上那座露着石头的小土山去看望我的亲人啊,
我的马却得了腿病不能往高处攀行,
我姑且用那镶金的酒杯喝个醉吧,
也许它可以使我不再长久地这样怀念。

想攀上那个高山脊上去探望我的亲人啊,
我的马病得连毛皮都改变了颜色,
姑且捧个牛角大觥喝个醉吧,
也许它可以使我不再这样长久地悲伤!

想爬上那座荒秃的石头山吧,
我的马却病得不能行走,
我的赶马的仆人病得不能动弹,
我还有什么可以说的呢?
唉,我还有什么办法呢!

注:①卷耳:有人解释为苍耳,朱熹注为枲耳,盖枲乃牡性大麻,绝非卷耳。
因此,释为苍耳还比较可靠,卷音权,此诗系丈夫出征在外,妇人缅怀之诗。

樛木①（三章）

南有樛木，葛藟累之。乐只君子，福履绥之。
南有樛木，葛藟荒之。乐只君子，福履将之。
南有樛木，葛藟萦之。乐只君子，福履成之。

南山上那向下弯曲的大树啊，
多少葛藤把它缠绕，
快乐而有贤德的妇人啊，
大家都在为你祝福请安。

南山上那向下弯曲的大树啊，
全被茂密的葛藤遮住，
快乐而有贤德的妇人啊，
大家都在祝福你扶持你。

南山上那向下弯曲的大树啊，
多少葛藤把它缠绕，
快乐而有贤德的妇人啊，
大家都在祝福你成就你。

注：①樛木：樛音鸠。树干向下弯曲之谓。此篇传说是众妾歌颂后妃而写的，后妃能容众妾而不嫉妒，所以大家称颂于她。

螽斯① (三章)

螽斯羽,诜诜兮。宜尔子孙,振振兮。
螽斯羽,薨薨兮。宜尔子孙,绳绳兮。
螽斯羽,揖揖兮。宜尔子孙,蛰蛰兮。

那长翅膀的螽斯啊,
总是成群地聚在一起,
它繁生的子孙啊,
非常昌盛。

那长翅膀的螽斯啊,
总是成群地一起纷飞,
它繁生的子孙啊,
连绵不断。

那长翅膀的螽斯啊,
总是成群地聚在一起,
它繁殖的子孙啊,
非常众多。

注:①螽斯:螽音终,蝗属昆虫,长而青,长须长腿,以股相切作声,可能就是蝈蝈,传说它一生能产九十九子,旧说此诗比喻文王之子孙众多。

桃夭① (三章)

桃之夭夭，灼灼其华。之子于归，宜其室家。
桃之夭夭，有蕡其实。之子于归，宜其家室。
桃之夭夭，其叶蓁蓁。之子于归，宜其家人。

桃树长得青翠可爱，
树枝上挂满了鲜红鲜红的桃子。
这美好的姑娘将要出嫁，
定会建立一个和顺的家庭。

桃树长得青翠可爱，
结满了累累的果实。
这美好的姑娘将要出嫁，
定会把家庭调处得非常和睦。

桃树长得青翠可爱，
那繁茂的叶子油光闪亮，
这美好的姑娘将要出嫁呀，
全家的人都满心欢畅。

注：①桃之夭夭，夭夭，鲜明可爱之貌。

兔罝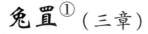（三章）

肃肃兔罝，椓之丁丁。赳赳武夫，公侯干城。
肃肃兔罝，施于中逵。赳赳武夫，公侯好仇。
肃肃兔罝，施于中林。赳赳武夫，公侯腹心。

捕兔的网套拴得多么高强，
砸木桩子的声音叮叮地响。
别看这些勇猛粗鲁的野人，
确是公侯江山的最好捍卫者。

捕兔的网套拴得多么高强，
将它下在四通八达的道上。
别看这些勇猛粗鲁的野人，
确是公侯的好助手。

捕兔的网套拴得多么高强，
将它下在丛密的林中。
别看这些勇猛粗鲁的野人，
却是公侯的心腹一般。

注：①兔罝：音苴。捕兔的网套。

芣苢①（三章）

采采芣苢,薄言采之。
采采芣苢,薄言有之。
采采芣苢,薄言掇之。
采采芣苢,薄言捋之。
采采芣苢,薄言袺之。
采采芣苢,薄言襭之。

采呀,采车前草啊,
我们到处去采呀。
采呀,采车前草啊,
总算采到了不少。

采呀,采车前草啊,
我们不停地往一起拾掇。
采呀,采车前草啊,
用手把它搓成粒儿。

采呀,采车前草啊,
姑且用衣襟兜着。
采呀,采车前草啊,
把衣襟装得满满的。

注:①芣苢:芣音夫,苢音苢。车前子,又名车轱辘菜。

汉广①（三章）

南有乔木,不可休思。汉有游女,不可求思。
汉之广矣,不可泳思。江之永矣,不可方思。

翘翘错薪,言刈其楚。之子于归,言秣其马。
汉之广矣,不可泳思。江之永矣,不可方思。

翘翘错薪,言刈其蒌。之子于归,言秣其驹。
汉之广矣,不可泳思。江之永矣,不可方思。

南山上那高大的乔木啊,
不可在下边休憩乘凉,
汉江畔上的游女啊②,
岂是随便可以追求到手?!
汉江很宽很宽,
怎能潜水而过,
长江很长很长,
不能用木筏子来摆渡。

一丛丛错乱的薪柴，
全是割的带刺的荆条，
这姑娘出嫁到婆家去，
要用它来喂马③。
汉江很宽很宽，
怎能潜水而过，
长江很长很长，
不能用木筏子来摆渡。

一丛丛错乱的薪柴，
全是割取的青白色蒿子。
这姑娘出嫁到婆家去，
要用它来喂马驹。
汉江很宽很宽，
怎能潜水而过，
长江很长很长，
不能用木筏子来摆渡。

注：①汉广：此诗描写长江汉水一带端庄淳朴之民俗，概无淫乱之风。
②游女：指既长未嫁之处女出游。
③因荆条是长刺的东西，不能喂马，此处说喂马，更说其不可能之意。

汝坟 ①（三章）

遵彼汝坟，伐其条枚。未见君子，惄如调饥。

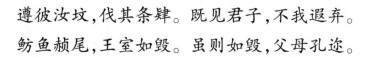

遵彼汝坟,伐其条肄。既见君子,不我遐弃。
鲂鱼赪尾,王室如毁。虽则如毁,父母孔迩。

循着汝水的岸边,
去砍伐那树干枝条。
不见服役的丈夫归来。
好像饿得多少天没捞到饭吃。

循着汝水的岸边,
去砍伐那新发出来的幼条。
看到服役的丈夫回来了,
才知道你不是把我远远抛弃。

看你劳瘁得像鲂鱼染红了尾巴[②]
纣王的京都如火烧一般残酷。
虽然他对百姓是那样的残酷,
亲若父母的人啊很快就来到身边。

注:①汝坟:汝水名。源出河南省嵩县之老君山,东南流经临汝、汉昌、汝阳,光山入淮。坟,岸边。此诗描写汝水流域人们为纣之重役所劳而怀念周文王所创作的诗歌。

②鲂鱼,即发罗鱼,形宽而扁,似鳊鱼而色黑,尾本白色,经游劳而尾变成红色。

麟之趾^①（三章）

麟之趾，振振公子，于嗟麟兮。

麟之定，振振公姓，于嗟麟兮。

麟之角，振振公族，于嗟麟兮。

瑞祥而仁厚的麒麟啊，

连它的足趾都不践踏草虫。

德高政善的文王啊，

他的儿子们都是那么仁厚，

多么可爱的麒麟啊！

瑞祥而仁厚的麒麟啊，

它的额从不侵抵别人，

德高政善的文王啊，

他的子孙后代都那么仁厚，

多么可爱的麒麟啊！

瑞祥而仁厚的麒麟啊，

它的角从不伤触他人，

德高政善的文王啊，

他的宗族都那么仁厚，

多么可爱的麒麟啊！

注：①此篇以麒麟咏文王之德政，传说麒麟牛尾马蹄麇身，足不履践生物，瑞祥之兆。流传在陕西渭水流域岐山、扶风一带的民歌。

召南之国（十四篇）

召，读韶，周召公奭之采邑。地在今陕西扶风雍县南有召亭，即其地。

鹊巢①（三章）

维鹊有巢，维鸠居之。之子于归，百两御之。
维鹊有巢，维鸠方之。之子于归，百两将之。
维鹊有巢，维鸠盈之。之子于归，百两成之。

喜鹊筑的窝巢，
斑鸠迁来居住。
姑娘出嫁来哟，
一百辆车去迎接你。②

喜鹊筑的窝巢，

却为斑鸠所居。
姑娘出嫁的时候，
一百辆车去送你。

喜鹊筑的窝巢，
住满了斑鸠的亲族。
姑娘出嫁的时候，
一百辆车为你成办婚礼。

注：①传说喜鹊能筑巢，鸠不能筑巢。有的居于鹊的成巢，此形容女子嫁
到男人家。
②相传诸侯之女嫁时，百辆车迎送。

采蘩①（三章）

于以采蘩？于沼于沚。于以用之？公侯之事。
于以采蘩？于涧之中。于以用之？公侯之宫。
被之僮僮，夙夜在公。被之祁祁，薄言还归。

采养蚕的白蒿子啊，
在那池边或洲渚之上，
用它做什么呢？
举行公侯亲蚕的祭礼。

采养蚕的白蒿子，

在那山涧之中，
用它做什么呢?
放在公侯的庙庭蚕房。

满头首饰多么竦敬，
日夜都在公侯蚕房里忙碌，
心里多么爱敬，
祭礼完了还迟迟的不肯遽去。

注:①蘩:白蒿,可饲蚕。文王之后姒夫人教民养蚕,故有亲蚕之礼以祭祀之。蘩,音繁。

草虫(三章)

喓喓草虫,趯趯阜螽。未见君子,忧心忡忡。亦既见止,亦既觏止,我心则降。
陟彼南山,言采其蕨。未见君子,忧心惙惙。亦既见止,亦既觏止,我心则说。
陟彼南山,言采其薇。未见君子,我心伤悲。亦既见止,亦既觏止,我心则夷。

蝈蝈在草丛里鸣叫,
阜螽来回地跳跃,①
不见行役的丈夫回来,

心里忧愁得忽上忽下。
若是看到丈夫回来，
或者在路上相遇，
我的心会立刻沉静下来。

登上那高高的南山，
打算去采些蕨菜，
不见行役的丈夫回来，
心里忧愁得惴惴不安。
若是看到丈夫回来，
或者在路上相遇，
我的心里是多么高兴！

登上那高高的南山，
打算去采薇菜，
不见行役的丈夫回来，
我心里非常悲伤。
若是见到丈夫回来，
或者在路上相遇，
我的心立刻会平静下来。

注:①草虫:蝗属,绿色,善鸣,当是蝈蝈。阜螽:蝗虫类,又名蠜(音凡),
黄色,遇敌发出臭气,能跳跃。

采蘋①（三章）

于以采蘋？南涧之滨。于以采藻？于彼行潦。
于以盛之？维筐及筥。于以湘之？维锜及釜。
于以奠之？宗室牖下。谁其尸之？有齐季女。

去采那水上的浮萍，
在南面的涧水边上，
去采那水中的青藻，
涉过多少泥沼。

采了用器物盛起来，
装满方筐、圆篓，
拿回家去烹煮，
用那带腿的锜锅或圆锅。

以此作祭奠的物品，
放在宗祠南窗之下。
谁来做主祭呢？
由那恭敬而又贤淑的少女。

注：①蘋：萍之一种，俗名田字草，四叶一组生水中，叶浮水面。

甘棠① (三章)

蔽芾甘棠,勿剪勿伐,召伯所茇。
蔽芾甘棠,勿剪勿败,召伯所憩。
蔽芾甘棠,勿剪勿拜,召伯所说。

繁茂的棠李树啊,
决不能任意砍伐,
因为召伯的草屋就搭盖在树下。

繁茂的棠李树啊,
决不能随意伤折,
因为那是召伯休息的地方。

繁茂的棠李树啊,
决不能剪伤攀折。
因为这是召伯歇过车马的地方。

注:①甘棠:即杜梨,比山丁子大,较苹果小,盖海棠、沙果之类。
召伯:武王分周召为二伯,诗称召伯。召音韶。

行露① （三章）

厌浥行露,岂不夙夜,谓行多露。

谁谓雀无角？何以穿我屋？谁谓女无家？何以速我
狱？虽速我狱,室家不足！

谁谓鼠无牙？何以穿我墉？谁谓女无家？何以速我
讼？虽速我讼,亦不女从！

烦厌那行道上的露水啊,
我岂不早夜而行呢？
害怕那露水把自己的衣服浸湿。

谁说麻雀没生角呢？
为什么却能钻进我的房屋,
谁说你没有媒聘呢？
为什么追求我像逮捕犯人那样急迫,
虽然对我像招致入狱那样急迫,
你那求婚的礼节实在是有些不足。

谁说老鼠没生牙呢？
为什么把我的墙都穿透。
谁说你没有托媒求婚呢？
为什么追求我像诉讼那样的急迫。

虽然像诉讼那样急迫，

我也不能从你。

注：①行露：此诗描述女子纯洁守正，而不为强暴所侮辱，行露借喻侵凌女子的淫人。

羔羊（三章）

羔羊之皮，素丝五紽。退食自公，委蛇委蛇。
羔羊之革，素丝五緎。委蛇委蛇，自公退食。
羔羊之缝，素丝五总。委蛇委蛇，退食自公。

羔羊做的皮袄呀，
白丝线就用了五坨。①
退朝回家，从公门走回来，
心里多么快活，多么快活。

羔羊做的皮袄呀，
用白丝线镶成五条缝。
穿在身上多么快活，多么快活，
从公门而出，要退朝回家去了。

羔羊做的皮袄呀，
用了五缕白丝线才缝成的啊。

穿在身上多么快活,多么快活,
退朝回家,就要离开公门而远行了。

注:①坨:音砣,丝的量数。

殷其雷①(三章)

殷其雷,在南山之阳。何斯违斯,莫敢或遑? 振振君子,归哉归哉!

殷其雷,在南山之侧。何斯违斯,莫敢遑息? 振振君子,归哉归哉!

殷其雷,在南山之下。何斯违斯,莫或遑处? 振振君子,归哉归哉!

那滚滚的雷声,
在南山前面回响着,
为什么我那心上的人啊离开家乡,
连一点间暇都不敢耽搁。
我那忠厚信实的人啊,
快回来吧,快回来吧!

那滚滚的雷声,
在南山侧旁响着,
为什么我那心上的人离开此处,

诗经试译

连一点休息的间暇都没有呢?
我那忠厚信实的人啊,
快回来吧,快回来吧!

那滚滚的雷声,
在南山麓下响着,
为什么我那心上的人离开家乡,
连一点间暇都不能自处?
我那忠厚信实的人啊,
快回来吧,快回来吧!

注:①殷:雷声,此篇是思念丈夫从役在外的民歌。

摽有梅①（三章）

摽有梅,其实七兮。求我庶士,迨其吉兮。
摽有梅,其实三兮。求我庶士,迨其今兮。
摽有梅,顷筐塈之。求我庶士,迨其谓之。

梅子熟了,开始飘落,
树上只剩下七成梅子了。
追求我那众多的小伙子啊,
赶快选择个吉日来吧!

梅子熟了,开始飘落,
树上只剩下三成梅子了。
追求我那众多的小伙子啊,
就在今天赶快来吧!

梅子熟了,全部飘落在地,
赶快提筐子来拾取吧。
追求我那众多的小伙子啊,
告诉你们,现在就来订婚吧。

注:①摽:音飘,落也。梅子,似杏而大。此篇描述姑娘以梅子比兴,梅子熟落,快来拾取,而惧怕坏人侵凌的诗歌。

小星① (二章)

嘒彼小星,三五在东。肃肃宵征,夙夜在公。寔命不同。

嘒彼小星,维参与昴。肃肃宵征,抱衾与裯。寔命不犹。

那微弱闪亮的星星,
三三五五地布列在东天之上。
常常是带夜就得行走,
成年累月地为公务操劳,

因为自己的命运不同。

那微弱闪亮的星星，
像参星和昴星一样难得见面，
只有今天夜里早些出行，
整理好衣容抱着棉被和单被去到君王那里，
因为自己所处的地位不一样啊。

注：①此诗描写古代君皇的众妾，因嫡妃妒忌，平日不得与君主媾和，偶有相合，乃嫡妻之恩惠照顾罢了。

江有汜①（三章）

江有汜，之子归，不我以。不我以，其后也悔。
江有渚，之子归，不我与。不我与，其后也处。
江有沱，之子归，不我过。不我过，其啸也歌。

长江歧出的汊流啊，
终究还要汇到一起。
你这个只顾当正妻的姑娘啊，
出嫁时却不与我一起同往。
虽不与我一起同往，到后来追悔时，
你还要亲自来迎接我的。

长江里的洲渚啊，

源源的江流总不会被分离，
你这个只顾当正妻的姑娘啊，
出嫁时却不与我一起同去，
虽不与我一起同去，
到后来终究还要处在一起。

长江歧出的别流啊，
终究还要汇集一起。
你这个只顾当正妻的姑娘啊，
出嫁时连我的身边都不到。
连我的身边也不到啊，
到后来追悔时，
你会消除愤懑唱着歌来欢迎我的。

注：①氾：音四，水流分叉又复汇入谓氾。

野有死麇①（三章）

野有死麇，白茅包之。有女怀春，吉士诱之。
林有朴樕，野有死鹿。白茅纯束，有女如玉。
舒而脱脱兮！无感我帨兮！无使尨也吠！

野地里有一只死獐子，
白茅草把它遮盖。

姑娘踏春心里怀念什么？
那美好的小伙子正在引诱你哪。

森林旁边有一片灌木丛，
野地旁有一只死鹿。
束成几捆白茅草遮起来，
引诱那颜如白玉的姑娘。

那姑娘多么舒迟地姗姗走来，
对着小伙子说：
"连我这头巾也不要想动啊。
小心长毛狗咬着你！"

注：①麕：音菌，麕即獐子的别称。

何彼秾矣①（三章）

何彼襛矣，唐棣之华？曷不肃雍？王姬之车。
何彼襛矣，华如桃李？平王之孙，齐侯之子。
其钓维何？维丝伊缗。齐侯之子，平王之孙。

那是多么繁盛而热闹啊，
像唐棣开花一般华美。
怎能不肃然起敬而又和睦呢，

这是王姬出嫁的车啊。②

多么热闹而又繁盛，
新人打扮得像桃李开花一样美丽。
是嫁给了平王的孙子，③
还是齐侯之子呢？④

他们的共同愿望是什么呢？
像丝合成纶一样结成了美好的婚姻。
是嫁给了齐侯的儿子，
还是平王的孙子呢？……

注：①秾：音农，繁盛，热闹。
②王姬：周王姓姬，王姬之车，此处姬字，系女子美称。指周武王后代的姑娘们出嫁之事，此诗说明，王姬下嫁虽盛，但不敢挟贵逞骄，仍然恭敬和睦以待其夫。
③平王，即平王宜臼。
④齐侯，即齐襄公。

驺虞①（二章）

彼茁者葭，壹发五豝，于嗟乎驺虞！
彼茁者蓬，壹发五豵，于嗟乎驺虞！

多么茁壮的芦苇啊，

一箭保准能射中五只公野猪。

啊,这带黑纹的白色老虎哟,

连生物都不肯吃,

像是为百姓豢养家畜一般。

多么茁壮的蓬草啊,

一箭准能射中五只小豵猪②

啊这带黑纹的白色老虎哟,

连生物都不肯吃,

像是为人们饲养的一般。

注:①驺虞:音骤雨,即黑纹白色老虎。传说它不吃生物,此章歌颂文王善良,泽及万物,丰盈若此。

②豵:音宗,不满一年的小野猪。

第二卷 邶以下十三国（上）

邶音佩，周武王划分朝歌北为邶，地在今河南省安阳以北之地，为邶国，封殷纣之子武庚守其地。邶、鄘、卫三国，相邻在禹贡冀州之地，西至太行山，北逾漳河，东南跨黄河，以至兖州一带，北自安阳以北为邶，以南为鄘，以东为卫，今开封等地皆为其属境。旧说，周南、召南所辖诗歌名为国风。邶以下十三国所辑成之诗歌均属变风。因邶与鄘、卫二国相邻，因邶国辑诗共十九篇，其中间有鄘、卫二国之诗。

邶国(十九篇)

柏舟① (五章)

泛彼柏舟,亦泛其流。耿耿不寐,如有隐忧。微我无酒,以敖以游。

我心匪鉴,不可以茹。亦有兄弟,不可以据。薄言往愬,逢彼之怒。

我心匪石,不可转也。我心匪席,不可卷也。威仪棣棣,不可选也。

忧心悄悄,愠于群小。觏闵既多,受侮不少。静言思之,寤辟有摽。

日居月诸,胡迭而微?心之忧矣,如匪浣衣。静言思之,不能奋飞。

漂在水上的柏木舟啊,
空自儿在那里漂流。
耿耿的星火彻夜不寐,
正像我这心里隐伏着痛苦和忧愁。
并不是我没有酒除闷,
也不是遨游四方能够解除的。

我的心不是镜子，
不能那样明察事物。
虽然有自己的兄弟，
全不可以依赖。
我把心里的苦处对他们去诉说，
却遭到他们的斥责和恼怒。

我的心不是石头，
不能随便转动。
我的心不是席子，
不能随便收卷起来。
容貌作风都很端庄正经，
境遇却不由自己选择。

我心里总是处在忧思之中，
还得受一群小老婆们的气。
她们处处找我的毛病。
受她们的欺侮简直没法说了，
静静地思来想去，
觉都睡不着，烦闷得直捶击抓挠自己的心胸口。

太阳总是常明，月亮时缺时圆，
难道还能更迭位置不成？
心里忧愁得实在没法，
像穿着没有浣洗的污垢衣服一般。
自己一个人静静地思来想去，
恨不能插翅奋起而自由地飞去……

诗经试译

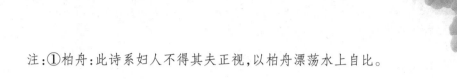

注:①柏舟:此诗系妇人不得其夫正视,以柏舟漂荡水上自比。

绿衣(四章)

绿兮衣兮,绿衣黄里。心之忧矣,曷维其已?
绿兮衣兮,绿衣黄裳。心之忧矣,曷维其亡?
绿兮丝兮,女所治兮。我思古人,俾无訧兮。
绤兮绤兮,凄其以风。我思古人,实获我心。

绿色的衣服啊,
绿色的衣服黄色的里子,①
心中的忧愁啊,怎么能够止息!

绿色的衣服啊,
绿色的衣服黄色的裤,
心中的忧愁啊,
怎么能够忘却?!

那绿色的丝啊,
是你宠爱时把它织成布的,
忆想从古以来,
像我这样被遗弃的人,
还能同你们和善相处而一点毛病也没有吗?

那细密或粗松的葛布啊，
到了寒风刺骨的时候它就不适用了，
忆想起从古以来，
像我这样见弃的人，
实在是同我的心境一样……

注：①黄为正色，绿为间色，此诗比妇人正嫡失位而嬖妾受宠之意。一说卫庄公死后，夫人庄姜受冷落之诗。

燕燕①（四章）

燕燕于飞，差池其羽。之子于归，远送于野。瞻望弗及，泣涕如雨。

燕燕于飞，颉之颃之。之子于归，远于将之。瞻望弗及，伫立以泣。

燕燕于飞，下上其音。之子于归，远送于南。瞻望弗及，实劳我心。

仲氏任只，其心塞渊。终温且惠，淑慎其身。先君之思，以勖寡人。

燕子将要起飞的时候，
伸开了它那长短不齐的羽翼，
我亲近的人就要走了，
直送你到很远很远的田野。

瞻望你那即将逝去的身影，
泪水就像急雨一般的降落……

燕子将要飞起的时候，
或上或下地展翅不停。
我亲近的人就要走了，
直到很远很远的地方去送你。
瞻望你那逝去的身影，
我呆呆地停在那里泣不成声……

燕子将要起飞的时候，
或上或下不停地鸣叫，
我亲近的人就要走了，
直往南送你很远很远。
瞻望着你那逝去的身影，
我心里有说不出的难过……

戴妫呀①你是一个完全可以信赖的人啊，
你的心是那样的诚实而憨厚，
从来都是那样的温和善良而正直。
经常用先君的恩德来勉励着我这孤寡之人，
你走了，怎能不使我怀念呢！

注：①此诗为卫庄公夫人庄姜无子，庄公死后以陈女戴妫（字仲氏，故原诗曰仲氏）之子完为己子即位，后为嬖人之子州吁所杀，戴妫归陈时，庄姜送她，恋念之情，全倾诉于此……

日 月 ① (四章)

　　日居月诸,照临下土。乃如之人兮,逝不古处？胡能有
定？宁不我顾。
　　日居月诸,下土是冒。乃如之人兮,逝不相好。胡能有
定？宁不我报。
　　日居月诸,出自东方。乃如之人兮,德音无良。胡能有
定？俾也可忘。
　　日居月诸,东方自出。父兮母兮,畜我不卒。胡能有
定？报我不述。

太阳啊,月亮啊,
永远普照着大地。
怎么能有这样的人呵,
不遵从以往相处,
他的心总是那样回惑不定,
偏偏的不管我了。

太阳啊,月亮啊,
永远覆照着大地,
怎么能有这样的人啊,
就不同我和好了。
他的心从来都是那样回惑不定,

诗经试译

偏偏就不管我了。

太阳啊,月亮啊,
从来升起在东方,
怎么能有这样的人呵,
说得很好听而不办正经事呢?
他的心岂能有个正确的想法,
就偏偏地把我忘掉。

太阳啊,月亮啊,
每天都从东方自然地升起,
父亲啊,母亲啊,
抚养我长大成人还能管我老吗?
他的心怎么这般回惑不定,
对我这样的不讲情理哟!

注:①此诗为庄姜遭州吁之害,伤己之不能见答于先君,以至于困厄之作。

终风①(四章)

终风且暴,顾我则笑,谑浪笑敖,中心是悼。
终风且霾,惠然肯来,莫往莫来,悠悠我思。
终风且曀,不日有曀,寤言不寐,愿言则嚏。
曀曀其阴,虺虺其雷,寤言不寐,愿言则怀。

他整天像刮着风暴似的，
见我也有发笑的时候，
但多半都是傲慢放肆的耍笑于我，
内心实在是悲伤难过。

他整天像狂风吹布的满天阴云，
偶尔也或虚眤地来过一次，
但多半都是不同我往来，
怎能不引起我长久地焦虑和烦乱。

他整天像刮着阴风的天空一般，
不等露出阳光，转眼又阴沉起来。
每当醒来，再也难以入睡，
想要说话却又积思满怀。

他的脸竟日地密布着阴云，
像沉雷殷殷随时都有爆炸的可能，
我彻夜的难得入睡，
心中的烦乱，
无可终止。

注:①此诗相传描述卫庄公狂暴无常，其夫人庄姜正静自守，内心隐痛之诗，盖不肯直斥之，而以终风且暴为比。

诗经试译

击鼓（五章）

击鼓其镗，踊跃用兵。土国城漕，我独南行。
从孙子仲，平陈与宋。不我以归，忧心有忡。
爰居爰处？爰丧其马？于以求之？于林之下。
死生契阔，与子成说。执子之手，与子偕老。
于嗟阔兮，不我活兮。于嗟洵兮，不我信兮。

敲击着军鼓镗镗的响，
蹦蹦跳跳地操练着刀枪。
人家都在漕邑就地服役修筑城墙，[①]
唯有我却独自到了遥远的南方。

跟随着军帅公孙子仲，
联合陈宋二国一起伐郑，[②]
我很难设想再回到自己的家乡，
心里忧愁得怔忡不安。

那里有个固定居处的地方，
有一次连军马都丢失了，
于是我到处探寻求找，
后来在树林里才将那丢失的马匹找到。

山河远隔,死生都难以预料,
可叹当初你我曾订过的誓约,
我紧紧地握着你的手啊,
"愿同你一生和乐,白头到老"。

唉,如今离家乡这么遥远,
连生命都难以保定。
一切誓约都成了空谈,
我们的愿望恐怕是不会实现的了。

注:①漕,卫国的一个邑名,相等于县城。
②传说,此处指春秋隐公四年州吁自立之时,宋、陈、蔡联合伐郑之事。

凯风① (四章)

凯风自南,吹彼棘心。棘心夭夭,母氏劬劳。
凯风自南,吹彼棘薪。母氏圣善,我无令人。
爰有寒泉?在浚之下。有子七人,母氏劳苦。
睍睆黄鸟,载好其音。有子七人,莫慰母心。

温暖和煦的南风,
吹拂着幼嫩的棘苗②,
棘苗像初生的婴儿几时能够长大,
母亲抚养孩子受尽了劳苦。

温暖和煦的南风，

吹拂着茁壮的棘木，

母亲的功德圣善，

我们都成了一帮棘刺而不能尽孝的人。

卫地有一条名叫寒泉的河流，

滋补着浚邑侧旁的广大土地，

母亲生养了我们七个孩子，

却照样的遭受辛苦劳累。

清和婉转的黄鹂鸟啊，

尚能用它的歌声去悦人。

生了七个孩子的母亲啊，

却得不到精神上的安慰。

注:①凯风:南风也。此篇相传卫国淫风流行,虽有七子之母,尚不能安其室以自守,而诸子自责以感动其母心,以隐其母之恶。

②棘,带刺灌木,即今之酸枣。

雄雉①（四章）

雄雉于飞,泄泄其羽。我之怀矣,自诒伊阻。

雄雉于飞,下上其音。展矣君子,实劳我心。

瞻彼日月,悠悠我思。道之云远,曷云能来?

百尔君子,不知德行。不忮不求,何用不臧?

雄雉飞走的时候，
翅膀扇动得是那么舒缓自得，
怀念我服役在外的君子啊，
把我抛在家中同他遥相阻隔。

雄雉飞走的时候，
鸣声是那么高亢快活，
诚然说我这远方的君子啊，
实在是忧劳我的心啊。

看那日月交替不息，
我长久地为你思虑。
道路是那样迢远，
岂是那么容易回来！

相信你是个贤良而正直的人啊，
怎能不知道德行的重要。
只要无妒忌贪欲之心，
怎么还能不求个善处安和。

注：①雄雉：即公野鸡，古称雉，自汉刘邦妻吕后名雉，因避其讳，改称野
鸡。此篇以女子思念其从役在外的丈夫，故以雄雉比兴。

诗经试译

匏有苦叶（四章）

匏有苦叶，济有深涉。深则厉，浅则揭。
有弥济盈，有鷕雉鸣。济盈不濡轨，雉鸣求其牡。
雍雍鸣雁，旭日始旦。士如归妻，迨冰未泮。
招招舟子，人涉卬否。人涉卬否，卬须我友。

匏瓜还长着苦叶怎能佩以渡河，①
而渡口的水已很深，
过河岂能不加小心。
深处须要脱光擎衣趟过，
浅处就得褰裳涉渡。

看渡口弥漫着大水，
听唯唯叫着的是雌雉在鸣，②
说什么水漫渡口还濡湿不了车辙，
说什么雉鸣是在追求牡兽？

拿着雍雍鸣叫着的肥胖老雁作礼物，③
在旭日东升的早晨去纳采求婚期，
结婚娶妻的时候，
选择冰未解冻之时举行。

打着招呼摆渡的船夫呦，

人们都乘坐你的船过河，唯独我不肯。

唯独我不肯，

我是在等待着我心爱的朋友呢！

注：①匏瓜：一种大而圆的葫芦，干后可为容器，如瓢之类，又可当漂佩以渡河之用。此篇以匏瓜作比，以刺淫乱之人的诗，言匏瓜未熟而渡口已深，行者当量其深浅，以比男女之交，亦当循其礼仪而行。

②唯唯，原作鹥鹥——雄鸣声，此节比淫乱之人，不循礼义法度，非其配偶而相求之，故曰"雉鸣求牡"雉论雄雌，兽曰牝牡，非其应求之偶也。

③雍，原作雖，雍和也，此处作雁鸣声，古婚礼，纳采用雁。

谷风① （六章）

习习谷风，以阴以雨。黾勉同心，不宜有怒。采葑采菲，无以下体？德音莫违，及尔同死。

行道迟迟，中心有违。不远伊迩，薄送我畿。谁谓荼苦，其甘如荠。宴尔新婚，如兄如弟。

泾以渭浊，湜湜其沚。宴尔新婚，不我屑以。毋逝我梁，毋发我笱。我躬不阅，遑恤我后。

就其深矣，方之舟之。就其浅矣，泳之游之。何有何亡，黾勉求之。凡民有丧，匍匐救之。

不我能畜，反以我为仇。既阻我德，贾用不售。昔育恐育鞠，及尔颠覆。既生既育，比予于毒。

我有旨蓄,亦以御冬。宴尔新婚,以我御穷。有洸有溃,既诒我肄。不念昔者,伊余来墍。

习习温和的东风,
吹布阴云,降落雨泽。
夫妇黾勉同心,
不应该用暴怒相待。
好比采那葑菜和菲菜,②
不能因其根有好坏连茎叶都抛弃呀,
我的容貌虽衰,只要德性品行端正,
就应该同你偕老至死。

行走在道途之上迟迟不前,
心中憔悴难忍,莫非从此同你相背而去了,
你没有远送我,近得无法形容。
送我到门内还未出院就停下了,
谁说荼菜是苦的,我比荼菜都苦哟,
看人家亲热得比芥菜还香甜,
欢欢乐乐地过着新婚的生活,
如同哥哥弟弟那样亲近。

泾水同渭水相比,当然是泾水混浊得多,③
但是那别出的沙渚歧流,时有稍缓,也还是很清澈的。
你只顾过着欢乐的新婚生活,
反把我当成不洁之人就不同我相处了。
既然如此,那就再别想我帮你去挡渔梁子④,
也不要再想我为你去寻溜渔笱⑤。

我的身子都得不到你的容纳，
你哪里还顾得怜恤我以后的境遇呢？

回想起来，我操劳家事，哪有不尽心的地方？
就其深来说，撑筏棹船，
就其浅呢，泳啦、游啦，
什么东西，有啦没啦，
我都奋勉去干，以求把家业过好，
邻舍有了疾病丧葬之事。
我手脚忙个不停，以援救于人。

你既然不能畜养我了，
反而把我当成仇人看待，
我这贞尚的品德却遭到你的拒绝，
如同商人凭着佳品而不见售一般。
过去同你一起生活之时，惟恐生理穷尽，
而遭不幸，即是同你死在一起，我也心甘情愿。
不成想你半路途中，却有了翻覆，变了心态，
既同你生活到了如今，
结果把我当成毒物抛掉！

我好比是被贮存的蔬菜，
只是用做冬季缺乏鲜菜的季节食用，
你现在只顾过着欢欢乐乐的新婚生活，
只是在穷困之时才用得着我。
对我除了野蛮动武就是暴怒，
全忘却了我对你的辛勤劳苦。
难道你就全不想一想过去，

我来到你家所尽的一切礼义和情谊嘛!

注:①谷风:即东风。

②葑:即芜菁;菲:芜菁的另一种,芜菁即蔓菁,东北叫"不留客"。

③泾渭:水名,在甘陕二省,泾水混浊,渭水清湛,此句以泾自比颜色之衰,而以渭比新人之秀,然而不要以泾之浊不及渭之清,但那别出的支流,有时流缓,也有清澈之处,言自己犹有可取之处,见下句,即抒此意。

④渔梁子:原诗为"母逝我梁",梁即现在所说的渔梁子,不过此诗所述是用石头垒成,中有空,水从中流过,以截堵鱼。

⑤笱:音苟。原诗为"母发我笱",笱即鱼笱或鱼穴,即在梁箔或石缝中留一孔隙,将竹编成的笱置于此处。鱼可进不可出,而后捕捞之,或将笱提出取鱼。

式微①(二章)

式微,式微,胡不归? 微君之故,胡为乎中露!
式微,式微,胡不归? 微君之躬,胡为乎泥中!

衰微了,衰微了,
　为什么还不归去呢,
　我若不是为了君王的缘故,
　怎么能竟日遭受凉露的浸渍,
　不得安闲其居?

衰微了,衰微了,

为什么还不归去呢，

我若不是为了君王的身体，

怎么能陷于泥淖之中而不得脱②！

注：①式微：式，发语词，微、衰微，传说此诗是写黎侯失国而居于卫，其臣
劝之说："衰微甚矣，何不归去呢……"

②泥淖：即遭陷溺之难。

旄丘①（四章）

旄丘之葛兮，何诞之节兮。叔兮伯兮，何多日也？

何其处也？必有与也！何其久也？必有以也！

狐裘蒙戎，匪车不东。叔兮伯兮，靡所与同。

琐兮尾兮，流离之子。叔兮伯兮，褎如充耳。

旄丘上生长的葛子呀，

为什么节儿长得那么疏阔呢？

叔叔啊，伯伯啊，

为什么这么多日子还不见你们营救于我？

为啥你们居处得那么安稳，

想必是还有别的国同你们一起来吧，

为什么这么久还不见来呢？

想必是有什么缘故吧？

诗经试译

来时穿的狐狸皮袄也陈旧了，

也不是我的车，不能前去告诉你们，

叔叔啊，伯伯啊，

因为你们的心不和我相同啊！

不要嫌我过于琐细了，

我的话也说到尽头了。

流离漂泊的人啊，实在是可怜。

叔叔啊，伯伯啊，

你们为啥还嗤嗤发笑好像没有听到？

注：①旄丘：前高后低的山包，传说蔡国臣子久居于卫，思国不得归，登旄丘之上，见葛之节稀疏，因托以起兴。

简兮① （四章）

简兮简兮，方将万舞。日之方中，在前上处。

硕人俣俣，公庭万舞。有力如虎，执辔如组。

左手执龠，右手秉翟。赫如渥赭，公言锡爵。

山有榛，隰有苓。云谁之思？西方美人。彼美人兮，西

方之人兮。

条件太简易了，条件太简易了，

就要开始演万舞了。

太阳正在中天的时候，
舞场设在前面高爽敞亮的地方。

那硕大之人身材是那样魁伟，
在公庭之上跳起万舞。
他的力气犹如猛虎，
手执长缰柔如丝织的长绳。

左手拿着竹制的籥轮笛，
右手执着野鸡翎，
脸色通红像涂了一层赭漆，
这是公侯赐爵时宴饮所举行的礼仪。

山上长着榛树，
洼地里长着苓草①，
谁是我所怀念的啊？
只有西方那美德之人。②
那美德之人啊，
他是居住在西方的人吗？

注：①简兮：即简易，兮语尾词，同啊近似，简兮，即简易不恭之意，说明简单而又将就，此诗叙述贤者不得志而做了伶官，有轻世肆志之心，因此诗里叙述那伶人跃舞是那么动人，似乎是自誉而实则是自嘲。
②苓草：即甘草。
③西方美人：托言指西周文王，叹其远而不得见，此处是叙述贤者不得志，处于衰世之下，而为优伶，思盛时文王，而不能得，故其慨叹如此，意义深远。

泉水（四章）

毖彼泉水，亦流于淇。有怀于卫，靡日不思。娈彼诸姬，聊与之谋。

出宿于泲，饮饯于祢，女子有行，远父母兄弟。问我诸姑，遂及伯姊。

出宿于干，饮饯于言。载脂载辖，还车言迈。遄臻于卫，不瑕有害？

我思肥泉，兹之永叹。思须与漕，我心悠悠。驾言出游，以写我忧。

那涓涓流淌着的泉水啊，
自西而东注入淇河[①]。
心里怀念卫国，
没有一天不在思念啊！
美好的姒娌姊妹们啊，
帮我出出主意好归省探家去啊！

我出嫁来的时候，宿在名叫泲的地方，
在祢饮饯举行的祖道之祭，[②]
女子出嫁远行，即远别父母兄弟了。
现在爹妈既殁，还能够归省去吗？
问问我这些小姑姐们，

再同妯娌们商议商议。

我出嫁的时候,宿在名叫干的地方,
在言饮饯举行的祖道之祭,③
带上车油,把车轴安好润滑,
回旋时,那车一定是很轻快的呀。
很快就会到了卫国的,
料想不会有伤害的吧!

我最想念的是那肥泉啊,④
为此,我永远慨叹不已。
想念那须邑和漕邑啊,⑤
心里悠悠呼呼总也放不下。
假如真的能够出游回到那里去啊,
一定会泄除我内心的忧愁……

注:①淇水:源发于河南省林县,流入卫河。
②祢:音尼,是卫国地名。
③言:是卫国地名。古时出行之人,必有祖道之祭,送者饮于其侧而后行。
④肥水:水名。
⑤须、漕:都是卫国邑名,相等于县城。

北门① (三章)

出自北门,忧心殷殷。终窭且贫,莫知我艰。已焉哉!

天实为之,谓之何哉!

王事适我,政事一埤益我。我入自外,室人交徧谪我。
已焉哉! 天实为之,谓之何哉!

王事敦我,政事一埤遗我。我入自外,室人交徧摧我。
已焉哉! 天实为之,谓之何哉!

走出那阴冷的北门啊,
心里抑制不住地一阵阵忧愁。
穷窭得连礼义都无法讲究了,[②]
谁知道我的艰难困苦啊!
算了吧,莫非是上天安排的不成,
要不让我怎么说呢?……

君王的使命在身,
政事又是那么繁杂众多,
全都压在我肩上,
我整年这样的劳瘁,连吃穿都混不上。
回家就受到老婆的埋怨指责。
算了吧,莫非是上天安排的不成?!
要不,让我怎么说呢!

君王的使命托付给我,
政事压在肩上有加无减,
我整天在外面为国家操劳,
却窘窭得连生活都难以维持。
回到家中就受到老婆多方面的责难和阻挠。
算了吧,莫非是上天安排既定的吗?

要不让我怎么说呢!

注:①北门:北门背阳向阴,借以比自己之穷困。
②窭:音巨;穷得无法讲究礼义谓之窭,即穷困已极。

北风①（三章）

北风其凉,雨雪其雱。惠而好我,携手同行。其虚其
邪？既亟只且!
北风其喈,雨雪其霏。惠而好我,携手同归。其虚其
邪？既亟只且!
莫赤匪狐,莫黑匪乌。惠而好我,携手同车。其虚其
邪？既亟只且!

北风飕飕的是那么冷凉,
漫天大雪一个劲地飞飘。
赶快同我心爱的朋友,
携起手来一同走吧。
岂是允许宽和舒缓地走吗？
躲避祸乱是非常急迫的啊!

北风是那样地呼啸不停,
漫天大雪纷纷飘落,
赶快同我心爱的朋友,
携起手来回去找个隐身之处吧,

岂是允许排排场场地慢慢走吗？
情势是非常急迫的啊！

地上那发红的全是狐狸在流窜，②
空中那发黑的全是乌鸦在飞旋，③
赶快同我心爱的朋友，
携起手来一同乘车逃走吧，
岂是允许慢腾斯稳的走吗？
情况急迫刻不容缓啊！

注：①北风：北风阴凉雨雪，以比国家危乱将至，而气象愁惨故偕其友好一同走出躲避祸乱。

②③狐、鸦：皆不祥之物，原诗"莫赤非狐，莫黑非乌"，说明所见无非此物，而使人厌恶，以为国家危乱不吉之兆。同行、同归是贱者避难，而同车说明贵者亦逃矣。

静女①（三章）

静女其姝，俟我于城隅。爱而不见，搔首踟蹰。
静女其娈，贻我彤管。彤管有炜，说怿女美。
自牧归荑，洵美且异。匪女之为美，美人之贻。

娴静美丽的姑娘啊，
在那幽僻的城角里等着我，
我非常爱恋她而不得相见啊，

急得直搔头跺脚哩!

娴静娈好的姑娘啊,②
她把心爱的彤管赠给了我,③
彤管通红闪亮,
使我更加感到那姑娘的美丽可爱呦。

她从野地里回来赠我一株鲜嫩的茅荑④,
那鲜嫩的茅荑实在是好得出奇。
并不是它真有什么美好啊,
因为是那美丽的姑娘所赠啊。

注:①静女:娴静、娴雅,此诗描述男女幽会之诗。
②娈:音栾,美好之意。
③彤管:彤音同,彤管,赤色的管,不知何物,或有以为是辛荑树的筒状花。
盖相赠以为纪念之意。
④荑:音啼,茅荑指草木初生的幼芽。

新台①（三章）

新台有泚,河水弥弥。燕婉之求,蘧篨不鲜。
新台有洒,河水浼浼。燕婉之求,蘧篨不殄。
鱼网之设,鸿则离之。燕婉之求,得此戚施。

新修的楼台是那么鲜明,

周围是一片弥漫的河水。
本来是一双燕婉美满的婚姻，
反而得到这样一个丑陋臃肿的恶人。②

新修的楼台是那么高峻，
河水浼浼溜平。
本来是一双燕婉美满的婚姻，
反而得到这样一个臃肿将死的人。

撒下密实的渔网，
捕来的却是鸿雁，
本来是一双燕婉美满的婚姻，
反而得到这样一个令人发呕的病人。

注：①新台：传说卫宣公为其子伋娶齐女，宣公见女美，欲自娶之，乃修新台于河上，国人恶之，乃作此诗以刺之。
②丑陋臃肿本作"籧篨"不解，盖籧篨本是竹席，卷起来似臃肿的病人，不能俯身，因以为病名。

二子乘舟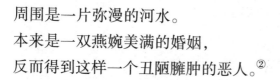① （二章）

二子乘舟，泛泛其景。愿言思子，中心养养！
二子乘舟，泛泛其逝。愿言思子，不瑕有害！

两个孩子乘着小舟，

飘飘然走去,远处还能望到船影。
若说我想念孩子吧,
心就像漂在水上般的漾漾不定。

两个孩子乘着小舟,
飘飘然向着远处走去了。
若说我想念孩子吧,
是不是能遭到他们的伤害?

注:①此诗相传卫宣公纳子伋之妻,生寿及朔,朔欲窃位,与母宣姜愬伋于公。宣公令伋之齐,使贼先待于途而杀之。寿知之以告伋逃之。伋曰:"君命不可以逃"。寿遂窃其节,先往之,为贼所杀。伋至,曰:"君命杀伋,弟寿有何罪?"贼又杀之。国人伤之,而作此诗。此诗当在未杀之时,伋母瞻念怀思二子之去,恐生不祥。

鄘国（十篇）

柏舟[①]（二章）

泛彼柏舟，在彼中河。髧彼两髦，实维我仪。之死矢靡它。母也天只！不谅人只！

泛彼柏舟，在彼河侧。髧彼两髦，实维我特。之死矢靡慝。母也天只！不谅人只！

漂在水上的柏木舟啊，行进在大河的中间。守护着个两耳垂髫的孩子，这是我应尽的义务，就是死了，并无他心。母亲像苍天一样护佑过我，怎么不体谅我的处境呢？

漂在水上的柏木舟啊，行进在大河的侧旁，守着个两耳垂髫的孩子，是我难以离弃的伴呀。就是死了，也不能做出那样匿恶在心的事。母亲像苍天一样护佑过我，怎么就不体谅我的处境呢？

注：①此诗相传是卫国世子共伯早死，其妻共姜守义。父母欲夺其志易嫁他人，共姜抒此胸臆拒之。该诗数言母欲夺其志，而不言父。疑父已不在，或独母之意。

墙有茨①（三章）

墙有茨，不可扫也。中冓之言，不可道也。所可道也，言之丑也。

墙有茨，不可襄也。中冓之言，不可详也。所可详也，言之长也。

墙有茨，不可束也。中冓之言，不可读也。所可读也，言之辱也。

墙上长着蒺藜，是不能用扫帚扫除的。闺房里的话语，不可向外人言说的。如果你直言地对别人说了，那是多么不知羞丑啊！

墙上长着蒺藜，是难以除掉的，闺房里的话语，不可对别人详细言说。如果你对别人详述了，那必然是拖累很长没个完了。

墙上长着蒺藜，无法将它捆束起来，闺房里的话语，不可对别人细说，倘若你对别人细说了，那是多么大的羞辱啊！

注：①茨，即是蒺藜，蔓生，种子三角形，有刺扎人。相传卫宣公死后，惠公年幼，其庶兄顽烝（下淫上谓之"烝"，烝音蒸）于宣姜，卫人作此诗以刺之。圣人录之于经，使后世为恶者有所警。然闺中秽行，无隐而不彰也。其为训诫深矣。

君子偕老①（三章）

君子偕老,副笄六珈。委委佗佗,如山如河,象服是宜。子之不淑,云如之何?

玼兮玼兮,其之翟也。鬒发如云,不屑髢也;玉之瑱也,象之揥也,扬且之皙也。胡然而天也? 胡然而帝也?

瑳兮瑳兮,其之展也。蒙彼绉絺,是绁袢也。子之清扬,扬且之颜也。展如之人兮,邦之媛也!

说是与丈夫偕老,但是当丈夫死了,身上虽然穿着祭服,头发编成大绺垂至两鬓,发簪上还镶着六块玉饰,洋洋自得,像山一样安稳,像大河一样激流不停,尽管面貌穿戴尚宜,然而对这不贤淑之人,说什么是好呢?

艳美呀,艳美的祭服上,还刻绘着翟雉的图案,头发梳得黑亮如同卷云一样,不用塞髢,玉饰贴至耳畔,象骨用以摘发。扬眉吐气的神态,白皙的面庞,忽然而天,忽然而地,见了她,如同见了鬼神一般。

艳美的装束,那是会见君王的礼服呀,当她面见君王之后,也未免受些拘束,身上换了一套麻布衣服,罩在内衣的外面,她是那样眉清目秀,额角丰满,气质昂扬,展现出这样一个人呵,是举国的美人呢。

注:①此诗言卫宣公死后,其妻宣姜不善竟若此。东莱吕氏曰:首章之末,云宣姜之不淑,云如之何? 责之也;二章之末,忽然而天,

忽然而地,问之也;三章之末云,展如之人兮,邦之媛也。徒有美色,而无人君之德也。惜之也。

桑中(三章)

爰采唐矣?沬之乡矣。云谁之思?美孟姜矣。期我乎桑中,要我乎上宫,送我乎淇之上矣。

爰采麦矣?沬之北矣。云谁之思?美孟弋矣。期我乎桑中,要我乎上宫,送我乎淇之上矣。

爰采葑矣?沬之东矣。云谁之思?美孟庸矣。期我乎桑中,要我乎上宫,送我乎淇之上矣。

去采唐草①啊,来到沬(音昧,卫邑,今河南省淇县)之乡,是谁在想你呀?那是美丽的姑娘孟姜啊(齐女),她在桑树林里②等着我,在上宫地方迎接我,在淇河边上送别我。

去收获麦子呀,那是在沬乡的北面,是谁在想你呀?那是漂亮的姑娘孟弋啊(杞女,传为夏侯氏之女),她在桑树林中迎接我,在淇河边上送我。

去采葑菜(芜菁)呀,是在沬乡的东边,那是思念谁呀?是美丽的姑娘孟庸啊(均是贵族),她在桑树林中等着我,迎接我在上宫,送我在淇水的边上。

注:①"唐"一名"蒙",又名菟丝。
②桑中、上宫、淇上,皆沬乡小地名,译注者将桑中改为桑树林。

鹑之奔奔①（二章）

鹑之奔奔，鹊之彊彊。人之无良，我以为兄！
鹊之彊彊，鹑之奔奔。人之无良，我以为君！

鹌鹑成群结队地飞奔，喜鹊结队相随不离，人的品性不良，行为不正，我还得称他为兄长（指宣公庶子"顽"）哩！

鹌鹑成群结队地飞奔，喜鹊结队相随不离，人的品行不良，我还得尊他为小君（指宣姜）哩。

注：卫人刺宣姜（卫宣公之妻）与顽（宣公庶子）非匹偶而相从。宣公子惠公刺言曰："人之无良，鹑鹊之不若。而我反以为兄何哉？"朱熹言："卫诗至此，而人道尽，天理灭矣。中国无异于夷狄，人类无异于禽兽，国遂亡矣。故曰，淫乱未有不致杀身败国而亡其家者也。"

定之方中①（三章）

定之方中，作于楚宫。揆之以日，作于楚室。树之榛栗，椅桐梓漆，爰伐琴瑟。

升彼虚矣，以望楚矣。望楚与堂，景山与京。降观于桑。卜云其吉，终焉允臧。

灵雨既零，命彼倌人。星言夙驾，说于桑田。匪直也人，秉心塞渊。騋牝三千。

按照星宿定好方位，营造楚宫，找准日射的角度，设计营造宫室，然后四周栽上榛树栗树，长出果实，以供祭祀和食用，同时栽植些椅、桐、梓、漆等树用做建筑和制作琴瑟。

登上故城废墟，以望楚丘啊，展目便可望到楚丘和堂城，从景山和京山向下望去，是一片繁茂的桑林，看到它的长势，就可以测知那是一个土壮民肥的地方，前景肯定是很美好哩。

好雨及时降落，发动百姓起早贪黑躬身奋力于蚕桑之业。不是这样正直无私的人，操心费力，才创造出美好的成果，犹如盛水塞渊。几年工夫，仅是繁育的成年牝马(騋)，就有三千多匹。

注：①卫国为狄所灭，文公徙居楚丘，营立宫室，发展农桑，社稷复兴，国人悦之作此诗。

按：春秋传记载，卫懿公九年冬，狄入卫，懿公战于泽而败死矣。宋桓公迎卫遗民渡河而南立宣姜子申，以庐于漕，是为戴公，是年卒，复立其弟燬，是为文公，于是齐桓公合诸侯以城楚丘而迁卫焉，文公大布之衣，大帛之冠，务材训农，通商惠工，敬教劝学，授方任能，元年革车三十乘，季年三百乘。

蝃蝀①（三章）

蝃蝀在东，莫之敢指。女子有行，远父母兄弟。
朝隮于西，崇朝其雨。女子有行，远兄弟父母。
乃如之人也，怀婚姻也。大无信也，不知命也！

虹在东天上出现,那是阳光遇雨,天地间折射出的淫邪之气,姑娘有了不轨的私交行为,连她的爹妈兄弟都无人理睬。

朝虹在西天出现,下雨必然是终日不止,姑娘有了不轨的邪行,连他的兄弟父母都被人瞧不起。

怎么能有这样的人呢?女子怀思婚姻,本属正事,然而也不能不信守常则,不遵从礼义呀。

注:①蝃蝀:虹之别名

此诗指斥淫奔之人,只知男女之欲,而不能自守其贞信之节,不知天理之正也。惟欲之从,而入于禽兽之列矣。

相鼠①(三章)

相鼠有皮,人而无仪!人而无仪,不死何为?
相鼠有齿,人而无止!人而无止,不死何俟?
相鼠有体,人而无礼,人而无礼!胡不遄死?

看那老鼠身上还长着皮毛,作为一个人竟没有仪表,人若没有仪表,邋遢得不像个人样,不死等着干什么?

看那老鼠还长有牙齿,作为一个人却不知进止,人做事不知进止,不死还等着干什么?

看那老鼠还有个身体,作为一个人竟不知礼义,人若不懂礼义,何不赶快死去!

注：①此篇盖是古时论人举止，圣人收录诗集中。相鼠：相，看也。

干旄①（三章）

　　孑孑干旄，在浚之郊。素丝纰之，良马四之。彼姝者子，何以畀之？

　　孑孑干旟，在浚之都。素丝组之，良马五之。彼姝者子，何以予之？

　　孑孑干旌，在浚之城。素丝祝之，良马六之。彼姝者子，何以告之？

　　高高地树立着干旄（栓有牛尾的旗子），行进在浚邑的郊外，用素丝拴结的套绳，良马四匹，车上坐着美好的人前去拜见贤者，用什么礼物赠送给他呢？

　　高高地树立着鸟隼之旗，行进在浚邑的郊外，用素丝拴结的套绳，好马五匹，车上坐着美好的人啊，用什么赠予他呢？

　　高高地树立着伸着雉羽的旌旗，行进在浚邑的城中，用素丝拴结的套绳，良马六匹，车上坐着那个美好的人，用什么话向他禀告呢？

　　注：①此诗盖言卫文公乘此车马，建此旌旄，以见贤者，他将用何种礼物去见，以答礼义。朱熹言："以上三诗言卫公列于载驰之间，其详无所考据。然卫本以淫乱无礼，不乐善道而亡其国，今破灭之余，人心畏惧，其有悟惩创往事，而兴起善端之时也。故其诗如此。盖所谓生于忧患，死于安乐也。"

载驰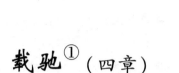（四章）

载驰载驱，归唁卫侯。驱马悠悠，言至于漕。大夫跋涉，我心则忧。

既不我嘉，不能旋反。视尔不臧，我思不远。既不我嘉，不能旋济？视尔不臧，我思不閟。

陟彼阿丘，言采其蝱②。女子善怀，亦各有行。许人尤之，众稚且狂。

我行其野，芃芃其麦。控于大邦，谁因谁极？大夫君子，无我有尤。百尔所思，不如我所之。

快走一阵奔跑一阵，归家去吊唁卫侯（卫国亡），赶着马悠悠前行，以致来到了漕邑。看到许国大夫们也跟着回来，一路跋涉劳苦，我心里不仅为之担忧。

既不以我为善，我也不能旋返回家。看出你心性不良，我的心思却不能向远。你既不以我为嘉，我也不用济渡旋返。看你为人不善，我的心却一直没有对你封闭向远。

登上那座山丘啊，要去采贝母呀。女子忧思善怀，各有其所追求，一个以身许国之人，行为尤其特出，一些幼稚的孩子和疯狂之人，他们知道什么呢？

我行走在原野之上，看到那长得茂盛的麦田，都控持在大邦手里，谁是起因，谁是极致，都是那些艰难跋涉的众人创造出来的。不要埋怨我有过错，你们想出一百样的方子，不如随我的心愿处事。

注:①诗言,宣姜之女,为许(国)穆公之夫人。听说卫国亡了,驰聘而归,将以唁卫侯。尚未到达,即闻得许国的大夫们跋涉而来者。夫人知其必将以不可归来告之。

②虻,贝母别名。朱熹诗集注中云:"父母殁,子女不得归宁者,义也。虽君死国灭不得往赴焉。义重于亡故也。"

卫国（十篇）

淇奥①（三章）

瞻彼淇奥，绿竹猗猗。有匪君子，如切如磋，如琢如磨。瑟兮僩兮，赫兮咺兮。有匪君子，终不可谖兮。

瞻彼淇奥，绿竹青青。有匪君子，充耳琇莹，会弁如星。瑟兮僩兮，赫兮咺兮。有匪君子，终不可谖兮。

瞻彼淇奥，绿竹如箦。有匪君子，如金如锡，如圭如璧。宽兮绰兮，猗重较兮。善戏谑兮，不为虐兮。

看那淇水隈隩之处，嫩绿的竹子，长得茂密美盛，文德著称的君子，执事认真负责，像雕骨制玉一般的精细：如切如磋，如琢如磨。修德有进无已，既庄重又威严，有文才的君子呀，人们永远不会把你忘掉。

看那淇河的隈隩之处，绿竹青青，有文德的君子，耳朵上塞着精美的玉，皮弁衣缝上也镶着玉，璀璨如星，矜庄而威严。有文德的君子，人们终究不会忘记你的。

看那淇河隈隩之处，绿竹密如栅栏，有文德的君子啊，锻炼得有如精纯的金锡，其生质之温润如圭如璧，宽容大度，他乘坐的车和卿大夫们一个规格,和下人们经常开个玩笑,待人从不暴虐苛刻。

注:①该诗盖颂卫武公之德。《国语》言:卫武公九十有五,犹箴儆于国,要求自己特别严。他说:"勿以我老耄而舍,我必恪恭于朝,以警戒于我。"遂作诗自励。而"桑扈之什"中"宾之初筵",即武公悔过之作。为人能听规谏,以礼自防也。卫之他君,盖无及此者。

考槃①（三章）

考槃在涧,硕人之宽。独寐寤言,永矢弗谖。
考槃在阿,硕人之薖。独寐寤歌,永矢弗过。
考槃在陆,硕人之轴。独寐寤宿,永矢弗告。

敲击着"槃",发出动听的音响,处在深山涧水之旁。贤德之人,心胸宽广,独自眠宿山间,睡醒自我言语。甘愿在此生活下去,这里的情境永志不忘。

敲击着槃在山坡之上,这是隐居之人最适宜的场所。独自眠宿,醒来引吭高歌,我愿永远生活在这里,一刻也不离开它。

敲着槃乐在岭岗之上,隐居之人盘桓不肯离弃的地方,每天独自眠宿,我要矢志在这里住下去,切不可告知他人。

注:①此篇似写隐士之诗。硕人,硕大也,贤德之人,朱熹释为诗人。译者称其为隐士。"槃",为一种似鼓类可击之乐器,用以节歌。

诗经试译

硕人①（四章）

硕人其颀，衣锦褧衣。齐侯之子，卫侯之妻。东宫之妹，邢侯之姨，谭公维私。

手如柔荑，肤如凝脂，领如蝤蛴，齿如瓠犀，螓首蛾眉，巧笑倩兮，美目盼兮。

硕人敖敖，说于农郊。四牡有骄，朱幩镳镳。翟茀以朝。大夫夙退，无使君劳。

河水洋洋，北流活活。施罛濊濊，鳣鲔发发。葭菼揭揭，庶姜孽孽，庶士有朅。

硕人（指卫庄公之妻庄姜）长着个颀长的身子，穿着锦衣里面还加禅衬。齐侯的儿子，卫侯的妻子，东宫之妹，邢侯之姨，还有谭公，那是庄姜的妹夫。

看那庄姜手指长得像树木乍发时的嫩芽，皮肤像涂了油脂一样细腻，脖子长得像蛀木的哈虫（蝤蛴）一样白皙。牙齿长得像瓠瓜的种子一样洁密，前额像螓蝉一样方正，一双蛾眉，笑起来是那样倩美，水灵灵的眼睛，黑白分明。

她（硕人）个子长得很高，住舍就在农田的郊野，王公乘坐在四匹壮马的车上，辔头上结着红彩，马嚼子铮明瓦亮，夫人乘坐在用雉羽装饰的车上，来到卫国的都城，大夫们朝见过君王，随即退去，为的是让君王与夫人相亲休息，暂且不要为政事辛苦。

河水宽阔，哗哗向北流去，那些捕捞的渔夫们在水面上刷刷地撒着渔网,捕捞上鳏鱼和鲔鱼很多很多。像葭荻一样的远亲,庄姜的庶姐妹们,盛装丽饰也纷纷来到,还有一些媵亲女友,也相随跟来。

注:①《春秋传》曰:庄姜齐王之女,嫁予卫庄公,美而无子,卫人为之作此诗。首章称其族类之贵,以见其为正嫡小君,所宜亲厚而重叹庄公之昏惑;二章言庄姜容貌之美。三章言庄姜自齐来嫁,舍止近郊。马车之盛,以入君朝。国人乐得以为庄公之配,诸大夫朝君宜早退,勿使君劳,不得与夫人庄姜相亲。末章言齐地广饶,夫人之来,仕女姣好,礼仪盛备如此。

氓①（六章）

氓之蚩蚩,抱布贸丝。匪来贸丝,来即我谋。送子涉淇,至于顿丘。匪我愆期,子无良媒。将子无怒,秋以为期。

乘彼垝垣,以望复关。不见复关,泣涕涟涟。既见复关,载笑载言。尔卜尔筮,体无咎言。以尔车来,以我贿迁。

桑之未落,其叶沃若。于嗟鸠兮! 无食桑葚。于嗟女兮! 无与士耽。士之耽兮,犹可说也。女之耽兮,不可说也。

桑之落矣,其黄而陨。自我徂尔,三岁食贫。淇水汤汤,渐车帷裳。女也不爽,士贰其行。士也罔极,二三其德。

三岁为妇,靡室劳矣。夙兴夜寐,靡有朝矣。言既遂矣,至于暴矣。兄弟不知,咥其笑矣。静言思之,躬自悼矣。

及尔偕老,老使我怨。淇则有岸,隰则有泮。总角之宴,言笑晏晏,信誓旦旦,不思其反。反是不思,亦已焉哉!

那个貌似憨傻的小子,拿着钱币来买我的蚕丝,实际他并不是来买蚕丝,而是想向我求婚。送他涉过淇河,一直到了顿丘地方,我对他说,不是我误期不赴,因为你也没找媒人,你且不要生气,秋后就是咱俩的婚期。

爬上那将要倾圮的垣墙啊,瞭望他所居地复关。望不到复关啊,哭得涕泣涟涟。既然看到复关,心像开花了似的有说有笑。他曾求人卜筮算卦,命运没有凶处,他说你就乘车来吧,我筹备一下,咱们就迁住在一起吧。

桑树未落之时,叶子润泽光亮,可怜那短尾斑鸠呵,不要去贪食桑葚,吃多了会迷醉的,可怜这女子呀,不要随意同男人接近,男人拉拉扯扯,倒没有大的妨碍,女人随便接触男人,失贞失节,被遗弃,名声污秽,情境就不可收拾了。

桑树黄落之时,叶子陨坠落地,自从我到你家来,三年多的时间,过着穷困的生活,尤遭见弃,还得回返娘家。淇河哗哗流淌,把车帷裳都浸湿了,作为女人我并没有差错,你却做得太差了,有了二心,以为我色衰了,而坏了心肝。

在你家为妇三年,没有一天不在家操劳,每天早起晚睡,没有一个早晨是闲暇的,什么事都随从于你,然而你对我却暴戾相待,兄弟们还不知实情,否则他们必将耻笑于我。静下心来想一想呵,只能埋怨自己。

既然立誓同你偕老终生,不曾想老了竟使我这样地揪心。淇水尚有边岸,低湿的草地上还有一条条高阜的地方。幼小的孩童,在一起玩耍,说什么话都信以为真,没有想到世间的事还有反复,既然反复如此,又有什么办法? 只好由他去吧。

注:①此诗盖言淫妇为人所弃,自叙其所经以道其悔恨之意也。

竹竿①（四章）

籊籊竹竿，以钓于淇。岂不尔思？远莫致之。
泉源在左，淇水在右。女子有行，远兄弟父母。
淇水在右，泉源在左。巧笑之瑳，佩玉之傩。
淇水滺滺，桧楫松舟。驾言出游，以写我忧。

举着长长的竹竿，垂钓在淇河的边岸，岂不想归宁父母吗？路途太远，无法实现。

泉源在卫之西北，故曰在左，淇水在卫之西南，故曰在右，二水东流终究汇一，女子出嫁以后，却远离兄弟父母。

淇水在右，泉源在左，少小时兄弟姐妹们露着洁白的牙齿，在一起笑闹玩耍的场景无法再得。

淇水滚滚长流，用桧木做的棹杆，用松木制成的舟船，坐上去出游呵，以泄除我心中的忧愁。

注：①诗言卫女嫁于诸侯，思归宁而不得之作。

芄兰①（三章）

芄兰之支，童子佩觿。虽则佩觿，能不我知。容兮遂兮,垂带悸兮。

芄兰之叶,童子佩韘。虽则佩韘,能不我甲。容兮遂兮,垂带悸兮。

芄兰的枝杈上含着白浆,孩童身上佩戴着像骨磨制的锥子。虽然佩戴着骨锥,他的才智也不足以知道我呀。且容他随他去吧,他那垂带也令人可怕啊!

芄兰的叶子里也含有白汁,幼小的孩童却佩戴着象骨制成的筷子,虽然佩戴着象骨筷子,他的才能岂能超越过我。且容他随他去吧,他那垂带也令人心悸。

注:①芄兰:即萝藦,蔓生,分枝极多,叶蔓皆含白汁,蔗果可食。朱熹注云:"此诗不知所谓,不得强解。"译者浅探,岂敢妄言。

河广①（二章）

谁谓河广? 一苇杭之。谁谓宋远? 跂予望之。
谁谓河广? 曾不容刀。谁谓宋远? 曾不崇朝。

谁说河宽啊? 一根苇子远就过去了。谁说宋国远? 翘起脚跟就可以望见。

谁说河宽啊? 连只小船都施展不开。谁说宋国远? 即是很近也不得往见。

注:①按:卫在黄河之北,宋在黄河之南,卫宣姜之女为宋桓公夫人,生襄公而出归于卫。襄公即位,夫人思之,义不可往。盖君承父之重任,与祖为一体,母出(离开)与祖庙绝,不可至矣。

又卫之政教淫僻,风俗伤败,女子知礼畏义,故不往探,先王之化犹存。

伯兮① (四章)

伯兮朅兮,邦之桀兮。伯也执殳,为王前驱。
自伯之东,首如飞蓬。岂无膏沐? 谁适为容!
其雨其雨,杲杲出日。愿言思伯,甘心首疾。
焉得谖草? 言树之背。愿言思伯,使我心痗。

我那丈夫身体威武健壮,他是国家杰出的人才哩。手执着长殳(长一丈二尺,无刃之戈矛)为国王领兵去前线作战。

丈夫从征向东走去,头发乱得像飞蓬一样,不能及时梳理。岂是没有膏脂洗沐除垢吗? 谁能专管为他修整面容呢?

思念丈夫像酷旱祈盼老天下雨一样,偏偏光灿灿的太阳照在天空,整天祈盼在想念你呀而不得归,甘心忍耐痛心疾首了。

上哪儿去寻找萱草,据说吃了它可以忘掉忧愁。说是它多生长在树林的背坡,实在难觅,我是多么想念你呀,我的病越加严重了。

注:①伯兮:妇人称其夫之字也。此诗乃记述乱世之诗。国家征战,男子从役,室家蒙此怨思之苦。

有狐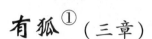（三章）

有狐绥绥，在彼淇梁。心之忧矣，之子无裳。
有狐绥绥，在彼淇厉。心之忧矣，之子无带。
有狐绥绥，在彼淇侧。心之忧矣，之子无服。

　　狐狸寻觅求偶，走在淇河的津梁渡口，我心里的忧愁呵，竟连一条裤子没有。

　　狐狸在寻觅求偶，走在淇河水深可渡的地方，我心里的忧愁呵，连个束腰的带子都没有。

　　狐狸在寻觅求偶，走在淇河的侧旁，我心里的忧愁呵，连件衣服都没的穿。

　　注：①此诗朱熹释曰："列国战乱民众离散，多丧其匹偶，有寡妇见鳏夫欲嫁之，故注言有狐独行，而忧其无托也。"

木瓜①（三章）

投我以木瓜，报之以琼琚。匪报也，永以为好也！
投我以木桃，报之以琼瑶。匪报也，永以为好也！

投我以木李，报之以琼玖。匪报也，永以为好也！

她赠送我一个木瓜，回赠她一件宝玉——琼琚，并不是单纯为了答谢于她，想同她永远地交好。

她赠送我一个桃子，回敬她一块美玉——琼瑶。不是单纯地为了答谢于她，想同她永远交好。

她赠我一颗枣子，回敬她一块黑色的粗玉——琼玖。并不是为了答谢于她，想同她永远地交好。

注：①木瓜一名楙，热带果类，并可入药。本诗亦男女赠答之词。卫国地滨黄河，其地土薄，故其人气质轻浮，又其地低平，故其人柔弱，人心急惰，其声音淫靡，故闻其乐，使人懈慢，而生邪僻之心。

郑诗放此（同此一类也）。

王国（十篇）

　　周朝之初文王居丰，武王居镐（均在今西安附近），至宜臼东迁至洛邑（今洛阳）始为东周。王室遂卑，与诸侯无异。故其诗不为雅，而为风，仅其王号未泯，因此，不言"周"，而曰"王"，其地在今洛阳附近。

黍离① （三章）

　　彼黍离离，彼稷之苗。行迈靡靡，中心摇摇。知我者，谓我心忧；不知我者，谓我何求。悠悠苍天，此何人哉？

　　彼黍离离，彼稷之穗。行迈靡靡，中心如醉。知我者，谓我心忧；不知我者，谓我何求。悠悠苍天，此何人哉？

　　彼黍离离，彼稷之实。行迈靡靡，中心如噎。知我者，谓我心忧；不知我者，谓我何求。悠悠苍天，此何人哉？

　　那黍田长得密密麻麻，高粱谷子一片连着一片，看到这里的情景，步履迟滞不前，心中摇荡不定。知道我的人能理解我心中的忧愁,不知我者,还以为我是在别有所求。高远的苍天,我是什么人啊!

　　那成片的黍田随风起伏,高粱谷子已秀穗垂实,看到这里的情景,步履迟滞不前,心中像喝醉了酒一样。知道我的人能理解我心中的忧愁,不知我者,还以为我是在别有所求,高远的苍天,我这是什么人啊?!

　　那成片的黍子长势密密麻麻,谷子已秀穗垂实,看到这里的情景,走路迟滞不前,心中像吃饭噎着了一般。知道我的人能理解我心中的忧愁,不知我者,还以为我是在别有所求,高远的苍天,我这是什么人啊?!

　　注:①周朝既已东迁,国势衰微,行役之人,经过崇周故地,家室倾圮,已变成一片农田,不免有所感伤,彷徨不忍离去,故成此诗。

君子于役①(二章)

　　君子于役,不知其期,曷至哉?鸡栖于埘,日之夕矣,羊牛下来。君子于役,如之何勿思!

　　君子于役,不日不月,曷其有佸?鸡栖于桀,日之夕矣,牛羊下括。君子于役,苟无饥渴!

　　丈夫在外面服役当兵,不知什么时候回来。现时走到什么地方,都未便知晓。鸡已经进窝了,太阳已经偏西,在野地里放牧的牛羊也已经赶回家来了。丈夫在外面服役当兵,长期不归,我怎能不思念呢?

　　丈夫在外面服役当兵，时间很长都不计月日了。什么时候能够相会见面。眼时鸡都进窝了，太阳已经偏西。牛羊杕糜田野，都赶回来了。丈夫从役在外，混个吃喝，能不受饥渴，也就很不错了。

　　注：①此乃丈夫从役在外，妻子瞻念怀思之诗。

君子阳阳①（二章）

　　君子阳阳，左执簧，右招我由房，其乐只且！
　　君子陶陶，左执翿，右招我由敖，其乐只且！

　　我那丈夫，喜气洋洋，左手擎着笙簧，吹奏着乐章，右手扯着我旋舞，在那东面的居房，高兴的没法说了。
　　我那丈夫，其乐陶陶，左手握着彩羽，右手搀扶着我旋舞翱翔，高兴的没法说了。

　　注：①此诗疑亦前诗（《君子于役》）夫人所作。盖其夫从役既归，不以行役所劳，虽贫贱亦安，固有舞乐之举。

扬之水①（三章）

　　扬之水，不流束薪。彼其之子，不与我戍申。怀哉怀哉,曷月予还归哉?

扬之水,不流束楚。彼其之子,不与我戍甫。怀哉怀哉,曷月予还归哉?

扬之水,不流束蒲。彼其之子,不与我戍许。怀哉怀哉,曷月予还归哉?

平缓的河水呀,不漂流成捆的薪柴。他是那个室家的儿子,却不同我一起去到申地戍边,心里想着盼着,哪个月能让我还归?

平缓的河水呀,不漂流成捆的荆条,他是那里的儿子,却不同我一起到甫地戍边(甫,即吕,亦姜姓,为甫侯,与申同因,并戍之),想着盼着,哪个月能让我还归?

平缓的河水呀,不漂流成捆的蒲杨,他是那里的儿子,却不同我一起到许国戍边(许国亦姜姓,今许昌地),心里想着盼着,哪个月能让我还归?

注:①申国,姜姓之国,平王(宣臼)母家也,在今邓州、信阳一带。平王以申国近楚,数被侵伐,因差畿内之民戍之。朱熹注:"申侯联犬戎弑幽王,灭宗周,应是杀父仇敌,今平王不能报父仇,反为其保镳戍申防楚,因民之戍申者,以平王之衰懦柔弱如此,怨言作此诗。"

中谷有蓷①(三章)

中谷有蓷,暵其乾矣。有女仳离,嘅其叹矣。嘅其叹矣,遇人之艰难矣!

中谷有蓷，暵其修矣。有女仳离，条其啸矣。条其啸矣，遇人之不淑矣！

中谷有蓷，暵其湿矣。有女仳离，啜其泣矣。啜其泣矣，何嗟及矣！

荒谷里长着益母草，被太阳都晒枯了。女子同丈夫别离，处境苍凉，可悲可叹，年荒饥饿，如何生活下去？

荒谷里长着益母草，晒干枯了，有些变长。因饥饿女子被丈夫抛离，竟放开嗓子号喊，放开嗓子号喊，都顾不得仪表了。

荒谷里长着益母草，晒干枯后又有些返潮，年荒饥馑，被丈夫抛离，站在路旁呜呜地哭泣，呜呜地啜泣，怎么哀嗟到这程度了？！

注：①蓷，音推，即益母草。诗言，东周王政之恶，生民饥饿离散，无以为国矣，由此可见。

兔爰①（三章）

有兔爰爰，雉离于罗。我生之初，尚无为；我生之后，逢此百罹。尚寐无吪！

有兔爰爰，雉离于罦。我生之初，尚无造；我生之后，逢此百忧。尚寐无觉！

有兔爰爰，雉离于罿。我生之初，尚无庸；我生之后，逢此百凶。尚寐无聪！

兔子善跳而行动迟缓，却遇祸得免，野鸡丽质乖戾善飞，却被人们扣入网罗。我生人之初尚不懂世事，我长大成人之后，遭逢百样灾祸，我权当在睡梦之中，一动不动地等着死吧。

兔子行动慢慢腾腾，遇祸得免，野鸡丽羽会飞，却被人们用机关扣入网罗。我幼小的时候尚且没有什么造就，长大成人之后，遭逢百样忧愁，直到现在我还像睡梦之中——如同装在闷葫芦里一样没有觉醒，只有等着死吧。

兔子行动迟缓，幸免无事，野鸡生的丽质善飞，却让人们用网在车厢上捕到了，我生之初尚且没有什么用项，长大成人之后，遭逢百样凶险。现在如同睡梦之中，耳朵什么声音都听不到，只有等着死了。

注：①诗言周室衰微，诸侯背叛，有识君子，不乐其生，乃作此诗。盖言狡黠者得免，忠直者受祸，生之初，适周盛之时，生之后，周室既衰，逢此。

葛藟①（三章）

诗经试译

绵绵葛藟，在河之浒。终远兄弟，谓他人父。谓他人父，亦莫我顾。

绵绵葛藟，在河之涘。终远兄弟，谓他人母。谓他人母，亦莫我有。

绵绵葛藟，在河之漘。终远兄弟，谓他人昆。谓他人昆，亦莫我闻。

繁茂翁郁的葛藟啊，长在河岸之上，兄弟们离散远去，只有认他人为父亲了，即便认他人为父，他对我们也不予关顾。

繁茂翁郁的葛藟啊，长在大河的岸边，终究兄弟们离散远去，只有认他人为母亲了，即使认他人为母亲，她也不认你是自己所生。

繁茂翁郁的葛藟啊，长在河的岸边，终究兄弟们离散远去，只有认他人为兄长了。即是认他人为兄长，有事也不同我们交流见闻。

注：①此诗言，周室东迁，国衰民散，有去其乡里家族者，流离失所，乃作此诗。

葛藟，草名，引蔓甚长，缠树枝。

采葛①（三章）

彼采葛兮，一日不见，如三月兮！
彼采萧兮，一日不见，如三秋兮！
彼采艾兮！ 一日不见，如三岁兮！

他在那里采葛子呀，一日不见，如同离别三个月呢。

他在那里采收萧荻（香蒲）呀，以备祭用，一日不见，如同过了三个秋天哩。

他在那里采收艾蒿呀，以备针灸所用，一日未见如同别了三年哩。

注：①此诗盖言男女交好思念之情。

大车①（三章）

大车槛槛，毳衣如菼。岂不尔思？畏子不敢。
大车啍啍，毳衣如璊。岂不尔思？畏子不奔。
毂则异室，死则同穴。谓予不信，有如皦日。

大车轱辘滚滚前转，穿着像天子、大夫的衣服，绣着五色图案，青者如同新生芦芽嫩绿鲜艳，岂是不想念你吗？

大车啍啍前转，穿着像天子、大夫的衣服，缀有宝石，五彩斑斓，岂是不想念你吗？怕你不快些跑来。

生时不能同你共居一室，死后甘心与你合葬一起。你若说我不讲信用，我可以对着皦日②盟誓！

注：①周衰，王室懦弱，大夫竟有谋人私色者，然而毕竟畏而不敢，然而情已至，行不敢为，乃有死同穴之誓。周既衰微东迁，可见王国之风与国风之周南、召南差之远矣，淫乱之风盛行。
②皦日：灿烂白日。

邱中有麻①（三章）

丘中有麻，彼留子嗟。彼留子嗟，将其来施施。

— 92 —

丘中有麦，彼留子国。彼留子国，将其来食。

丘中有李，彼留之子。彼留之子，贻我佩玖。

　　丘岗上长着大麻，想让子嗟前来，子嗟前来他一定很高兴地就走来了。

　　丘岗上长着麦田，想让子国前来，子国前来，同我一起野餐吧。

　　丘岗中长有麦子，同前二人一起来吧，一起走来，还许能以佩玖（黑玉）赠我哩。

　　注：①朱熹释曰："此诗言有妇人望其所以私者而不见来。故言丘中有麻，另有与之私会而留之者。故安得其施施而来乎？"

第三卷　邺以下十三国（下）

郑国（二十一篇）

郑本为西周京畿之地，宣王封弟友（桓公）于此，后迁至新郑，为春秋郑国，地在今河南郑州一带。

缁衣①（三章）

缁衣之宜兮，敝予又改为兮。适子之馆兮。还予授子之粲兮。

缁衣之好兮，敝予又改造兮。适子之馆兮，还予授子之粲兮。

缁衣之席兮，敝予又改作兮。适子之馆兮，还予授子之粲兮。

穿上那黑色的衣服呀，很是适体，你若嫌弃，我将为你更换。到你的馆舍去，我将为你捣凿精纯的米吃。

黑色的衣服是很好的，如果敝夷，我将为你重新制作，到你馆舍去，为你做好饭吃。

黑色的衣服很是宽大，如果嫌弃不好，可以为你改做。回到你的馆舍去，很好地犒劳你一番。

注：①朱熹释曰："旧说郑桓公，武公相继为周朝司徒（古官职名，主管民众事务），善于其职，周人爱之，作此诗。"

将仲子①（三章）

将仲子兮，无逾我里，无折我树杞。岂敢爱之？畏我父母。仲可怀也，父母之言亦可畏也。

将仲子兮，无逾我墙，无折我树桑。岂敢爱之？畏我诸兄。仲可怀也，诸兄之言亦可畏也。

将仲子兮，无逾我园，无折我树檀。岂敢爱之？畏人之多言。仲可怀也，人之多言亦可畏也。

亲爱的仲子啊，不要闯进我的居里，不要折坏我的杞柳，岂敢随便来求爱于我吗？害怕我的爹妈呀。仲子，我实在是想念你呀，爹妈的话也是很可怕啊！

亲爱的仲子啊，你可千万别爬墙而来呀，不要折坏我门前的桑树，岂是敢随便求爱吗？害怕我几个哥哥，仲子我实在是想念你呀，诸兄的话也是很可怕呀。

亲爱的仲子啊，不要破篱穿入我家的菜园，别折坏我家的青檀树。岂是敢随意相爱？害怕邻里多言。仲子我实在是想念你呀，人之多言,也是很可怕呀。

注:①此女子情恋之诗。朱熹引莆田郑氏曰:"淫奔者之词"。将仲子:仲子,人名,将,请也,译为"亲爱的",以喻亲近之意。

叔于田(三章)

叔于田,巷无居人。岂无居人?不如叔也。洵美且仁。
叔于狩,巷无饮酒。岂无饮酒?不如叔也。洵美且好。
叔适野,巷无服马。岂无服马?不如叔也。洵美且武。

共叔段上山猎禽鸟去了,巷子里像无人居住了似的,岂是无人居住?都不如叔段为人那样信实美好仁厚。

共叔段上山狩猎去了,巷子里再无人饮酒。岂是无人饮酒?他们都没有叔段为人那样信实美好。

共叔段到野外去了,巷子里再无人会骑马。岂是没有会骑马的?不如叔段那样信实英武。

注:①叔:郑庄公之弟共叔段。段循义而得众,国人爱之作此诗。朱熹曰:"此篇或有疑为民间男女相悦之辞也"。

大叔于田① (三章)

　　叔于田,乘乘马。执辔如组,两骖如舞。叔在薮,火烈
具举。袒裼暴虎,献于公所。将叔勿狃,戒其伤女。

　　叔于田,乘乘黄。两服上襄,两骖雁行。叔在薮,火烈
具扬。叔善射忌,又良御忌。抑磬控忌,抑纵送忌。

　　叔于田,乘乘鸨。两服齐首,两骖如手。叔在薮,火烈
具阜。叔马慢忌,叔发罕忌,抑释掤忌,抑鬯弓忌。

　　共叔上山猎鸟的时候,驾着马车握着辔缰,像在飞舞一般。共叔
进入茂草水深的泽畔,发现猎物,立时火速张弓射击,脱光膀子,赤手
将那猎物擒住,回来献于庄公居所。庄公劝他不要以为自己猎技娴
熟,防备野兽伤害着你。

　　共叔出去田猎,两匹黄马驾辕,另两匹骖马两侧雁行(俗谓拉帮
套如雁阵随行)。共叔走进深草泽畔,火烈神速跃起,他箭法很好,有
着御车的良技,驱马止马都十分灵巧,抑、控、纵、送都运用自如。

　　共叔外出田猎,两匹杂有白毛的马驾辕,并行在前,两匹骖(即帮
套)乘,列在车的两旁,犹如人之双手,共叔在深丛泽畔,发现猎物,火
烈神速地将马放慢,拉弓,射捕猎物,而后将猎物收起,将弓箭装入弓
囊,随之开始从容地回返了。

注:①朱熹注言:二诗皆曰"叔于田",不知者,以段有叔之号,加"大"以别
之。大音泰。

清人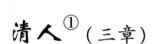（三章）

清人在彭，驷介旁旁。二矛重英，河上乎翱翔。
清人在消，驷介麃麃。二矛重乔，河上乎逍遥。
清人在轴，驷介陶陶。左旋右抽，中军作好。

　　清邑之人，屯扎在彭河边上，四匹披甲的马，奔腾驰骋，车上插着两长矛，垂着重英，在河边上摇曳晃动。远处望去，好似在翱翔一般。

　　清邑之人，屯扎在消河边上，驾着四匹披甲的马，英武麃麃，两长矛尖全是重勾，逍遥自在地在河边走动。

　　清邑之人，屯扎在轴河边上，赶着四匹披甲的马，闲适陶陶，左边坐着御马的车夫，右边是持刀冲刺的勇士，将军坐在军鼓之下车的正中，神气十足，百无聊赖地无事闲游。

　　注：①清人：清邑之人，即指郑国戍边的清邑之军人。事见《春秋》，郑文公，恶高克，又派他带领清邑之兵御狄于河上，久而不召，师散而归，相与游戏，乃至清散。朱熹略曰："人君主宰一国之生杀大权，对于居功自恃罪有应得者，杀之可也，情状未明，黜之可也。爱惜其才（有利用价值），驭之可也。安可握持兵权，委诸边境，坐视军队懈怠离散。"郑文公的责任实在是深重。

羔裘①（三章）

羔裘如濡，洵直且侯。彼其之子，舍命不渝。
羔裘豹饰，孔武有力。彼其之子，邦之司直。
羔裘晏兮，三英粲兮。彼其之子，邦之彦兮。

羊羔皮袄，卷曲的毛穗，像润泽了一般，顺直熨帖美好，穿此羔裘的大夫，顺理也能穿它一辈子，至死官位也不会改变。

羊羔皮袄，是用豹皮的衣领和袖口，象征武勇有力，穿这皮衣服的人，为国家主持事务，保准能一干到底。

羊羔皮袄，崭新美好。三处缀饰，发光闪亮，穿这件羊羔皮袄的大夫，是国家最贤美的男士哩。

注：①此诗褒着羔裘之人，不知其所指。

遵大路①（二章）

遵大路兮，掺执子之祛兮，无我恶兮，不寁故也！
遵大路兮，掺执子之手兮，无我魗兮，不寁好也！

顺着大路,我揽扯着你的衣袖啊,不要因为我有过错,而遽然离弃不留于我,还要想到你我的故旧之情啊!

顺着大路,紧握着你的手啊,不要以为我面貌丑陋,而遽然离弃,还要体谅我们有着长时期的交好哩。

注:①朱熹言:此乃淫妇为人所弃,故其去也,揽其祛而留之。故旧不可遽然绝弃。宋玉赋有:"遵大路兮揽子祛"之句,亦男女相悦之句也。

女曰鸡鸣① (三章)

女曰鸡鸣,士曰昧旦。子兴视夜,明星有烂。将翱将翔,弋凫与雁。

弋言加之,与子宜之。宜言饮酒,与子偕老。琴瑟在御,莫不静好。

知子之来之,杂佩以赠之。知子之顺之,杂佩以问之。知子之好之,杂佩以报之。

妻子说,鸡鸣了,丈夫说,昧旦(天将放亮),丈夫起床瞻览夜色,启明星还发着光亮,随之紧忙起床,像飞跑一样进山,转眼间用弓箭猎获来野鸭和大雁。

丈夫射猎有获,已达到目的,妻子很好地配合,有道是"妇主中馈",办置饭菜一起喝酒,这样的生活咱俩一起相伴偕老,一起抚琴弄瑟娱乐,永远安静和好。

知道他们为修文德而来,赠给她几种佩带的杂玉,知道奔你来都是一些顺爱贤善之人,还有些杂佩应当一起赠送他们。知道都是你的友好,赠以杂佩,也是一种报答嘛!

注:①此诗讲述夫妇相警相励,共同创造美好生活,知夫友为修文德而来,数以杂佩相赠而不惜各自饰,其贤德可知。

有女同车①(二章)

有女同车,颜如舜华。将翱将翔,佩玉琼琚。彼美孟姜,洵美且都。

有女同行,颜如舜英。将翱将翔,佩玉将将。彼美孟姜,德音不忘。

有个姑娘同我坐在一辆车上,俊俏的脸蛋长得同木槿花一样,动作似鸟在翱翔。身上戴着佩玉和琼琚,她的名字叫姜孟,好一个娴雅俊美的人哩!

有个姑娘与我同行,脸面长得像木槿花一样,走起路来轻飘飘的如同鸟儿在翱翔一般,身上的佩玉锵锵作响,这个美丽的姜孟呵,却是一个很有道德修养的人哩。

注:①朱熹注言:"此疑淫奔之诗也"。译者曰:非也,盖女子美貌,同行人见之,誉而赞之,是常理也,哪可皆视为淫奔呢。

诗经试译

山有扶苏①（二章）

山有扶苏，隰有荷华。不见子都，乃见狂且。
山有乔松，隰有游龙，不见子充，乃见狡童。

山上长着一种小灌木——扶苏，低洼的水塘里长着荷花，看不到那俊俏的男人子都，却偏偏遇上那呆傻的狂夫。

山上长着高大的青松，低洼甸子里长着荭草马蓼，见不到那漂亮的小伙子子充，却偏偏碰上了那狎邪的狡童。

注：①扶苏：一种矮小的灌木，具体不知其详。朱熹言：此乃淫女戏其所私者之诗。用现代话说，淫女嫌其所嫁之夫龌龊，谋图俊秀嘉良者，又得不到，嗟叹之所作也。

萚兮①（二章）

萚兮萚兮，风其吹女。叔兮伯兮，倡予和女。
萚兮萚兮，风其漂女。叔兮伯兮，倡予要女。

凋枯的树叶，将要被风吹落，好兄弟好哥们，把我当成自家人，收下我吧。

凋枯的树叶,纷纷飘落,好兄弟好哥们,把我当成自家人,成全我吧。

注:①萚:木落叶沉降于地为萚,音托。此淫女将要被抛弃,哀求其情夫成全于她。

狡童①（二章）

彼狡童兮,不与我言兮。维子之故,使我不能餐兮。
彼狡童兮,不与我食兮。维子之故,使我不能息兮。

狡黠的小子,见面都不同我说话,你以为就没人理我了,我就没有饭吃了。跟我好的人还多着呢。

你这狡黠的小子,不给我饭吃,你就用这种手段,搅闹得使我不得安稳。

注:①此亦淫女见绝之诗。

褰裳①（二章）

子惠思我,褰裳涉溱。子不我思,岂无他人?狂童之狂也且!

子惠思我,褰裳涉洧。子不我思,岂无他士? 狂童之狂也且!

你爱我想我,扯着我的裙子涉渡溱②河,你若不想我,我岂是没有别人,狂童都想疯了呢。

你爱我想我扯着我的裙子涉渡洧③河,你若不想我岂是没有好小伙子,比狂童还好的人多得是哩。

注:①褰音牵,裳,下衣,女子为裙。此亦淫女言其所私也。
②溱音臻,水名,在今河南新郑西北。
③洧音锐,水名,在今河南新郑。

丰①(四章)

子之丰兮,俟我乎巷兮,悔予不送兮。
子之昌兮,俟我乎堂兮,悔予不将兮。
衣锦褧衣,裳锦褧裳。叔兮伯兮,驾予与行。
裳锦褧裳,衣锦褧衣。叔兮伯兮,驾予与归。

你长得是一个很丰满的人啊,来到门外在胡同里等我,后悔我没出来迎送你。

你穿戴得很是盛壮啊,来到我的堂屋里等我,后悔我也没有跟随你去。

我穿上绸子衬衣绸子衬裤,一切都打扮好了,好兄弟好哥们,驾上马车,我同你一起走吧。

我换上了崭新的绸布单裙,绸子外衣和内衣,好兄弟好哥们,驾车来接我一同回家吧。

注:①妇人所期盼的男子,已在巷子里等她,女子疑其另有外心,而不迎送,后来事实澄清,后悔当初,要跟他去就好了。

东门之墠^①(二章)

东门之墠,茹藘在阪。其室则迩,其人甚远。
东门之栗,有践家室。岂不尔思? 子不我即!

城东门外有一片很光平的地方,旁边就是一个偏坡,上边杂草丛生,爬满了茜草的藤蔓,人们都管他叫茹藘,我们私会的地方就在那近处,与我幽会的人,如今却离我很远哩。

城东门旁,还长有一株很高大的栗树,栗子树旁都踩成茅道,直通我们幽会的地方。岂是不想念你吗? 你却不容易再来到我身旁啊!

注:①此亦淫妇思念远别之情夫所作之诗。墠音善,光平之处。

诗经试译

风雨① (三章)

风雨凄凄,鸡鸣喈喈。既见君子,云胡不夷。
风雨潇潇,鸡鸣胶胶。既见君子,云胡不瘳。
风雨如晦,鸡鸣不已。既见君子,云胡不喜。

风雨凄凄,鸡鸣喈喈,既然看到你回来了,亲爱的,我的心情怎么能不平静下来。

风雨潇潇,鸡鸣胶胶,既然看到你回来了,亲爱的,我即是积思成病,也立时就痊愈了。

外面风雨不止,天都晦暗下来,鸡叫不停,既然看到你回来了,亲爱的,我怎么能不高兴呢?!

注:①朱熹言,此淫奔之女,见其所期男子而心悦怿之作。

子 衿① (三章)

青青子衿,悠悠我心。纵我不往,子宁不嗣音?
青青子佩,悠悠我思。纵我不往,子宁不来?
挑兮达兮,在城阙兮。一日不见,如三月兮。

穿着纯青色衣服的学子啊,我心里长久地牵挂于你,纵然我不能往见于你,怎么连个口信都不传来?

那穿着纯青色衣服戴着玉佩的小伙子,我长久地想念着你呀,纵然是我不能随便上你那里去,你怎么也不来看我呢?!

思念得无可奈何,随之信步蹦蹦跳跳来到城阙之上,向远处瞭望,心里默喊着:"一日不见如三秋哩!"

注:①朱熹曰:此亦淫奔之诗。

扬之水① (二章)

扬之水,不流束楚。终鲜兄弟,维予与女。无信人之言,人实诳女。

扬之水,不流束薪。终鲜兄弟,维予二人。无信人之言,人实不信。

平缓的河水,不漂流束好的灌木枝条,你我鳏寡无依,又无兄弟姐妹相助,唯有你我二人,互相扶持,不要听信别人的胡言乱语,他们都是在谎诳我们。

平缓的河水,不漂流捆好的薪柴。你我鳏寡无依,又无兄弟姐妹相助,唯有你我二人,互相扶持,不要听信别人的胡言乱语,人实不可信。

注:①扬之水,朱熹释注为"淫者相谓"之言,译者以为是二鳏寡老人相濡以沫之所作也。

出其东门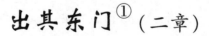（二章）

出其东门，有女如云。虽则如云，匪我思存。缟衣綦巾，聊乐我员。

出其闉阇，有女如荼。虽则如荼，匪我思且。缟衣茹藘，聊可与娱。

走出东门，美女如云，虽则如云，不是我心里所存，自己妻子穿着白色粗质的衣服，围着青艾色的头巾，我也很欢乐的。

走出城外重门城台，见到一个美丽的姑娘有如茅华（荼花）一样，虽则如荼，也不是我所思慕的。自己妻子穿着绿衣，用茜草（茹藘）一染，岂不也变成了鲜红颜色，一样的美好可爱！

注：①朱熹言曰，此时郑国淫风大行，有人虽嫌其妻丑陋，能抑其邪欲，聊可自乐，而不为习俗所易，羞恶之心，人皆有之，岂不信哉。

野有蔓草①（二章）

野有蔓草，零露漙兮。有美一人，清扬婉兮。邂逅相遇，适我愿兮。

— 111 —

野有蔓草,零露瀼瀼。有美一人,婉如清扬。邂逅相遇,与子偕臧。

野地里遍生着一片荒草,沾满了溥溥清露,有一个美丽的姑娘,眉清目秀,在荒草甸子里与我邂逅,即使没有交谈言语,心中也感到是一种满足。

野地里是一片漫漫荒草,露水瀼瀼,有一个美丽的姑娘眉目清扬,在荒野上与我邂逅,我同她都是一种嘉逢和意想不到的庆赏。

注:①溥音团,瀼音让,皆露多貌。

溱洧①（二章）

溱与洧,方涣涣兮。士与女,方秉蕑兮。女曰观乎？士曰既且,且往观乎？洧之外,洵訏其相谑,赠之以勺药。

溱与洧,浏其清矣。士与女,殷其盈矣。女曰观乎？士曰既且,且往观乎？洧之外,洵訏且乐。维士与女,伊其将谑,赠之以勺药。

溱水洧水,坚冰既解,水势溶溶,春暖花开,年轻的男女,相伴偕游,手里握着一把艳美的兰花。女子说:"看吗？"男士说:"当然要看喽"。随之相伴走到洧河的外边,更是一片大好的风光所在,既饱眼福,又开心扉,唯独他们两人,一边赏景,一边戏谑相爱,男士折来一束盛开的芍药花递给女友手中。

溱河和洧河,水既深且清涟,年轻的男女,饱赏着丰盛秀丽的风光,女子说:"还看吗?"男士说:"当然要看。"随之向前边走去,洧河外边,又是一片秀丽美好的风光,只管尽情地观赏吧！此处唯有男士与女子二人,又是一阵相亲相爱之后,男士又赠送给女子一束盛开的芍药。

　　注:①此亦淫奔之诗。朱熹言,郑卫之乐,皆为淫声,以诗考之,邶、鄘、卫诗共三十九篇,淫奔之诗占四分之一,而郑诗二十一篇,淫奔之诗十三篇,占半数以上,而卫诗多男悦女之词,而郑诗皆女惑男之语,而卫诗多讥刺惩罚之意,而郑诗毫无羞耻悔愧之言。故此孔夫子论为邦,独以郑声为戒,而不提卫。

齐国（十一篇）

齐国乃上古太昊氏所居之地，禹贡时为青州之地，周武王封太公望于齐，东至于海，西至黄河，南至于穆棱（在今山东临朐南一百里，大砚山上有穆棱关，道径危恶），北至无棣。太公姓姜，四岳之后，通工商之业，便渔盐之利。民多归之，故为大国。今山东黄河以东济、青、潍、德、棣等地多为其所属。

鸡鸣① （三章）

鸡既鸣矣，朝既盈矣。匪鸡则鸣，苍蝇之声。

东方明矣，朝既昌矣。匪东方则明，月出之光。

虫飞薨薨，甘与子同梦。会且归矣，无庶予子憎。

鸡已经叫了，好起床上朝，会聚众臣，办理公务了。仔细辨别了一下，并不是鸡鸣，而是苍蝇嗡嗡的叫声。

东方既已通明，可该上朝办公事了，仔细辨别了一下，并不是东方既明,而是月亮之光。

天放明了,各种飞虫嗡嗡扰人,我多么想再睡一会儿与你做上个香甜的梦,可当想到群臣皆至,独不见国君上朝,而各自散去,你岂不得责怪憎恨于我吗?!

注:①诗述齐之贤妃,早晨起床,心常恐晚,怕贻误国君大事,诗人誉之。

还① (三章)

子之还兮,遭我乎猇之间兮。并驱从两肩兮,揖我谓我儇兮。

子之茂兮,遭我乎猇之道兮。并驱从两牡兮,揖我谓我好兮。

子之昌兮,遭我乎猇之阳兮。并驱从两狼兮,揖我谓我臧兮。

你是一个行动敏捷的人,和我相遇在猇(音铙)山之间,我们一起猎捕到两只三岁的野兽,并将所获之利全都归我所有。

你是一个年轻美貌的人,我们相逢在猇山的道途之上,我们一起围捕到两只公兽,猎物尽全归我,还称颂我好。

你是一个年富力强的人,我们在猇山前坡相遇。我们一起抓捕到二只饿狼,所获尽全归我,还说我为人亲善。

注:还,行动便捷之貌。

著①（三章）

俟我于著乎而，充耳以素乎而，尚之以琼华乎而。
俟我于庭乎而，充耳以青乎而，尚之以琼莹乎而。
俟我于堂乎而，充耳以黄乎而，尚之以琼英乎而。

　　等候我在外门和屏门之间啊，我耳畔素纩绢帛垂悬，头上饰缀着琼华美玉啊！
　　等候我在庭院之内，我耳畔是青色的绢丝垂悬，头上镶缀的是琼莹美玉哩。
　　等候我在住室的堂屋哩，我耳畔悬垂的是黄色的绢帛，头上镶缀的是美玉琼英哩。

　　注：①著：门屏之间也。朱熹言：齐国礼俗，婿至女家迎亲，行奠祭礼（即拜天地）既毕，即驾车先归，俟于门外、门屏、堂屋，妇至相携以入。故曰俟（等候）之也。

东方之日①（二章）

　　东方之日兮，彼姝者子，在我室兮。在我室兮，履我即兮。

东方之月兮,彼姝者子,在我闼兮。在我闼兮,履我发兮。

太阳已升上东天老高了,这漂亮的媳妇,已经住进我家了。住在我家,随着我的脚步,直往近前凑合呢。

月亮已经升上东天,这漂亮的媳妇,也回到我住室的内门了。回到内门,循着脚步就凑到我身边来了。

注:①此篇朱熹无注。盖言新婚夫妇之好和也。

东方未明①（三章）

东方未明,颠倒衣裳。颠之倒之,自公召之。
东方未晞,颠倒裳衣。倒之颠之,自公令之。
折柳樊圃,狂夫瞿瞿。不能辰夜,不夙则莫。

东方未明,即去上朝,衣裳都穿颠倒了,衣裳穿颠倒了,这是君王错误的号令造成。

东方还没放射阳光,即令上朝,衣裳都穿倒颠了。衣裳穿倒颠了,这是君王错误的命令造成。

折来柔细柳条夹园障子,只有傻子看了惊惧可以挡住。黑夜白昼都辨不清楚,不失之过早还说什么?!

注:①朱熹注言:此诗人刺君兴居无节,号令不应时,造成的混乱。还有怕晚者而应时早到。

南山①（四章）

南山崔崔，雄狐绥绥。鲁道有荡，齐子由归。既曰归止，曷又怀止？

葛屦五两，冠緌双止。鲁道有荡，齐子庸止。既曰庸止，曷又从止？

蓺麻如之何？衡从其亩。取妻如之何？必告父母。既曰告止，曷又鞠止？

析薪如之何？匪斧不克。取妻如之何？匪媒不得。既曰得止，曷又极止？

南山很高很高，公狐狸四处乱窜，去鲁国的大道很是平展，齐襄公的妹妹鲁桓公夫人文姜，既已出嫁归鲁，齐襄公本已违伦邪行，为什么又在惦记着文姜呢？

葛子编的草鞋，每两只为一双，每双鞋上又配有鞋带一双，物各有偶，合理搭配。通向鲁国的大道很是光平，文姜嫁与鲁君，这条道不用再走了，为什么又要变故呢？

种麻怎么样？先要丈量出所用田亩。娶妻如之何？必须先告知父母。既然告知父母同意，鲁桓公已将文姜娶回家，齐襄公为什么还要穷其私欲以至如此呢？

劈柴怎么样？没有斧子劈不成。娶妻怎么样？没有媒人礼不成。既然顺理成章地得到了，又为什么还让她走邪道呢？

注：此诗事见《春秋》，齐襄公之妹文姜，未嫁之时，即与其兄齐襄公私通。既嫁与鲁桓公为妻，每当归省，仍有此事。公元前694年（鲁桓公十八年）夏四月鲁桓公带着文姜来到齐国泺（今济南东北）地议事，齐襄公夜间又与文姜私通，被鲁桓公察觉，厉责文姜，后告之，夏四月，齐桓公宴请鲁桓公，派公子彭生赶车去接，结果鲁桓公竟死于车上。译者以为，很可能是齐襄公差人害死的。朱熹注言，此诗前二章刺齐襄公邪行，后二章刺鲁桓公无能，既知文姜有淫行，哪可还让他们接触，岂不自取其咎。

甫田① （三章）

无田甫田，维莠骄骄。无思远人，劳心忉忉。

无田甫田，维莠桀桀。无思远人，劳心怛怛。

婉兮娈兮。总角丱兮。未几见兮，突而弁兮。

无田而想田，田多了不去很好修植，竟长出满地荒草，心里忧愁得不得了。常言道：不要去思念远方想见之人，以致徒惹烦恼。

无田而想田，田多了没及时理治，竟长了满地莠草。不要去想那些远方想见的人吧，以致徒惹心劳。

幼小可爱的孩童，梳着两个丱髻，很是天真，几年不见面，突然间就长成了大人。

注：①诗意，勿厌小而图大，勿舍近而谋远，将是徒劳而无功。事必由小至大，由近而远。故欲速则不达。如能循序而修之，不觉之中，忽然而至。

卢令[1] (三章)

卢令令,其人美且仁。
卢重环,其人美且鬈。
卢重鋂,其人美且偲。

　　卢令令,那条护田的犬,项下拴的玉环令令作响,那个人呵,美好而且仁厚。

　　卢令令,那条护田的犬,项下拴的子母重环,那个人美好,而且长着连鬈胡子。

　　卢令令,那条护田的犬,项下环上拴的双铃,那个美好的人,还留着很长的髯口哩。

注:①此诗大意与《还》同。卢:犬也,令令项环响声。

敝笱[1] (三章)

敝笱在梁,其鱼鲂鳏。齐子归止,其从如云。
敝笱在梁,其鱼鲂鲔。齐子归止,其从如雨。
敝笱在梁,其鱼唯唯。齐子归止,其从如水。

狭窄的笱笼装在渔梁子上,怎么能囚住鲂鳏[2]一类的大鱼呢?鲁庄公不能防闲文姜,归齐跟了一大帮人有如云涌一般。

　　狭窄的笱笼安在梁箔之上,怎么能囚住鲂鱼和鲢鱼[3]。文姜回到娘家,跟随而来的人有如急雨一般。

　　狭小的笱笼安装在梁箔之上,窜入的鱼,首尾相随,齐女文姜归宁,跟随的人,有如流水一般。

　　注:①笱:渔梁子上用以囚鱼的笼子。朱熹言:敝笱不能制大鱼,诗人比喻鲁庄公是鲁桓公公子,不能防闲文姜,故归齐,相随之者众也。按《春秋》鲁庄公二年,夫人姜氏会齐后于禚。四年夫人姜氏宴齐后于祝丘。五年姜氏到齐国军师之中,七年会齐侯于防,又会齐后于穀。译者语:鲁庄公母亲文姜简直是一个大淫妇。

　　②鲂鳏:鲂鱼,东北土名法罗鱼也。

　　③鲢,胖头鱼之类。

载驱[1]（四章）

　　载驱薄薄,簟茀朱鞹。鲁道有荡,齐子发夕。
　　四骊济济,垂辔沵沵。鲁道有荡,齐子岂弟。
　　汶水汤汤,行人彭彭。鲁道有荡,齐子翱翔。
　　汶水滔滔,行人儦儦。鲁道有荡,齐子游遨。

　　乘坐在马车上不停地向前奔走,席子围的车篷前后悬垂着未经鞣熟的兽皮,奔向鲁国的大道很是光平。齐子文姜又从住宿的地方出发了。

四匹黑色的马很是健壮,垂着辔头和缰绳十分柔软。通向鲁国的大道很是平展。齐女文姜洋洋得意竟不知羞惭。

汶河的水呀哗哗流淌,行人密密麻麻,通向鲁国的大道很是平展,齐女文姜坐在马车上,心情得意扬扬如同鸟儿在飞翔一般。

汶河的水呀,滔滔流淌,行人来来往往,通向鲁国的大道很是坦荡,齐女文姜坐在马车上得意扬扬,竟如鸟儿在天空翱翔一样。

注:①此诗乃齐人刺齐女文姜来会齐襄公也。

猗嗟[①] (三章)

猗嗟昌兮,颀而长兮。抑若扬兮,美目扬兮。巧趋跄兮,射则臧兮。

猗嗟名兮,美目清兮,仪既成兮。终日射侯,不出正兮,展我甥兮。

猗嗟娈兮,清扬婉兮。舞则选兮,射则贯兮。四矢反兮,以御乱兮。

嗬,他长得仪表堂堂,身子很高,动止昂扬,眉目清扬,走路步履轻捷,射箭也是一把好手。

嗬,他的技艺名气很大哩。眼睛清亮,看事很是透彻,遵从礼义,和衷适度。终日张弓布射,每中鹄正,他真是齐襄公的外甥吗?!

嗬,他真是一个美好无比的人啊。眉目清扬,跳舞也是超凡出众,射箭每箭必贯穿鹄正,连发四箭,都正中一个地方,有此技法,定

— 122 —

可以御乱的。

注:①猗嗟:叹词,即嗻、啊、唉之类。朱熹注:《春秋》传曰:鲁桓公三年(公元前709年)夫人文姜自齐适鲁嫁桓公,六年九月生鲁庄公子同,十八年桓公同夫人去齐国,看来庄公并不是齐侯之子。或曰:子可以制母乎?常言:"夫死从子",通乎其下,况国君乎?君者人臣之主,风教之本,不能正家如何正国?若鲁庄公哀痛以思父,诚敬以事母。威刑以驭下,车马仆从莫不俟命。夫人文姜不自知其重。还抛头露面,东游西转,致使其子庄公哀敬之不至,威令之不行耳。俗言"很掉价"。此诗三章讥刺之意皆在言外,嗟叹再三,鲁庄公所大缺者,不见可见。

魏国(七篇)

魏国本舜禹故都在冀州南,今河北西部、山西东部一带,其地陋隘贫瘠,民俗俭朴,有圣贤遗风,周初封同姓(姬),后为晋(献公)所灭,诗中多晋官名,恐即是晋诗,今已不可考证。

葛屦① (二章)

纠纠葛屦,可以履霜?掺掺女手,可以缝裳?要之襋之,好人服之。

好人提提,宛然左辟,佩其象揥。维是褊心,是以为刺。

编制得缜密的葛鞋,可以在雪地上行走,姑娘那细嫩的双手,学会了缝做衣裳,还能很好地缝缀衣领,做好了,送给大人好穿。

大人很是得意自持,让开左边,佩戴上理发的象牙梳子,然后急切地向外面走去,也许以此对他刚过门的媳妇是一种富有的显示和刺激。

注：①葛屦：用葛子编制的鞋。朱熹释云：孔夫子言："与其奢也宁俭。"俭之
过至于吝啬，迫隘分毫必较，谋利之心急矣。

汾沮洳①（三章）

彼汾沮洳，言采其莫②。彼其之子，美无度。美无度，殊
异乎公路。

彼汾一方，言采其桑。彼其之子，美如英。美如英，殊
异乎公行。

彼汾一曲，言采其藚。彼其之子，美如玉。美如玉，殊
异乎公族。

汾河边上是一片低洼的水草地，说是要去采莫菜呀，那个佳尚之
人，其美无度，美也不能用尺寸去丈量，总之同为晋国卿大夫主管公
车的庶子们是不一样的。

在汾河边上一个地方，说是要去采桑葚啊，那个佳尚之人，美如
英华，美如英华③，他同那些主管公车行列里的人也不一样啊！

在汾河拐弯的地方，说是要去采挖水舄④菜，那个理想的人，美得
像翠玉一样，美得像玉石一样，和那些掌管宫室的亲族们也不一
样啊。

注：①朱熹言：此亦刺俭不中礼之诗。言若此人美则美矣，其俭啬偏急之
态，殊不似贵人也。

②莫：野菜，似柳叶厚长有毛刺或曰酸模，东北人称酸浆。

③英华:亦山菜,《史记》扁鹊见一方人,即英华。

④水舄:原名蓫(音续)很可能是"羊蹄",野菜,叶似车前草。俗名"马蹄菜"。

园有桃①(二章)

园有桃,其实之肴。心之忧矣,我歌且谣。不知我者,谓我士也骄。彼人是哉,子曰何其? 心之忧矣,其谁知之? 其谁知之,盖亦勿思!

园有棘,其实之食。心之忧矣,聊以行国。不知我者,谓我士也罔极。彼人是哉,子曰何其? 心之忧矣,其谁知之? 其谁知之,盖亦勿思!

园中长着桃树,果实已熟,可以吃了,我心里的忧愁,都编成了歌谣。不了解我的人,以为我这个读书人要什么骄傲,"那个人就是吗?"他说:你心里为什么这般的忧愁啊? 有谁知道,有谁知道? 你们也别去乱想了。

园中长着小栗树,果实将熟可食,心里忧愁,聊且到远处走走,不理解我的人,以为我这个读书人纵恣罔极(想得很是狂妄)。那个人就是吗? 他说:"你心里怎么那般忧愁呢?"

"有谁知道,有谁知道? 你们也别跟着乱想了!"

注:①此诗,朱熹无注。盖诗人因事忧愆之听作耳。

— 126 —

陟岵①（三章）

陟彼岵兮，瞻望父兮。父曰：嗟！予子行役，夙夜无已。上慎旃哉，犹来！无止！

陟彼屺兮，瞻望母兮。母曰：嗟！予季行役，夙夜无寐。上慎旃哉，犹来！无弃！

陟彼冈兮，瞻望兄兮。兄曰：嗟！予弟行役，夙夜必偕。上慎旃哉，犹来！无死！

登上那个光秃的小山啊，瞻望我的父亲。好像他在说："唉，我的儿子在外行役当差，白天黑夜劳苦。没有休歇的时候，千万自我保重一些，将来一定会回来的，只要不被敌国掳去，不牺牲的话。"

登上那座树草丰茂的山呵，瞻望我的母亲，好像她在说："唉，你是我第四个小儿子呀，在外行役当差，黑夜白天睡不好觉，千万保重自己，我也一定好好活着等你回来，你也不至于抛尸在外。"

登上那个山冈呵，瞻望我的哥哥，好像哥哥在说："唉，亲爱的弟弟呀，在外行役当差，我每天黑白都像同你在一起，千万珍重自己，一定能回来的，不会葬身异地。"

注：①诗言孝子行役在外，不忘其亲，梦中犹在瞻念其父母兄弟。

十亩之间①（二章）

十亩之间兮，桑者闲闲兮，行与子还兮。
十亩之外兮，桑者泄泄兮，行与子逝兮。

郊外那十亩场园之地，经营桑田的人来来往往，心里都很舒展，政乱国危，仕于朝廷，或行役在外，哪赶上归家同朋友乡里们一起修植园圃过着平平安安的生活好呢。

郊外十亩之外的地方，种植桑田的人来来往往，忙个不停，我多么想一起参加到他们这个行列里来啊！

注：①朱熹言：此诗述及政危国乱之时，贤者不乐仕于朝而思与其友归于农圃之作。

伐檀①（三章）

坎坎伐檀兮，置之河之干兮。河水清且涟猗。不稼不穑，胡取禾三百廛兮？不狩不猎，胡瞻尔庭有县貆兮？彼君子兮，不素餐兮！

坎坎伐辐兮，置之河之侧兮。河水清且直猗。不稼不稿,胡取禾三百亿兮? 不狩不猎,胡瞻尔庭有县特兮? 彼君子兮,不素食兮!

坎坎伐轮兮,置之河之漘兮。河水清且沦猗。不稼不穑,胡取禾三百囷兮? 不狩不猎,胡瞻尔庭有县鹑兮? 彼君子兮,不素飧兮!

斧声吭吭在伐青檀②树呵,放在河岸之上,河水清澈,上面泛着涟漪。伐回木材制造车辆,为富人驱使,他们既不耕种,又不收获,坐吃清闲,一年却可收取三百廛③粮食呢! 不去狩猎,却看见他院子里悬挂着狗獾,那个自称"君子"的人,不是"白吃饱"吗??

持着大斧吭吭地在砍伐车辐条木啊,放在大河的侧旁,河水清清,流速很急,他们既不耕地修侍庄稼,又不收获,为什么一年收取三百多担④粮食,不狩猎,怎么却看到他庭院里拖回一只足有三年以上的大猎物呢,那个有钱有势的人啊,不是白白地吸食百姓的血汗吗?

咣咣地采伐车轮子木啊,存放在河的边岸,河水清清漩着圈儿急流,他们不耕不穑,为什么收取粮食三百多囷呢? 不狩不猎,为什么看到他庭院里悬着很多只刚猎获的鹌鹑? 那个自比君子的人,连晚饭不也是白吃吗?

注:①诗言劳动人民所受权贵们的压榨和剥削,怨忿至极。
②檀:青檀树,可做轮舆。
③廛:一夫所居地的农产量。
④原诗为三百亿,亿租税量词,译注者释为担;一担粮谷,一百市斤。

硕鼠①（三章）

　　硕鼠硕鼠，无食我黍！三岁贯女，莫我肯顾。逝将去女，适彼乐土。乐土乐土，爰得我所。

　　硕鼠硕鼠，无食我麦！三岁贯女，莫我肯德。逝将去女，适彼乐国。乐国乐国，爰得我直。

　　硕鼠硕鼠，无食我苗！三岁贯女，莫我肯劳。逝将去女，适彼乐郊。乐郊乐郊，谁之永号？

　　大老鼠大老鼠且莫吃我的黍谷，已经惯养你三年多了，你却丝毫不肯关顾于我，我将离你而去，迁到那一方乐土居住，乐土呵乐土，真是找到适合我居住的地方了。

　　大老鼠大老鼠，不要吃我的麦子，已经惯养你三年多了，对我没做过一件有恩德的事。走啊，将要离你而去了，迁到那个无忧无虑的乐园去，乐园啊乐园，去到最适宜我居住的地方。

　　大老鼠大老鼠，不要把我的禾苗吃掉，我已经供养你三年了，还不体谅我的辛苦和劳动，走啊，我马上就离你而去了，迁到那一方乐土的郊外去居住，乐郊啊乐郊，无复有害己之人，还用得着向谁去呼唤和啼号？

注：①诗言，民困于贪腐残酷之政，故托言大鼠害己而去之也。

唐国（十二篇）

唐，国名，本帝尧旧都，在禹贡冀州之域，太行，恒山之西，太原太岳之野，周成王封弟叔虞为唐侯，南有晋水，至子燮乃改国号曰晋，后迁曲沃，又徙居绛，其地土瘠民贫，勤俭质朴，忧深思远，有尧之遗风，其诗不谓之晋，而谓之唐，盖仍其始封之旧称，唐叔所都，在今太原，曲沃及新绛一带。

蟋蟀①（三章）

蟋蟀在堂，岁聿其莫。今我不乐，日月其除。无已大康，职思其居。好乐无荒，良士瞿瞿。

蟋蟀在堂，岁聿其逝。今我不乐，日月其迈。无已大康，职思其外。好乐无荒，良士蹶蹶。

蟋蟀在堂，役车其休。今我不乐，日月其慆。无以大康。职思其忧。好乐无荒，良士休休。

蟋蟀在居室里鸣叫，到了岁末晚秋，此时不欢乐庆祝，日月时光岂不等于虚度！不要过分地欢乐吧，应默思有责任在身，好乐应有节度，做事必长远考虑，避免危险产生。真正的良士做事必须深思熟虑，左顾右盼，不能有一点疏忽。

蟋蟀在堂屋里鸣叫，一年将要过去了，今天我们不相欢乐，日月时光岂不等于空过。不要以欢乐为满足吧，职务以外的事情也都要考虑到，好乐不能没有节度，忠于职守的良士办事必勤敏于职守，不产生一点纰漏。

蟋蟀在堂屋里鸣叫，岁末出役的车辆开始休歇，今天我们不欢乐，太阳月亮都出了毛病。不要欢乐得没有节度了罢，心里总是有事情牵挂，适当娱乐休息，不出纰漏，公职在身的人，心里也就安然了。

注：①朱熹云，唐俗勤俭，其民终年劳苦，不得少休，岁末聊以燕乐，然而司职之士，尤得多方顾及，不使国有危乱之事出现。

山有枢①（三章）

山有枢，隰有榆。子有衣裳，弗曳弗娄。子有车马，弗驰弗驱。宛其死矣，他人是愉。

山有栲，隰有杻。子有廷内，弗洒弗扫。子有钟鼓，弗鼓弗考。宛其死矣，他人是保。

山有漆，隰有栗。子有酒食，何不日鼓瑟？且以喜乐，且以永日。宛其死矣，他人入室。

山上长着刺榆,低洼的地方长着白榆,你有衣裳,不披不穿,你有车马,不乘不骑。一旦你宛然死去,岂不是他人的快愉。

山上长着野榉树,低湿甸子里长着枢条,你家里有庭院,不进行洒扫,你有钟鼓,不去敲打,一旦你若死了,岂不为他人的生活提供了指靠。

山上长着榛树,低湿的地方长着栗树,你有酒食,何不竟日鼓琴弄瑟,以喜乐为快呢?如此时光过得很长,还以为很短,岂不可以减轻你的忧愁吗?反之,你有很好的生活条件不去享用,万一你如果死去,岂不让别人入室来享用了吗?!

注:①原诗无注,展示一种生活情景,不必赘言。枢,乃刺榆。隰有榆,为免重复,译者改为白榆。

扬之水①(三章)

扬之水,白石凿凿。素衣朱襮,从子于沃。既见君子,云何不乐?

扬之水,白石皓皓。素衣朱绣,从子于鹄。既见君子,云何其忧?

扬之水,白石粼粼。我闻有命,不敢以告人。

扬河之水,平缓流过,岸上白石壁立,巉岩嶙峋,以拜见诸侯之礼穿上素衣朱领,跟随你来到曲沃,见到你了,说什么能不高兴呢?

扬河之水,两岸山崖壁立,白石皓皓,以拜见诸侯之礼,穿上素衣红领，来到了目的地——曲沃，既然见到你了，心里不知为什么又产生了忧愁！

扬河之水，两岸山崖壁立，白石倒映水中波光粼粼，我们听到你召迁曲沃的命令，不敢声张以告诉别人。

注：①朱熹言，此诗指晋昭侯封其叔父成师于曲沃，是为桓叔，后曲沃盛强，晋衰弱，晋地居民多有叛逃而归之曲沃者，是以初为乐，再为忧，最后竟不敢以告人。怕引起晋昭侯对其叔父之不满也。齐之与鲁亦有此事件出现。扬之水，郑国诗中有诗题为"扬之水"，译者原以为郑距长江近，以为是扬子江，今唐国诗中再现"扬之水"，恐非实有其水，而是喻事伪托也。

椒聊①（二章）

椒聊之实，蕃衍盈升。彼其之子，硕大无朋。椒聊且，远条且。

椒聊之实，蕃衍盈匊。彼其之子，硕大且笃。椒聊且，远条且。

花椒树长得很繁盛，种实装满了一升。他那个人啊长得高大，没有能同他相比的。看那花椒树，还是枝条越长，长的种实越多呢。

那结了种实的花椒树啊，树干长有拱把粗了，那个人啊长得身材魁梧，性情敦厚。花椒树啊，还是长枝条结实多哩。

注：①朱熹注云，该诗不知其所指，亦以为同诗"扬之水"言曲沃之事耳。椒聊，即花椒树，聊，语助词。

绸缪① (三章)

绸缪束薪，三星在天。今夕何夕，见此良人？子兮子兮，如此良人何？

绸缪束刍，三星在隅。今夕何夕，见此邂逅？子兮子兮，如此邂逅何？

绸缪束楚，三星在户。今夕何夕，见此粲者？子兮子兮，如此粲者何？

搓着草绳在捆束薪柴，仰见三星正是在东天，除了今天还有哪天晚上，能见到我亲爱的夫君，你哟你哟，我要把夫君你怎么样呢?!

搓着绳子在捆束柴草，仰见三星已移到东南角上，除了今天晚上还有哪天晚上，竟意想不到的会面，你呀你呀，我们该怎么办啊?!

用草绳捆着柴条，已见三星照着外门，除了今天夜里，还有哪天夜里见到你这样俊美的人啊，你呀你呀，怎么这样俊美啊，可让我怎么是好呢?

注：①朱熹释云：此诗描述国乱民贫之时，男女有失其时，不能按时成婚，或因慌乱，男夫远戍在外，偶归邂逅遇之，欢快极致之情景。译诗三章末二句："怎么这样俊美啊，可让我怎么是好呢?"原诗为"见此粲者，子兮子兮，如此粲者。"朱熹言，粲，美也，又释曰：一妻、二妾、三为粲。或许是见到三房妻子。译者曰，不可能的，国破民散民众哪得有三房妻子。

杕杜①（二章）

　　有杕之杜，其叶湑湑。独行踽踽。岂无他人？不如我同父。嗟行之人，胡不比焉？人无兄弟，胡不佽焉？

　　有杕之杜，其叶菁菁。独行睘睘。岂无他人？不如我同姓。嗟行之人，胡不比焉？人无兄弟，胡不佽焉？

　　独生无藦的甘棠树啊，叶子长得很是茂盛，他只一个人踽踽独行，岂是没有他人吗？和我不是一个父亲，唉，可怜这个行人，怎么不自我思量一下，人无兄弟，也得找个帮手啊！

　　独生无藦的甘棠树啊，叶子长得茂盛菁菁，独行无依无靠的人，岂是没有他人。不与我同姓。可怜这独行之人，怎么不反复思量，人无兄弟，也得找个帮手啊！

注：①杕，音弟，杕杜，甘棠，犹北方之沙果之类。诗言孤居无助之人，踽踽独行之情势，犹今鳏居贫困户也，朱熹无注。

羔裘①（二章）

　　羔裘豹祛，自我人居居。岂无他人？维子之故。

羔裘豹褎，自我人究究。岂无他人？维子之好。

　　羊羔皮袄，豹皮镶缀袖口，这是大夫以上的官职穿着的服饰，人们见了都很局促，岂是没有别人也着此装束，因为你家官人有高德之故。

　　羊羔皮袄，豹皮镶缀袖口，这是大夫以上的官职穿着的服饰，人们见了都很敬畏，岂是没有他人着此服饰？你家官人高德懿行，民众称好。

　　注：①此诗原文一章是："羔裘豹袂，自我人居居，岂无他人，维子之故。"二章为："羔裘豹袖，自我人究究，岂无他人，维子之好。"朱熹注云："大夫以豹饰，居居，究究意未详。"译者冒昧以上文释之。

鸨羽① (三章)

　　肃肃鸨羽，集于苞栩。王事靡盬，不能蓺稷黍。父母何怙？悠悠苍天，曷其有所？
　　肃肃鸨翼，集于苞棘。王事靡盬，不能蓺黍稷。父母何食？悠悠苍天，曷其有极？
　　肃肃鸨行，集于苞桑，王事靡盬，不能蓺稻粱。父母何尝？悠悠苍天，曷其有常？

　　鸨鸟本不栖树，现在竟刷刷地扇动着翅膀群集于大柞树上，君王不尽心致力于政事，民从征役，百姓不能依时耕植稷黍，父母靠什么奉养。悠悠苍天，我们何时能适得其所？

鸧鸟刷刷地扇动着翅膀，群集于苞棘树上，君王不为百姓谋事，民从征役，不能以时耕种稷黍，爹妈没有饭吃，悠悠苍天，什么时候是个终极？

鸧鸟刷刷飞行，群集在含苞待放的桑树之上，君王不关心民生疾苦，累于徭役，不能依时耕种水稻谷子，父母靠什么奉养，悠悠苍天，什么时候能恢复正常？

注：①此诗以鸧鸟起兴，备述百姓苦于王室徭役，不能在家守田以孝养父母，叹其无望之情状。

无衣① （二章）

岂曰无衣？七兮。不如子之衣，安且吉兮。
岂曰无衣？六兮。不如子之衣，安且燠兮。

岂能说我没有衣服，我是一方侯伯，车骑衣服都以七为标节，虽然比不上天子，也是平安吉利的。

岂能说我没有衣服，我是一方侯伯，就是减去一个标节，还剩有六个标节呢，虽然衣服比不上天子，穿在身上照样的安适暖和哩。

注：①摘朱熹言，《史记》载，曲沃桓叔之孙武公伐晋，弑晋君，尽以其珠宝玉器贿周王，王遂封武公为晋君，此诗盖言其请命之意。贿王请命弑君，倨慢无礼，业已甚矣。时周室虽衰，而躯壳尚在，王贪其宝玩，而不顾晋国统彝之不可废，由于为逆，诛讨不加，王纲乃坠，人纪绝矣，哀哉。译者言：前《扬之水》诗，言

诗经试译

及晋昭侯封其叔父成师于曲沃，不久他即广招晋民至曲沃，于是沃富强而晋衰弱，及至其孙，乃将同族兄长弑以自立，其实天理不容。岂人可救乎？昭侯犹东郭先生，其叔父桓叔及武公，皆豺狼之类也。

有杕之杜①（二章）

有杕之杜，生于道左。彼君子兮，噬肯适我？中心好之，曷饮食之？

有杕之杜，生于道周。彼君子兮，噬肯来游？中心好之，曷饮食之？

孤独而生的杜梨树啊，生长在道路的左侧，其枝叶长势不够繁密，不能为路人遮阴休息，那个贤善的君子，岂能投奔于我，我心里实在是仰慕于他，但是来到，怎么样安排他的饮食？

孤独而生的杜梨树啊，生长在道路的周围，其枝叶长势不够繁密，不能为路人乘凉休息。那个贤善的君子，谁肯到这里游玩，我心中实在是敬仰于他，但他来到之后，如何安排他的饮食？

注：①此诗言，贫鳏者，心中好贤，无以奉食于人，然而贤者安有不至，寡弱何足为虑？杕音帝，独生无蘖之树，杜，棠杜，见前注。

葛生①（五章）

葛生蒙楚，蔹蔓于野。予美亡此，谁与独处？
葛生蒙棘，蔹蔓于域。予美亡此，谁与独息？
角枕粲兮，锦衾烂兮。予美亡此，谁与独旦？
夏之日，冬之夜。百岁之后，归于其居。
冬之夜，夏之日。百岁之后，归于其室。

　　葛蔓蜿蜒在灌木丛中，白蔹爬伸在山野草甸，壮美的夫婿从征而去，没有信息，谁同我一起独处？

　　葛蔓爬满棘丛，白蔹的藤蔓爬遍了坟茔，我壮美的丈夫服役从征离开家乡，没了信息，谁同我独自眠宿？

　　角枕上绣着华美的图案，绸缎棉被光彩闪闪，壮美的夫婿从征而去，一直没有信息，谁同我苦熬长夜达旦？

　　夏天白昼很长，冬天寒夜难眠，百年之后，只有坟墓是定居点。

　　冬天的黑夜漫长，夏天白昼也长，百岁之后，只有墓穴是自己的居室。

注：①诗言服役从征长期不归之人，其妻子孤苦煎熬之情景。蔹，音连，白蔹也，蔓生草，根入药；另乌蔹母，亦蔓草，根茎皆入药。

采苓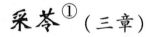（三章）

采苓采苓，首阳之巅。人之为言，苟亦无信。舍旃舍旃，苟亦无然。人之为言，胡得焉？

采苦采苦，首阳之下。人之为言，苟亦无与。舍旃舍旃，苟亦无然。人之为言，胡得焉？

采葑采葑，首阳之东。人之为言，苟亦无从。舍旃舍旃，苟亦无然。人之为言，胡得焉？

采茯苓，采茯苓啊，在首阳山之巅，人之为言，有时也不讲信用，一点根据没有。别去理会，别去理会，倘若不是那么回事，那些说谎的人也就无所得了。

采苦菜，采苦菜呀，在首阳山的下边，人们所说的话，你不随便迎合于他，别去理会，倘若不是那么回事，他的谎话岂不等于白说。

采葑菜，采葑菜呀，在首阳山的东坡，人们所说的坏话，你不去听从于他，别去理会，别去理会，对于流言蜚语你不理会，长此以往，谣言有什么用处？

注：①苓，音令，茯苓，菌类植物，生山间林下大树根旁，另有猪苓色黑，二者皆入药。葑，菜名，即芜菁，东北人常用外来语呼之曰"不留克"是也。

秦国(十篇)

　　秦,国名,在古雍州之地,即今陕西西部,甘肃、青海一带,夏朝时有名伯益者佐禹治水有功,赐姓嬴,居西戎以保西部边陲,后至六世孙大骆生成和非子事奉周孝王养马在今渭河一带,马大繁育,孝王收为附庸而设邑为秦,至周宣王时,犬戎灭成之族,宣王遂命非子曾孙秦仲为大夫,诛犬戎不克,见杀,幽王也被西戎所杀,平王东迁,秦仲孙襄公亲带兵马相送,平王遂封襄公为诸侯,乃拥周朝西部边境八百余里之地,至德公疆域进一步有所扩大。

车邻 (三章)

　　有车邻邻,有马白颠。未见君子,寺人之令。

　　阪有漆,隰有栗。既见君子,并坐鼓瑟。今者不乐,逝者其耋。

　　阪有桑,隰有杨。既见君子,并坐鼓簧。今者不乐,逝者其亡。

很多车辆排成队了,咯楞咯楞地向前走着,四匹铁青色的马,都长着白头芯,看不到秦国国君在车里面坐着,都是陪行的小官随时上下通令。

坡道两旁长着漆树,低湿的地方长着栗树,既然看到秦君,在车上并坐鼓瑟呢。今天不欢乐,等到七老八十,岂不衰老不能动弹了。

山坡上长着桑树,低湿的地方长着杨树,看到君王并坐在车上鼓奏笙簧,今日不乐,时间过去,不等同消亡。

驷驖①(三章)

驷驖孔阜,六辔在手。公之媚子,从公于狩。
奉时辰牡,辰牡孔硕。公曰左之,舍拔则获。
游于北园,四马既闲。辎车鸾镳,载猃歇骄。

四匹铁青色的马很是健壮,驭者手握六条辔缰,意气轩昂地在向前奔走,君王领着他心爱的人,陪同他一起进山田猎追捕野兽。

恰巧是在上午辰时,逢上一只很大的公兽,秦侯对驭者说,把车向左边转一下,从箭囊里拔出箭竿便对准野物射去,一直大有所获,猎捕到几只野兽。

畋猎既毕,得闲了,遂至北园游耍,四匹高头大马,拉着轻车抖动的马铃,听去有如鸾鸣之声,驭者不时地抽动马衔(嚼子),振动得鸾铃声音更加繁响,这是多么悠闲的场景啊,君王竟将两只随狩的猎犬猃和歇也抱上车来撒娇。

小戎①（三章）

小戎俴收,五楘梁辀。游环胁驱,阴靷鋈续。文茵畅毂,驾我骐馵。言念君子,温其如玉。在其板屋,乱我心曲。

四牡孔阜,六辔在手。骐駵是中,騧骊是骖。龙盾之合,鋈以觼軜。言念君子,温其在邑。方何为期？胡然我念之。

俴驷孔群,厹矛鋈錞。蒙伐有苑,虎韔镂膺。交韔二弓,竹闭绲滕。言念君子,载寝载兴。厌厌良人,秩秩德音。

兵车上前后用横板围城浅箱,上边安有穹庐形车篷,五束皮制彩饰缚于其上,辕马居中,骖马两侧,马套是鞣皮所制,分岔相接的地方,全是金属套环,车厢里用虎皮制成的坐垫,辕马左蹄上还长着一束白毛。心里悬念丈夫,他那人温和如玉,奉天子之命出去远征,经常居住在西戎的板屋之内,这是义举,心中即是承受烦乱,也不觉得丝毫委屈。

四匹枣红色公马长得很高,一色黑鬃,六条辔缰在手中紧握,骖乘的马,一律铁青,盾牌上涂着龙的图案,马套上一律拴着金属的环铃。心里想念之人,性情温和,载誉西部之邑,什么时候是归期,心里怎能不挂念呢?!

四匹马全都是浅薄金属为甲,为的是行动轻便,持着三羽矛,以白金沃于矛的下端,盾上画有虎的图案,用虎皮制成弓箭之套,里面装有倒叠存放的两张强弓,上口上用竹竿和丝绳封好,以备征战中随时可用。心里想念我的丈夫呵,无论是白天黑夜,即使在睡梦之中,心里也不得安宁啊,什么时候能听到你那厚德安和的声音?

　　注:①此诗言及周幽王时期秦襄公(公元前777年至771年)奉命率国人征犬戎,从役者家人,先夸车马之盛,再述私情,妇人勇于赴死而无悔。译者言,此诗言及出征车马细腻,不能尽其所详,盖言之也。

蒹葭①（三章）

蒹葭苍苍,白露为霜。所谓伊人,在水一方。
溯洄从之,道阻且长。溯游从之,宛在水中央。

蒹葭萋萋,白露未晞。所谓伊人,在水之湄。
溯洄从之,道阻且跻。溯游从之,宛在水中坻。

蒹葭采采,白露未已。所谓伊人,在水之涘。
溯洄从之,道阻且右。溯游从之,宛在水中沚。

　　荻草芦苇长势苍苍,冷凉的白露已凝结为霜,所叨念的那个人,居住在水泽的那边②。顺着弯曲的水流往下走去,相距很远,而且道路艰阻不好行走。顺着水流继续往前走去,又好像她就住在大泊的中央。

　　荻草芦苇长势凄凄，清晨白露还未被太阳晒干，心里所叨念的那个人啊，住在水的岸边，顺着弯曲的水流朝前走去，道路艰阻而且步步是上坡，再顺水走一段路程，宛如那个人就住在水中的小沙渚上。

　　荻草芦苇长势茂盛，上面沾满的露水还未消失，所叨念的那个人呵，据说就住在水的边岸，顺着回蜿的水流向前走去，路途很不好走，而且右边又歧出分岔，顺水流再往前去寻找，她好像就住在水泊的一个小沙渚上。

　　注：①蒹葭：蒹，荻草也，似芦而小；葭：即芦苇也。所谓伊人在水一方，顺水上下求索皆不可得，朱熹注云：不知其所指也。译者以为：此诗为男女相爱，思不得见而妄自求寻，怅惘不已之所抒臆也。

终南①（二章）

　　终南何有？有条有梅。君子至止，锦衣狐裘。颜如渥丹，其君也哉！

　　终南何有？有纪有堂。君子至止，黻衣绣裳。佩玉将将，寿考不忘！

诗经试译

　　终南山上有什么？有山楸有梅，君王至此止步巡游，穿的是锦衣狐裘，脸上如同涂了红色（渥丹②）一般，那就是秦国的国君呀？

　　终南山上有什么？有偏狭的陡岩峭石，也有平展如堂的地方。君王至此巡游，穿两已相背②形状半青半黑的锦衣绣裳，佩带的玉饰锵锵作响，祝福他居此尊位，福绵寿长，人民永志不忘。

注：①终南山，位在陕西秦岭西部，西安市西南。朱熹言：诗人表述人民爱秦君祝其永保康宁也，盖指秦襄公。

②渥丹：渥，涂饰也；丹，赤色也。渥丹又是百合花之一种，赭红，野生，遍布山区，春季开花甚美。

③两巳相背：服饰似两个巳字相背之形状，如反写二字，类"咒"。

黄鸟①（三章）

交交黄鸟，止于棘。谁从穆公？子车奄息。维此奄息，百夫之特。临其穴，惴惴其栗。彼苍者天，歼我良人！如可赎兮，人百其身！

交交黄鸟，止于桑。谁从穆公？子车仲行。维此仲行，百夫之防。临其穴，惴惴其栗。彼苍者天，歼我良人！如可赎兮，人百其身！

交交黄鸟，止于楚。谁从穆公？子车鍼虎。维此鍼虎，百夫之御。临其穴，惴惴其栗。彼苍者天，歼我良人！如可赎兮，人百其身！

黄鹂鸟往来窜飞，落在棘树枝上，秦穆公驾薨②谁去从葬？公子子车的三儿子算是载名了。维此殉葬，他们是百夫当中最为杰出的人才哩。走近墓穴，惴惴不安，心中能不惕慄。那苍苍的上天呵，为什么要歼屠我们善良无辜的人啊？如果可以赎替的话，用上百号人去替代他也行。

黄鹂鸟往来窜飞,落在桑树枝上,谁为穆公殉葬,子车仲行,就是这个仲行,百夫莫当。临其墓穴,惴惴不安,心中能不惕慄!那苍苍的上天,为什么要歼屠我们善良无辜的人啊?!如果可以赎换的话,一百个人前去替殉。

黄鹂鸟往来窜飞,落在荆条上,谁为穆公殉葬?子车鍼虎(穆公子名),唯独这个鍼虎,具有百夫无敌之勇,走到墓穴跟前,惴惴不安,心中能不有所惕慄,苍苍的上天无故歼屠我们最精良的人?如能赎替,一百人也豁得来呀!

注:①黄鸟,有二种,一曰黄鹂,二曰黄莺。朱熹无详,译者定为黄鹂。②薨音轰,诸侯死曰薨。《史记》载:秦武公死时殉者六十六人,穆公死殉葬一百七十七人,加上他自己的儿子子车鍼虎近一百八十人。殉葬之风本属戎狄恶习,名为明君的秦穆公竟袭之不改,实属残忍。诗人贬斥之,悯此无辜遭杀足见秦国王政既衰,岂知至秦始皇死时,后宫全部从死,连造墓工匠不待完工,即生闭墓中,秦之残暴衰亡兆由,如其不然,天理弗容。

晨风① (三章)

鴥彼晨风,郁彼北林。未见君子,忧心钦钦。如何如何,忘我实多!

山有苞栎,隰有六驳。未见君子,忧心靡乐。如何如何,忘我实多!

山有苞棣,隰有树檖。未见君子,忧心如醉。如何如何,忘我实多!

鹝鹰，随着晨风，飞进北面那苍郁的树林，见不到丈夫，心中时刻惦念，怎么办，怎么办？他把我忘记的时候确实很多。

山上长有柞树，低湿的地方长着梓榆，见不到丈夫，心中忧闷没有一点儿快乐。怎么办，怎么办？他把我忘在脑后的时候实在是多。

山上长着唐棣，低湿地方长着树檖(赤罗)，见不到丈夫如同喝醉了酒一样迷迷糊糊，怎么办，怎么办？他把我抛在脑后的时候实在是多。

注：①此诗盖言妻子时刻思念丈夫，而丈夫在外却时常将妻子忘在脑后，怨言之诗也。

无衣① (三章)

岂曰无衣？与子同袍。王于兴师，修我戈矛。与子同仇！

岂曰无衣？与子同泽。王于兴师，修我矛戟。与子偕作！

岂曰无衣？与子同裳。王于兴师，修我甲兵。与子偕行！

岂能说没有衣服穿，我和你同穿着一样的袍子，国王兴师出征，要抓紧修整我的戈矛啊，去征讨我们共同的仇敌。

岂能说没有衣服穿？我们同穿着一样浸汗的内衣。国王兴师出征，抓紧修理我的矛戟，同你一起奔赴前线。

岂能说没有衣服穿,同你穿着一样的下衣,国王兴师出征,修理好我的盔甲和兵器,同你一起出发前行。

注:①朱熹言:秦俗强悍,人民乐于战斗,其人素居即相谓言曰岂曰无衣,与子同袍,王将兴师,修我戈矛,与你同仇应敌,欢爱赴死在所不惧。秦本周朝故地,故以王称之起兴,当初文王据歧丰之地以兴周南。雍州土壮民肥,民厚质直,无郑、卫骄惰浮靡之风,善导之则易兴起于仁义,以猛驱之,则足以强兵力农,而成富强之业。秦国之所以称强盖有因也。以上译者简摘之。

渭阳①(二章)

我送舅氏,曰至渭阳。何以赠之?路车乘黄。
我送舅氏,悠悠我思。何以赠之?琼瑰玉佩。

送我的舅父去到秦国都邑咸阳,位居渭水之阳,拿什么赠送于他,乘着秦君的车,四匹马全都是黄色膘肥体壮。

送我的舅父,心中思虑很长,用什么礼物赠送给他?琼瑶和玉佩。

注:①朱熹言:此诗述及秦穆公夫人死后,儿子康公为太子时思其母已逝,而送其舅父乃晋公子重耳。原来晋献公烝淫齐姜生秦穆公夫人和申生,又娶犬戎胡姬,生重耳。申生本是秦康公的亲舅,后来又娶骊姬生奚齐,骊姬排挤申生,谮于晋献公,申生自杀,重耳是胡姬所生,也成了秦康公的亲舅了,宫廷之内相互倾轧几多。此诗盖言康公为太子时,念母之不见,送其舅是良心也,最终不

能消弭晋国宫廷倾轧，礼送其舅，而怨欲尚且可以消矣。秦邑在雍，即今咸阳也。

权舆(二章)

于我乎，夏屋渠渠，今也每食无余。于嗟乎，不承权舆！
于我乎，每食四簋，今也每食不饱。于嗟乎，不承权舆！

对于我吗？开始时国君处于敬贤，把大屋子修葺整饬得干净利落。迎接客人，以礼相待。几年过去了，现在每顿饭都没剩余，可叹啊，再找不到当初那种情势了。

对于我吗？当初每顿饭都是四簋(瓦器)盛装着饭菜，很是丰盛，现如今，每顿饭都吃不饱。哎呀，和当初是绝对不一样了。我们实在是应该离开了。

注：①权舆：意为开始，从前或当初之意。此诗盖言国君对贤者有所倦怠和不礼貌了，贤者将归隐去之所作也。朱熹引楚元王开始礼敬申公，白公，程生，生不嗜酒，尝给他果酒喝，及王戊即位，开始依旧，后忘设，程生说王之意怠，我们应该走了，穆生称疾，申公和白公劝穆生，你怎能不念及先王之德呢，失此小礼不必计较。穆生说，先王礼吾三人，为道之存故也。今而忽之是忘道也。忘道之人，安可久处？岂为区区之礼哉。此诗同意也。

陈国(十篇)

周初封舜之后胡公于陈,都邑宛邱(今河南省淮阳),辖域在今河南开封以东,南至安徽亳县一带,春秋后期被楚所灭(公元前479年)。因周武王曾任用帝舜胄裔阏父为陶正,赖其在器用方面有所创造,以其亲族元女大姬妻阏父之子满,封于陈地始为胡公,大姬夫人尊贵好乐巫觋歌舞之事,其民化之,今之陈州,即其地也。

宛丘① (三章)

子之汤兮,宛丘之上兮。洵有情兮,而无望兮。
坎其击鼓,宛丘之下。无冬无夏,值其鹭羽。
坎其击缶,宛丘之道。无冬无夏,值其鹭翿。

你整天无事闲荡,在宛丘之上,虽然言有信思有情,然而却无威仪和声望可谈。

咚咚的击鼓声响在宛丘之下,一年四季,无论冬夏,手执鹭鸶羽

— 152 —

扇,在沿街指挥戏耍。

嘭嘭的击缶声,鸣响在宛邱的街道上,每年四季,不分冬夏,手执
鹭鸶羽扇在沿街指挥玩舞。

注:①诗盖言胡公夫人大姬竟日沉于欢舞觋巫(跳大神)一类的活动中(男
为觋,女为巫)。

东门之枌①（三章）

东门之枌,宛丘之栩。子仲之子,婆娑其下。
穀旦于差,南方之原。不绩其麻,市也婆娑。
穀旦于逝,越以鬷迈。视尔如荍,贻我握椒。

城东门长着白榆,宛丘又遍布柞栎,处处枝繁叶茂,景致美好,子
仲的女儿②,领着人们在树荫下婆娑起舞。

既然经过选定的良好日子,到南边原野去聚会,大麻已收割,暂
且也顾不得沤渍了,而到街市里面去欢舞。

吉利的日子即将要过去,又去到了一个很远的地方,男女相聚在
一起,有说有笑,道出慕悦的心曲,那美丽的姑娘有如荍花(即锦葵
花)那样美好,临别时还以一包花椒赠我,聊以为纪念呢。

注:①枌:树名,白榆。荍:此处音翘,即荆葵,又名锦葵。
②子仲的女儿:朱熹未详注,大半也与胡公夫人大姬有关,或就是大姬,总
之陈国民俗好喜乐欢舞与大姬之影响有关。

衡门① (三章)

衡门之下，可以栖迟。泌之洋洋，可以乐饥。
岂其食鱼，必河之鲂②？岂其取妻，必齐之姜？
岂其食鱼，必河之鲤？岂其取妻，必宋之子？

横木为门，门旁也可以用来乘凉睡眠和休息，泉水洋洋，不能当
饭吃，然能游乐，可以忘饥。

岂是不想娶妻，娶就要娶那齐国姜姓的闺女。

岂是不想吃鱼，吃就吃那黄河的鲤鱼。岂是不想娶妻，娶就必须
娶到宋姓的姑娘。

注：①衡门，横木为门，即简易之门，非阶垫，上有覆瓦，下有堂宇之门。
②鲂鱼别名法罗鱼。此隐居自乐，无所求者之诗。

东门之池① (三章)

东门之池，可以沤麻。彼美淑姬，可与晤歌。
东门之池，可以沤纻。彼美淑姬，可与晤语。
东门之池，可以沤菅。彼美淑姬，可与晤言。

东门外那个水池,可以用来沤麻,那个美丽而贤淑的姑娘,可以同她晤面,在一起唱歌。

　　东门外那个水泡子,可以用来沤苎麻,那个美丽而贤淑的姑娘,可以同她见面,互启心扉。

　　东门外那个水池,可以沤渍菅草,那个美丽而贤淑的姑娘,可以和她晤面,无话不说。

　　注:①菅,音简,禾本科菅草,似茅而滑,茎有白粉,可制绳索。此亦男女悦爱会遇之诗。

东门之杨①(二章)

　　东门之杨,其叶牂牂。昏以为期,明星煌煌。
　　东门之杨,其叶肺肺。昏以为期,明星晢晢。

　　东门外的杨树,叶子翠绿繁茂,咱们相约黄昏以后见面,现在启明星辉光闪亮,还没见到你的影子。

　　东门外的杨树,叶子长得翳郁繁密,咱们约定黄昏后见面,现在启明星晢晢发亮,还没见到你的影踪。

　　注:①朱熹言:此亦男女期会之诗。

墓门①（二章）

墓门有棘，斧以斯之。夫也不良，国人知之。知而不已，谁昔然矣。

墓门有梅，有鸮萃止。夫也不良，歌以讯之。讯予不顾，颠倒思予。

城外墓地里长着棘丛，用斧子将它砍除，也就敞亮了，你这个心术和行为不良的人，国人无不知晓，知道你也不改，谁能把你往昔一惯性的毛病除掉，你也就是那样子了。

城门外墓地上长有梅树，猫头鹰落在上边鸣叫。你这个心术不良之人，把你的恶迹全部宣传出去了。宣传出去你也满不在乎，你简直成为颠倒行事香臭不知的一个！

注：①朱熹言，此诗怨言不知其所指，译者推测，也可能妻子怨谤丈夫之词？

防有鹊巢①（二章）

防有鹊巢，邛有旨苕。谁侜予美？心焉忉忉。
中唐有甓，邛有旨鹝。谁侜予美？心焉惕惕。

防洪坝上有一个喜鹊的窝巢，高土丘上长着成片的旨苕②，谁能诳张毁误了我们的美事？心中总是忧虑慌跳。

在大庙的院子里，放着一堆砖瓦，高邱岗上长着一片绿草，谁肯毁误了我们的美事？心里总是惕悷不安。

注：①鹊巢：喜鹊之巢，在地曰窠，或窝，在树曰巢。此诗亦言男女有私，心中忉忉、惕惕。

②：苕：苕华也，即芦苇穗。旨苕：朱熹释为一种野菜，茎叶绿色可生食。

月出①（三章）

月出皎兮，佼人僚兮。舒窈纠兮，劳心悄兮。
月出皓兮，佼人懰兮。舒忧受兮，劳心慅兮。
月出照兮，佼人燎兮。舒夭绍兮，劳心惨兮。

东天上升起的月儿皎洁明亮，美丽的姑娘啊，我要永远与你为伴，深藏在心中的郁结，全部向你倾吐出来，所有的忧劳我甘愿承受。

东天上的月亮皓皓发光，美丽的姑娘啊，多么可爱，我要把积郁在心的烦闷，全都向你倾诉出来，所有的忧劳甘愿为你承担。

月亮升起普照大地，美丽的姑娘是我的亲人，我要把纠结在心的积郁全部舒展开来，承担所有的忧劳，我都甘心。

注：①朱熹言，此亦男女相悦想念之诗。

株林① (二章)

胡为乎株林？从夏南！匪适株林，从夏南！
驾我乘马，说于株野。乘我乘驹，朝食于株！

说什么要去株林？实际是去夏南。非是去株林，而是去夏南。
乘我的车马，说谏于株林之野。有时连小马驹也套上了，到了株林来吃早饭。

注：①株林，是陈国大夫夏御叔的邑城，夏御叔之子夏南，徵舒是字，陈灵公淫于夏南之母。早晨即往夏氏之邑。到株林吃早饭，故民为之诗：胡为乎株林，为的是夏南，淫夏南之母夏姬。不可言也。故作此诗。

《春秋传》言：夏姬乃郑穆公之女，嫁于陈大夫夏御叔，阴与灵公通，事泄，冶谏不听，遂将夏御叔杀掉，后灵公终被夏御叔之子夏南（徵舒）所弑，他自公元前613年至公元前599年一共当了十五年陈国君侯。后来徵舒又被楚庄王所杀。

泽陂① (三章)

彼泽之陂，有蒲与荷。有美一人，伤如之何。寤寐无为，涕泗滂沱。

彼泽之陂，有蒲与蕳。有美一人，硕大且卷。寤寐无为，中心悁悁。

　　彼泽之陂，有蒲菡萏。有美一人，硕大且俨。寤寐无为，辗转伏枕。

　　水泽之旁，丛生着蒲草和荷花，那个美丽的姑娘啊，悲伤有什么用，睡梦当中我都在思念你呀，实际岂不等同虚妄？无奈涕泗交流，泪雨成行。

　　水泽旁，丛生着蒲草和兰花，那个美丽的姑娘，身材很高，头发长得也很秀美，睡梦当中，我都在思念于你，有什么用啊？心中总是思虑悁悁不得安宁。

　　水泽旁边，长着蒲草和莲花，那个美丽的姑娘身材匀称，举止矜庄，睡梦当中我都在想念你啊，伏在枕头上翻来覆去不得安稳。

　　注：①泽陂：湖、泊、淀、泡、湾皆可谓泽；陂：地势斜陡处曰陂，此处作水边解。朱熹言，此诗与月出诗类同，亦男女相爱之辞也。结束语：三纲者，正人之本，陈灵公淫其下属，国破人亡，诗人述其不正，以警世也。

桧国（四篇）

桧，国名，在荥水之南，溱洧之间，其君妘姓，火正祝融之后，周衰为郑桓公所灭，遂迁国焉，今郑州一带即其地。

羔裘[①] （三章）

羔裘逍遥，狐裘以朝。岂不尔思？劳心忉忉。
羔裘翱翔，狐裘在堂。岂不尔思？我心忧伤。
羔裘如膏，日出有曜。岂不尔思？中心是悼。

羊皮袄穿在身上随处闲逛，狐狸皮袄穿着拜见皇上，怎么就不为政事多想一想呢，心中避免出现忧伤。

穿着羊皮袄四处翱翔，穿着狐狸皮袄坐在大堂，你怎么就不关切国家的政事，我心中实在是忧伤。

羊皮袄含有油脂，在太阳照射下，还发出亮光，你怎么就不想想勤政为民，心中哀痛的事情就在近旁。

诗经试译

素冠①（三章）

庶见素冠兮，棘人栾栾兮，劳心愽愽兮。
庶见素衣兮，我心伤悲兮，聊与子同归兮。
庶见素鞸兮，我心蕴结兮，聊与子如一兮。

看到那个戴白冠穿丧服的人，他心情很是急切，脸色似患病一样清瘦，心中忧劳，十分哀伤憔悴。

看到那个穿白孝衫的人，我实在是为他悲伤。我姑且陪他一起回家去吧。

遇见那个穿着丧服捆着白皮围裙的人，我的心中蕴结难消，和他竟变成了一个人一样。

注：①此诗盖言子嗣为亲丧哀而尽礼。朱熹传孔子言：子生三年，然后才得免于父母之怀。子有对父母三年之爱吗？因此父母亡，服孝三年是天下通礼。

隰有苌楚①（三章）

隰有苌楚，猗傩其枝，夭之沃沃，乐子之无知。

隰有苌楚，猗傩其华，夭之沃沃。乐子之无家。

隰有苌楚，猗傩其实，夭之沃沃。乐子之无室。

　　低隰的地方长着羊桃，你那柔软的枝条上，光亮而美好，自由自在的生活在那里，哪里了解人间政繁赋重，百姓苦不堪言。我很高兴地赞美你们的无知，对世事无所了解。

　　低湿的甸子里长着羊桃，柔软的枝条上开花结果，多么美好而繁荣的景象啊，我高兴你们都不需有家。

　　低洼的地方长着羊桃，那柔细的枝条上结满了果实，多么美好而繁盛的景象啊，我高兴你们都不需要屋室栖居。

　　注：①苌楚：俗名羊桃，属灌木，花叶实皆似桃，种实苦不可食。此诗，民怨诉之词，朱熹注：盖政繁赋重，人民不堪忍受，自叹不如草木。

匪风^①（三章）

匪风发兮，匪车偈兮。顾瞻周道，中心怛兮。

匪风飘兮，匪车嘌兮。顾瞻周道，中心吊兮。

谁能亨鱼？溉之釜鬵。谁将西归？怀之好音。

　　不是刮大风，也不是驱车跑，看到周室古道的衰败相，心中无可辄止的忧伤。

　　不是刮旋风，车掀翻了，东西抛散了，看到周室古道的衰败相，心中无可抑制的伤悼。

谁要烹鱼？先把锅刷洗干净，谁将西归？我将给他以最好的祝福。

注：①周室衰败，贤人忧叹，乃作此诗。

曹国(四篇)

曹,国名,其地在禹贡陶丘之北,雷夏菏泽之野,周武王封其弟振铎于此,后改曹州,今时已为山东省菏泽属境。

蜉蝣[①](三章)

蜉蝣之羽,衣裳楚楚。心之忧矣,于我归处。
蜉蝣之翼,采采衣服。心之忧矣,于我归息。
蜉蝣掘阅,麻衣如雪。心之忧矣,于我归说。

蜉蝣穿着明净的羽裳,在水面上四处赏光,然而它的寿命短暂,转眼间即命入膏肓。我心里担忧的都是国家长久的大事,什么时候能同我的想法归到一起?

蜉蝣的羽衣,光彩明亮,有什么用项,我心里忧愁的都是长久的归向。

蜉蝣掘阅所见,目光短浅,身上披着如麻的羽衣虽然绮丽,然而似雪倏化。我心里忧思的正是从长计议的社稷大事,不知同我的想法能否归到一起?

注:蜉蝣,夏秋时江面上飞驰的鱼蛾子,朝生暮死,生命短暂。苏轼有"寄蜉蝣于天地"句。掘阅,朱熹未解,译者以为蜉蝣水面驰飞,有似四处掘探,阅巡看之意。朱熹言:此诗盖言时人(执权者)有玩细娱而忘远虑者,谏其君,思归我处。

候人①(四章)

彼候人兮,何戈与祋。彼其之子,三百赤芾。
维鹈在梁,不濡其翼。彼其之子,不称其服。
维鹈在梁,不濡其咮。彼其之子,不遂其媾。
荟兮蔚兮,南山朝隮。婉兮娈兮,季女斯饥。

他们是在路旁边迎接来人,手持着戈矛和扎枪,还有同时迎接的是三百个围捆蔽膝②的民众和大夫们。

鹈鹕鸟落在桥梁上,它的翅膀连水都没沾,那些普通民众不配穿这般上讲究的衣服。

鹈鹕鸟落在梁上,口喙连水珠没沾,那些普通民众不配受宠或与他亲密地交谈。

草木尽管是那样繁茂,南山上还飘浮着朝雾,长得再年少再美貌的季女(候人之女)③不会趋媚于人,照样没有饭吃。

注:①候人:即等待迎接或敬送宾客之人。

②蔽膝即鞣革围裙,也可能是一种薄皮套裤。

③季女典故不知何来。朱熹注云:晋文公入曹,再三申明不用游乐受检制或乘高车,前来欢迎者三百人,大半即指此事。

鸤鸠①（四章）

鸤鸠在桑,其子七兮。淑人君子,其仪一兮。其仪一兮,心如结兮。

鸤鸠在桑,其子在梅。淑人君子,其带伊丝。其带伊丝,其弁伊骐。

鸤鸠在桑,其子在棘。淑人君子,其仪不忒。其仪不忒,正是四国。

鸤鸠在桑,其子在榛。淑人君子,正是国人,正是国人。胡不万年?

戴胜鸟巢絮在桑树之上,它孵了七只幼雏,后来分居在七处。它们的妈妈始终固守原址,贤淑的君子,就像戴胜鸟一样,他的言行举止始终如一,威仪结于心间。

戴胜鸟巢在梅树之上,贤淑的君子他的腰带是素丝织成,用素丝织成,他的帽子是青色的,同青马(骐)一个颜色,都有一定的礼制。

戴胜鸟在桑树上立窝,它的孩雏都迁居到棘树之上,贤淑的君子,他的言行仪表不带有一点差误,不带有一点差误,才足以正"四国",什么叫"四国"? 父子兄弟之间都能依据礼仪行事,则四方之民无不法行也。

戴胜在桑,它的雏孩迁居于榛树之上,贤淑的君子,正是国人,他能校正国人,岂不能顺延万年?

注:①朱熹言:戴胜鸟饲子,朝从上下,暮从下上,平均如一,如物固结不变,诗人美君子用心均平转移,君子做事正容远暴,谨信威仪,有常。和顺集于中,英华发于外,威仪一于心,四国者,父子兄弟足法(关系处好)而后才可以法民也,对于统治者而言《大学》传中对四国有阐述。鸤鸠,一名秸鞠即戴胜,朱熹释又曰布谷,译者以为非是布谷,戴胜鸟,头上长有一簇羽毛。

下泉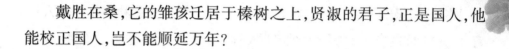①(四章)

冽彼下泉,浸彼苞稂②。忾我寤叹,念彼周京。
冽彼下泉,浸彼苞萧③。忾我寤叹,念彼京周。
冽彼下泉,浸彼苞蓍。忾我寤叹,念彼京师。
芃芃黍苗,阴雨膏之。四国有王,郇伯④劳之。

冷冽的山泉浸浸下流,连苞稂莠草野地都浸漫了,实在是令人愤怒和叹息。怀念的就是从前那周朝的京都,现如今再上哪儿去寻找呢?

冷冽的寒泉,潺潺下流,连那长萧蒿的野地都浸漫了,实在是令人气愤和感叹,令人恋念的就是周朝的京都,现在周室既衰,无处去寻找了。

冷冽的寒泉,水流涓涓,连那苞草和蓍草地也都被水给浸漫了,怎能不令人愤叹呢?永远值得怀念的就是周朝的京师,现如今也无处去寻找了。

长得油绿的黍苗,受到雨露的滋润,长势更加苗壮,国家和人民有了很好的主事人,加以有郇伯③那样不辞劳苦的地方官的勤政管理,国家一定会兴旺发达起来的。

　　注:①诗言:天下乱极思治,变极思正,这是定理。人民冀期有一个清正廉明的政治。
　　②莠稂:似莠的野草,害苗。
　　③苞萧:南方可供编凉席之草。
　　④郇伯:郇,古国名,郇伯、郇侯,文王之后,曾为州伯,治诸侯有功。春秋时已为晋属,地在今山西省猗氏县。

豳风（七篇）

豳，古国名，禹贡时，地在岐山之北，原隰之野。禹夏之际，其为后稷，而封于邰（今陕西武功），及夏衰，弃稷不理政事，其子失去官职而流于戎狄，过了四世，至公刘，修复后稷之业，民因富庶，乃立国于豳之谷，十世为太王，迁于岐山（今陕西三水县），十二世至于文王，始受天命，十三世至周武王，灭殷纣，称天子。武王死后，成王年幼，周公姬旦摄政，述先祖后稷，公刘之教化，作诗一篇，以训诫成王。其后周公理治天下所作之诗皆附此中。

七月①（八章）

七月流火，九月授衣。一之日觱发，二之日栗烈。无衣无褐，何以卒岁。三之日于耜，四之日举趾。同我妇子，馌彼南亩，田畯至喜。

七月流火，九月授衣。春日载阳，有鸣仓庚。女执懿筐，遵彼微行，爰求柔桑。春日迟迟，采蘩祁祁。女心伤悲，殆及公子同归。

七月流火，八月萑苇。蚕月条桑，取彼斧斨，以伐远扬，猗彼女桑。七月鸣鵙，八月载绩。载玄载黄，我朱孔阳，为公子裳。

四月秀葽，五月鸣蜩。八月其获，十月陨萚。一之日于貉，取彼狐狸，为公子裘。二之日其同，载缵武功，言私其豵，献豜于公。

五月斯螽动股，六月莎鸡振羽，七月在野，八月在宇，九月在户，十月蟋蟀入我床下。穹窒熏鼠，塞向墐户。嗟我妇子，曰为改岁，入此室处。

六月食郁及薁，七月亨葵及菽，八月剥枣，十月获稻，为此春酒，以介眉寿。七月食瓜，八月断壶，九月叔苴，采荼薪樗，食我农夫。

九月筑场圃，十月纳禾稼。黍稷重穋，禾麻菽麦。嗟我农夫，我稼既同，上入执宫功。昼尔于茅，宵尔索绹。亟其乘屋，其始播百谷。

二之日凿冰冲冲，三之日纳于凌阴。四之日其蚤，献羔祭韭。九月肃霜，十月涤场。朋酒斯飨，曰杀羔羊。跻彼公堂，称彼兕觥，万寿无疆。

诗经试译

七月夜萤繁飞，势同流火②，九月天气渐凉，要添加衣服了。十一月寒风刺骨，十二月冷气袭人。没有毛线衣服怎么能过得去年？到了一月，该好修整农具了，二月开始行动，到田野去耕作了，连同妇女孩子，中午送饭在田里吃。主管农事的官员到田野巡视，很是高兴。

七月夜萤繁飞，势同流火。九月穿毛线衣裳了。春天到了，阳气回暖，黄鹂鸟开始鸣叫。妇女们挎着秀美的筐子，顺着那弯曲的小路去采摘柔嫩的桑叶喂蚕。春日白昼很长，也有很多人去采摘白蒿，也是同样的用项，其时联姻公室之女，无不务于蚕桑之业，顺时回家探望父母，不能与公子同归，因此内心未免伤悲。

七月萤虫在夜空巡游，势同流火，八月芦苇长出华穗，养蚕的营生实在繁忙，要从桑树枝上采摘桑叶，必须拿起斧斨③，先砍那扬起的枝条，小枝只得摘叶存放。七月里鵙鸟（伯劳）开始鸣叫，八月开始收麻，绩丝纺线，织成布料，染上颜色，有黑里带红的，也有纯黄色的，我挑选出来一块红色而带光亮的布，为公子缝制衣裳。

四月薎草长实了，五月份蝉开始鸣叫，八月草长成了，可刈割收获了，十月份草木开始落叶，十一月④到野地里抓貉子，捕狐狸，为公子做皮袄，十二月和前月一样，竭力狩猎，收获很丰。把那幼兽自己留用，大一些的一律交公⑤。

五月螽斯（蟋蟀）动股鸣叫，六月莎鸡（蟋蟀别名）振动翅膀鸣叫，七月份在野地里，八月份进到屋檐底下，九月份进到屋内，十月份入我床下。天渐冷了，房屋周围的窟窿，举烟将老鼠熏跑，门户周围一概用泥抹好，以备防寒取暖。叫声老婆孩子，这一年就算过去了，为了迎接新年的到来，我们安安乐乐地在屋子里享福吧。

六月里食郁⑥及薁⑦，七月里烹冬葵当菜煮青豆吃，八月吃枣，十月收获稻谷，酿制新酒，以为老者祝寿。七月食甜瓜，八月摘瓠子，九月收线麻籽，采收苦菜，采砍樗木做薪柴。农夫们就是这样勤劳俭朴以度生涯。

九月平整场院，往场院里积垛庄稼，黍子晚种早熟，谷子早种晚熟，以及线麻、大豆、小麦一类的庄稼。先后都归弄到场院。可叹我们这些农夫，种庄稼时都在田野居住，入冬才迁进城邑，自己的庄稼收拾完毕，一年还要负担三天公役，为官府执事，白昼将茅草备好，带夜苫盖屋顶，用绳索拉扯盘结。赶到把公屋修整完毕，另一年的春天又到，开始播种百谷。

十二月冲冲凿冰，一月运到深窖里储存，以备天暖时浸护鱼肉不易变腐,二月杀羊,用韭菜做成佳肴祭祀荐献先祖之庙。九月天降冷霜,十月场院一律打扫干净,朋友乡里开始宴飨。还要特别地宰杀羔羊,呈送公堂,用犀角制成的大杯,敬祝君王万寿无疆!

注:①朱熹注云:"周礼"籥章中春昼击土鼓敲敔,豳诗以迎暑,中秋夜迎寒,亦此诗之意。仰观星月霜露之变,俯察草木昆虫之化,以和天时,以援民事,女服侍于内,男服侍于外,上以诚爱下,下以忠敬上,父父,子子,夫夫,妇妇,养老慈幼,食力助弱,其祭祀以时,宴飨以节,此即七月诗要义。幼对译者先父镜溪先生曾言:现行农历为夏历,周代十一月建子为一月,因此七月诗,应是周朝历法,非现行之农历(即夏历)。

②七月流火,朱熹云,火,乃心星也,即心宿,六月之昏,加于地之南方,七月之昏则下而西流矣。译者以为,天上星宿,不易被民众注意,很可能是萤虫,七月之昏,漫空飞翔,势同流火。因为释为心宿(即火星),无流动感,皆不足据。

③斧斨:安柄处长孔或椭圆形孔为斧,方孔名斨。音锵。

④十一月,原文为"一之日",因上句是十月,固改日为十一月。

⑤原句文意是大小不同野猪,译时没有明说,只用二兽概括之。

⑥郁,音玉,似李子而红一种果类。

⑦薁,音郁,即紫萁,山菜。一说为野葡萄。

诗经试译

鸱鸮① (四章)

　　鸱鸮鸱鸮,既取我子,无毁我室。恩斯勤斯,鬻子之闵斯。

　　迨天之未阴雨,彻彼桑土,绸缪牖户。今女下民,或敢侮予?

予手拮据，予所捋荼。予所蓄租，予口卒瘏，曰予未有室家。

予羽谯谯，予尾翛翛，予室翘翘。风雨所漂摇，予维音哓哓！

鸱鸮，鸱鸮，你既然把我的幼雏捕去吃了，你可不要连我的窝巢都毁了，我付出了多少爱心和勤苦，却换来这么多的悲闷与忧愁。

当天还未起云降雨的时候，我就从桑树根下取出些泥土，拾些乱草将窗和门透气的地方堵好，以防雨避寒。你们这些不讲理的下民，岂敢欺侮于我吗?!

我的手有所拮据，拾捋些芦荻和苦菜叶铺以为巢，我的嘴病得不能张口，我连栖身的家都毁了。

我的翅羽已经杀缩，我的尾羽业已蜷曲，我的窝巢处在风雨飘摇之中，前程岂能说是不危急的吗?!

注：①周武王克商使其弟管叔和蔡叔监视纣子武庚之国，未几武王崩，成王立，周公相之，于是二叔偕武庚叛，并扬言周公篡位，周公不得不率兵平叛，东征二年方将武庚及管叔蔡叔击败并杀掉，成王时不知周公之意，公乃作此诗以贻成王，托以为鸟之爱巢者，鸱鸮，你既伤吾子，勿更毁我巢，情爱笃厚之心，育养此子，诚可怜悯。今叛逆既除，周室得保，周公忠正诚厚，万民称颂。鸱鸮，猫头鹰，恶禽。

东山 ① （四章）

我徂东山，慆慆不归。我来自东，零雨其濛。我东曰归,我心西悲。制彼裳衣,勿士行枚。蜎蜎者蠋,烝在桑野。敦彼独宿,亦在车下。

我徂东山,慆慆不归。我来自东,零雨其濛。果羸之实,亦施于宇。伊威在室,蟏蛸在户。町畽鹿场,熠耀宵行。亦可畏也,伊可怀也。

我徂东山,慆慆不归。我来自东,零雨其濛。鹳鸣于垤,妇叹于室。洒扫穹窒,我征聿至。有敦瓜苦,烝在栗薪。自我不见,于今三年。

我徂东山,慆慆不归。我来自东,零雨其濛。仓庚于飞,熠耀其羽。之子于归,皇驳其马。亲结其缡,九十其仪。其新孔嘉,其旧如之何?

我领兵到东山里出征平乱,已经离家很久,归程自东山返回,道上淫雨凄冷,雾气迷蒙,忆想往事,心中很是伤悲。从今换上平素所穿衣服,以后再也不用操持军旅行陈衔枚之事。想起出征当中,看到桑树林中,爬满了鼓鼓臃臃似蚕一样的毛虫,有时一人就独宿在车下。

我领兵到东山里出征,很久不能归来,这回战事结束,又从东边回来,路上常常淫雨凄冷,雾气迷蒙,括楼长满了果实,藤蔓四处攀援伸爬,有时窜入屋宇,那鼠妇(潮虫)②在屋地上乱爬,蜘蛛网布满了墙角和门框,舍旁的田土无人耕种,杂草丛生,竟变成了豪兽的鹿场。无论白天有光亮时,还是夜行至此,都使人害怕,这种荒凉冷落的情景印在心中永远不会忘掉。

我往东边大山里出征,很久未归。这回又从东边回来,途中经常雨露迷蒙,时常见到白鹳站在蚁穴旁鸣叫,适逢阴雨蚁出,乃啄食之。联想到妻子思念丈夫叹息于家,想到丈夫出征将要归来。故而将屋

诗经试译

室连墙角旮旯都打扫干净,当我走进门来首先看到的就是有一株苦瓜叶蔓伸展到栗薪之上,因为这都是周土所生植物,已经三年多未见到家乡的景象了。

我往东山里出征,已经很长时间未归了,这回从东边返回,路上经常是雨雾蒙蒙。仓庚鸟(黄鹂)要飞的时候,羽翼闪射着亮光,新人要成婚了,骑上那纯黄色的和青色斑驳的大马,母亲为戒女就妇道,赠以手帕,并以红绸纱蒙于头上,名谓"亲结其缡"九种十种的礼仪,辞别旧的闺中处子生涯,走向快乐美满的新婚生活。

注:①朱熹释曰,本诗四章,一章言周公东征,无大死伤之苦,故为"完"——即完满胜利地完成了东征任务。二章为"思"——反思或回顾所经的艰苦与凄凉。三章,展示凯旋,妻子丈夫久别相聚之和乐,君子之于人,述其情而悯其劳,故民从上虽死无怨。四章,东征归来,从役而未婚者,及时婚娶,生活和乐。故上下情志交孚,虽父母无一过之,故西周维持巩固四百多年,无一土崩瓦解之患。周公姬旦功不可没。

②"鼠妇"诗经名"仪威",译者释为潮虫不知对否。

破斧① (三章)

既破我斧,又缺我斨。周公东征,四国是皇。哀我人斯,亦孔之将。

既破我斧,又缺我锜。周公东征,四国是吪。哀我人斯,亦孔之嘉。

既破我斧,又缺我銶。周公东征,四国是遒。哀我人斯,亦孔之休。

我的斧子都砍坏了,斨^②也用残缺了,周公东征,四方之国都得到
匡正,没有胆敢不服的人,是周公完成了平乱大业。

　　既砍坏了很多的斧子,又用破了很多带支足的铁锅。周公东征,
四方之国都得到教化,怨谤我的人,也都认清了东征意义的重大。

　　斧子砍坏了多少把,行军捆绑物资的纹棒用坏了多少根,周公东
征,四国得到统一,原来受误会怨谤他的人,终于反过来为他赞美。

　　注:①诗言周公东征虽然付出破斧缺斨之代价,终究四国之民认清道理和
形势,取得最后胜利。
　　②斨,斧子长圆柄洞,斨:长方形柄洞。

伐柯^①（二章）

　　伐柯如何？匪斧不克。取妻如何？匪媒不得。
　　伐柯伐柯,其则不远。我觏之子,笾豆有践。

　　砍斧把怎么样？没有斧子完不成。娶妻怎么样？没有媒人不
能得。
　　砍斧把呀砍斧把,虽然相距不远,不用旧斧把之斧而砍到新斧把
的方法,你是无能获得。我想娶得到那个想同我做夫妻的姑娘,就如
同祭祀时,必将祭品先备以笾器来盛装是一个道理。

　　注:①柯:斧柄,即斧把。此诗应是周公东征被伐之管叔、蔡叔及纣子武庚
统治下的民众,诗言东人,今日得见周公之容易,因而深为乐庆之词。

诗经试译

九罭①（四章）

九罭之鱼，鳟鲂。我觏之子，衮衣绣裳。

鸿飞遵渚，公归无所，於女信处。

鸿飞遵陆，公归不复，於女信宿。

是以有衮衣兮，无以我公归兮，无使我心悲兮。

九盘网打鱼，捕到鲜美的鳟鱼（哲罗）和鲂鱼（土名法罗鱼），我最想拜见的人是周公，他穿着衮龙衣，锦绣裳。

鸿雁飞翔，不离洲渚，周公东征归来岂能没有居处？成王亲往迎接，将与你诚信相处。

鸿雁飞翔，不离陆地，周公回来，不再东去，将留王室为相，与你一同起居。

所以有衮龙衣在身，也切不可让周公归隐，那样我心中将是多么悲伤难过！

注：①此诗盖周成王之意也，留周公为相，辅佐朝廷。罭，音域，网之意。

狼跋①（二章）

狼跋其胡，载疐其尾。公孙硕肤，赤舄几几。
狼疐其尾，载跋其胡。公孙硕肤，德音不瑕？

老狼颠蹶前行，颔下悬着软肉，退而仆倒或可坐于尾上。周公为人谦逊辞让，德高品美，冕服赤鞋，举止安重。
狼仆倒坐于其尾，向前迈行，颔下垂着软肉，周公为人谦逊硕大，高尚的德行，永无疵瑕。

注：①狼跋，狼的后足跟。朱熹引言：有欲必为其私，圣人无欲，故天地万物不能易。富贵贫贱死生，寒暑昼夜相代乎前。吾岂有二心？顺受之而已矣。舜受尧之天下，不以为泰，孔子阨于陈蔡不以为戚。周公远则四国流言，近则成王不知，周公行止安重，于事常存恭畏之心，为公无私，心坚忠直，终成伟大事业。

第四卷 小 雅

朱熹言:雅者,正乐之歌。其篇本有大小之分,先儒又各有正变之别。小雅乃宴飨之乐也,大雅会朝廷之乐也。亦整治陈戒之词,故或欢欣和悦以尽群下之情,或恭敬庄齐以抒先王之德,词汇不同,音节亦异,皆周公理政时所定程式,其中亦有变化,各以其声附之,其次序时势,多有无法考证的遗憾。雅颂无国别,故以十篇为一辑,因谓之"什"犹军伍以十人为什。

鹿鸣之什（十篇）

鹿鸣^①（三章）

呦呦鹿鸣,食野之萍。我有嘉宾,鼓瑟吹笙。吹笙鼓簧,承筐是将。人之好我,示我周行。

呦呦鹿鸣,食野之蒿。我有嘉宾,德音孔昭。视民不恌,君子是则是效。我有旨酒,嘉宾式燕以敖。

呦呦鹿鸣,食野之芩。我有嘉宾,鼓瑟鼓琴。鼓瑟鼓琴,和乐且湛。我有旨酒,以燕乐嘉宾之心。

鹿鸣呦呦,它正在野地里捋食萍草(一种名叫藾萧的草)^②。我请来最好的嘉宾,在一起鼓瑟吹笙,吹笙主要是使里边的簧片发出声音,宴乐既毕,则以筐盛装币帛赠之,君王对我们很好,我从内心感戴圣德,随之我便顺着大道走了。

鹿鸣呦呦,它正在野地上捋食青蒿。我请来了最好的嘉宾,他的为人德行高尚,正直聪明,对待民众关切备至,常以君子的标准要求自己,我有好酒同嘉宾们在一起宴飨并遨游。

鹿鸣呦呦,它正在野地上啃食黄芩。我有最好的嘉宾,请他在一起鼓瑟抚琴,在一起和乐的时间很长。我有醇香的美酒,和嘉宾们在一起盛享快乐,并抚慰你们诚挚忧劳的心。

注:①此为君王宴群臣嘉宾之诗。其后乃推而用之于乡人。食之以礼,乐之以乐,将之以实,求之以诚,此其所以得其心也。贤者岂以币帛饮食为悦哉?盖君臣上下之间,必有敬爱然后才得以成一体也。

②萍草:非水中萍,朱熹以为是藾萧,青叶,白茎,鹿可食。

四牡①(五章)

四牡騑騑,周道倭迟。岂不怀归?王事靡盬,我心伤悲。

四牡騑騑,啴啴骆马。岂不怀归?王事靡盬,不遑启处。

翩翩者雊,载飞载下,集于苞栩。王事靡盬,不遑将父。

翩翩者雊,载飞载止,集于苞杞。王事靡盬,不遑将母。

驾彼四骆,载骤骎骎。岂不怀归?是用作歌,将母来谂。

四匹公马,噔噔前行,大道逶迤盘桓,伸向远方,岂是不想回家吗?君王交给的任务尚未完成,内心很是着急上火。

四匹公马趹趹前行,都是白马黑鬃,毛色油亮,岂是没有怀归之心吗?君王部署的事情还没办完,不用遑急向他跪禀。

翩翩飞翔的短尾巴鸟,一边向高空飞翔,时而又向下低飞,降落在柞树枝上,君王的事情尚未办完,没有时间回家侍奉家父。

翩翩飞翔的秃尾巴鸟啊,时飞时落,群集于杞柳树上,君王的事情尚未完成,也不能遑急回家守望母亲。

驾着四匹青鬃白尾马,一阵猛跑,一阵急行,岂是不想回家,因此作成歌曲,用以抒发怀念父母之情。

注:①无私恩,非孝子,无公义,非忠臣。君子不以私害公,不以家事胜国事。臣为君劳,不辞劳苦,君爱臣如手足,上下交通忠爱,国家兴盛。本诗有承前诗之意。

皇皇者华① (五章)

皇皇者华,于彼原隰。駪駪征夫,每怀靡及。
我马维驹,六辔如濡。载驰载驱,周爰咨诹。
我马维骐,六辔如丝。载驰载驱,周爰咨谋。
我马维骆,六辔沃若。载驰载驱,周爰咨度。
我马维骃,六辔既均。载驰载驱,周爰咨询。

那青苍茂盛的山野,高原低地绵连不断,使臣率领其下属,在路上疾驰前行,心里时刻悬念的都是为君王所执行的公务还未完成。

我的马都是不超过二岁的壮马,六只辔缰油光闪亮,刻不容缓地向前奔跑,周巡四处查询访问。

我的马全是黑色的壮马,六条辔缰,有如蚕丝编成。沿着大道急驰奔跑,周旋四处查访询谋。

我的马全是骆驼,六只辔缰,油浸闪亮,奔腾驰驱不停,四周询查判断分析。

我的马是灰白杂色的骊马,六条辔缰,拴结均匀,不停地驰驱奔跑。按照既得的信息,四周查访,论证和咨询。

注:①诗意:王者遣使四方,调查研究,咨诹善道以广聪明以助君之德,政治清明匡正天下。臣能听谏,而后才可以谏君,未有不先自治而可以治人正君也。

常棣①（八章）

常棣之华,鄂不韡韡。凡今之人,莫如兄弟。
死丧之威,兄弟孔怀。原隰裒矣,兄弟求矣。
脊令在原,兄弟急难。每有良朋,况也永叹。
兄弟阋于墙,外御其务。每有良朋,烝也无戎。
丧乱既平,既安且宁。虽有兄弟,不如友生。
傧尔笾豆,饮酒之饫。兄弟既具,和乐且孺。
妻子好合,如鼓瑟琴。兄弟既翕,和乐且湛。
宜尔室家,乐尔妻帑。是究是图,亶其然乎?

郁李的花,显露在外边的岂不都是光彩艳丽?凡是当今世上的人,没有能赶上兄弟最为亲近。

死丧之祸,固然他人也常畏恶(音乌),唯有兄弟相恤关顾。老一辈虽然死后已相聚原野,而兄弟间仍须彼此相助。

鹡鸰②在原野上飞蹿,不停地鸣叫,停下来便频频摇尾,这是一种急难之象,兄弟有如此鸟,一旦有难,挺身相救,常常是要好的朋友,万不得已,也不过为你慨叹几句而已。

兄弟俩因为一堵墙,相互争斗起来,如一方遭到他人的攻击时,立刻便会放弃内讧而一致对外御其所侮。每有良朋,也难得奋不顾身的相助。

等到丧亲繁乱的事情既除,生活既安且宁,常常是虽有兄弟,不如朋友亲近。

宾朋之间,摆酒设宴,吃得酒醉饭饱,畅叙友情,亲密无间,兄弟间不拘此乐,他们的和乐犹如孺子慕爱其父母那样亲密无间。

夫妻好合,如同鼓瑟抚琴伴奏乐章一样,兄弟间亲爱友助和乐,意义更加深远。

安排和整治好你的室家,让你的妻子儿女都能欢快地过好生活。倘若不是另有追究图谋,相信道理岂不就是如此吗?

注:①常棣,即郁李。此诗,深言兄弟之情甚湛。

②鹡鸰:形似燕,而在堤岸上穴居,常在江河沿畔捕食昆虫,飞时鸣叫不停,展翅一上一下,止则摇动其尾,有急难之意,故诗以此起兴。

伐木(三章)

伐木丁丁,鸟鸣嘤嘤。出自幽谷,迁于乔木。嘤其鸣矣,求其友声。相彼鸟矣,犹求友声。矧伊人矣,不求友声?神之听之,终和且平。

伐木许许,酾酒有藇!既有肥羜,以速诸父。宁适不来,微我弗顾。于粲洒扫,陈馈八簋。既有肥牡,以速诸舅。

宁适不来,微我有咎。

伐木于阪,酾酒有衍。笾豆有践,兄弟无远。民之失德,干糇以愆。有酒湑我,无酒酤我。坎坎鼓我,蹲蹲舞我。迨我暇矣,饮此湑矣。

　　伐木声叮叮作响,鸟儿嘤嘤对鸣,它们来自幽深的山谷,飞聚在乔木之上。嘤嘤对鸣,那是寻找朋友的声音,像那鸟类,还能发出求友之声,况且我们人类,哪能没有朋友?你凝神去听吧,只有那样求友之声,才能呼唤出和乐而顺平。

　　伐木的号子声许许不断,用筐子铺上茅草将酒过滤出来,装入酒缸,小肥羊杀了,迅将同姓的父辈们请来,按时入座,不能不到位,莫要说我关顾不到。屋室院内外都打扫得干净利落,开始摆设酒筵,最先上桌的八大盘肴馔,最丰盛的是肥公羊肉,随之请来的还有异姓的尊者,应该来的都到位了,否则那将是我的毛病了。

　　伐木在高陡的山坡啊,酿出的好酒很多很多,美食肴馔盘碗罗列。兄弟们蹲在家中啃干粮,那就是自己的毛病了。我们尽情地在一起喝个够吧,酒如不足,我可以即刻出去买来。敲起咚咚的鼓声助兴,大家在一起欢快地跳舞,只等到今天我们得闲的时候,才得以在此饮酒欢娱。

天保(六章)

　　天保定尔,亦孔之固。俾尔单厚,何福不除?俾尔多益,以莫不庶。

　　天保定尔，俾尔戬穀。罄无不宜，受天百禄。降尔遐福，维日不足。

　　天保定尔，以莫不兴。如山如阜，如冈如陵，如川之方至，以莫不增。

　　吉蠲为饎，是用孝享。禴祠烝尝①，于公先王。君曰卜尔，万寿无疆。

　　神之吊矣，诒尔多福。民之质矣，日用饮食。群黎百姓，遍为尔德。

　　如月之恒，如日之升。如南山之寿，不骞不崩。如松柏之茂，无不尔或承。

　　是上天保佑君国安定，且很巩固，俾君德业深厚，除旧而生新福祉连绵不绝，百姓所受恩泽很多很多。

　　上天保佑君王一切都尽善尽美（即戬穀），一切的一切无不咸宜，接受上天赐给的俸禄，降临给人民的远福，用日子是无法算尽的。

　　上天保定给你的和你所得到的没有不兴旺的，像山一样的高大，像土丘，像冈像陵那样盘固而牢实。像河水那样涌流并不断地增收和汇聚。

　　择选出吉日，并斋戒涤濯之后，置办佳美食品，以孝祭先祖春夏秋冬祠瀹尝烝四季以时祭祀后稷以下之诸先王（此诗当是周武王以后所作）。如期祝愿保佑君王"万寿无疆"！

　　祝愿诸王亡灵神至，祝愿你们冥福，现实民众衣食所用皆称富足，都是周朝天子圣德为百姓带来的鸿福。

　　像月亮那样永恒循环不已，像太阳东天升起，普照大地永无止息。像南山之寿，不损不崩，像松柏常青永茂，如或旧叶时落，新枝又生。无不为你永远传承。

　　注：①古祭祀宗庙，春祭曰祠，夏祭曰瀹，秋祭曰尝，冬祭曰烝。

采薇①（六章）

采薇②采薇，薇亦作止。曰归曰归，岁亦莫止。靡室靡家，猃狁之故。不遑启居，猃狁之故。

采薇采薇，薇亦柔止。曰归曰归，心亦忧止。忧心烈烈，载饥载渴。我戍未定，靡使归聘。

采薇采薇，薇亦刚止。曰归曰归，岁亦阳止。王事靡盬，不遑启处。忧心孔疚，我行不来！

彼尔维何？维常之华。彼路斯何？君子之车。戎车既驾，四牡业业。岂敢定居？一月三捷。

驾彼四牡，四牡骙骙。君子所依，小人所腓。四牡翼翼，象弭鱼服。岂不日戒？猃狁孔棘！

昔我往矣，杨柳依依。今我来思，雨雪霏霏。行道迟迟，载渴载饥。我心伤悲，莫知我哀！

诗经试译

采薇菜呀，采薇菜呀，转眼薇菜又从土里生长出来了。说是当兵期满就可以回家，现在服役已二年，也没能看到家乡的影子。其原因就是北方的敌人猃狁③入侵之故。没能回来照看家事，就是猃狁入侵的缘故。

采薇菜呀，采薇菜呀，薇菜又在山林里生长出来了，只是植株长得柔小。说是归家，说是归家，心中不由地激起一阵阵忧愁，忧心似在被火烧灼煎熬。常常吃不到饭，喝不到水，困苦，谁人知晓？服役

— 188 —

从征的时间,不敢肯定,哪得归家向亲人问好。

采薇采薇,薇菜刚刚又冒出土来。说是回家,说是回家,这一年又到了十月阳气已止。君王征讨之事尚未完成,哪得旋返居处。忧心已积郁成疾,甘心与敌寇拼死到底——宁去不来。

他们都是在忙乎什么?那是常棣(郁李)正在开花,那大路上又在做什么?那是领兵元帅的马车。兵车既驾,四匹公马挽着车气势威壮。岂敢在一处定居,一个月三次告捷。

驱驾那四匹公马的战车,四匹马长得体健膘肥,领兵的元帅乘胜前追,所有的士兵紧紧相随。四匹公马行列整齐,用象骨装饰的刀鞘,用海豚④鱼皮缝制的箭套。岂不得整日的警戒?猃狁之难甚急。

想当年我回家的时候,正春光明媚,杨柳依依,今天我来陈述面前的情景,正是雨雪霏霏,行道艰阻,迈步迟迟,既渴且饥,谁知道我处境的悲哀。

注:①此诗盖述周朝从役之人,远戍于朔方严寒之区与劲敌猃狁征战之苦,征夫不得按期退役所作之诗。

②采薇:诗以采薇起兴。薇菜分布于我国南北山区,属鳞毛蕨科紫萁的幼苗,嫩时瀹之可当蔬食,并出口。李时珍释为山野豌豆误也。

③猃狁:音闲允,周朝时我国北方今外蒙一带的民族名。

④原文"象弭鱼服",象弭,即用象骨装饰的弓鞘。"鱼服",即鱼皮制作的箭套。朱熹言:一种似猪的鱼皮。译者释为海豚之皮,不知正误,有请读者指正。

出车①(六章)

我出我车,于彼牧矣。自天子所,谓我来矣。召彼仆夫,谓之载矣。王事多难,维其棘矣。

我出我车,于彼郊矣。设此旐矣,建彼旄矣。彼旟旐斯,胡不旆旆?忧心悄悄,仆夫况瘁。

王命南仲,往城于方。出车彭彭,旂旐央央。天子命我,城彼朔方。赫赫南仲,猃狁于襄。

昔我往矣,黍稷方华。今我来思,雨雪载途。王事多难,不遑启居。岂不怀归?畏此简书。

喓喓草虫,趯趯阜螽。未见君子,忧心忡忡。既见君子,我心则降。赫赫南仲,薄伐西戎。

春日迟迟,卉木萋萋。仓庚喈喈,采蘩祁祁。执讯获丑,薄言还归。赫赫南仲,猃狁于夷。

我赶着马车,来到京城的郊外,是从周天子的居所而来,报告说:"我来了"。于是召集我们这些御夫们说:"马上就出行了,君王遭逢险难,情势危急,刻不容缓"。

我赶着马车,来到城郊以外,竖起绘有龟蛇图案的旐旗,同时又竖起一杆带有鸟隼图案的指挥旗,正所谓前朱雀后玄武,旗子周围又镶着锯齿形边幅,迎风飘动,气势旆旆。临出征前人们未免心中都有些惊惧不安,连驾车的御夫们心中也有些憔悴。

周王命南仲挂帅印,出得门来,直向北方,奔向灵夏一带。出车行军,队伍浩浩荡荡,军旗战旗,迎风招展,天子命令队伍,直挺进北方,元帅南仲带兵所向披靡,终于将猃狁平定。

回想当初我们出征作战时,黍子稷子等庄稼正在茁壮成长,今天当我们出征归来,却是漫道雨雪,王事多难,不能着急回家开启自己的宅门,岂是不想及早地回家吗?因为上方有简书:一律待命,因为邻国又发生急情。

道路草丛中，虫子喓喓鸣叫，蝈蝈、蚂蚱四处跳跃。元帅领兵在外出征，不见归来，心里怔忡不安。既然看到他们回来了，心中瞬刻便踏实了。因为立有赫赫战功的南仲，接连着又将侵扰边境的西戎平定。

春日，天时很长，花草树木萋萋生长。黄鹂鸟不停地相对鸣叫，采白蒿子的人，实在不少，人们相互探问征战胜利还归的情形，一直为胜利而欢呼："足智多谋英勇善战的南仲，终于领兵将猃狁平定了！"

注：①此诗乃述周朝天子差派南仲带兵讨伐猃狁的情景。史言，古者出师，以丧礼处之。出征命令下达之日，士皆泣涕，因为战争无论胜败必有伤亡，因此孔夫子言三军亦云"临事而惧"，皆此意也。因此出师前，人们心中忡忡、惸惸、憔悴，这是实情，但是人民为了祖国，为了人民甘愿赴汤蹈火，英勇杀敌，不怕牺牲的精神这是一致的。这同那些胆小鬼出卖灵魂出卖祖国的人有天地之别。

杕杜① （四章）

有杕之杜，有睆其实。王事靡盬，继嗣我日。日月阳止，女心伤止，征夫遑止。

有杕之杜，其叶萋萋。王事靡盬，我心伤悲。卉木萋止，女心悲止，征夫归止！

陟彼北山，言采其杞。王事靡盬，忧我父母。檀车幝幝，四牡痯痯，征夫不远！

匪载匪来，忧心孔疚。期逝不至，而多为恤。卜筮偕止,会言近止,征夫迩止。

有特生的杜梨,它的果实美丽而可口。君王的事没有完成,哪有余剩的时间给我呀? 一天天一月月,直过到秋冬之交阳气已尽的十月。守家的女子说:"我的心伤痛极了。从征的丈夫什么时候能回到家里来呀?!"

特生的杜梨呵,它的叶子长得萋萋茂盛,君王之事没有完毕,我心里很是悲伤,花木到了繁芜的季节,守在家中的女子心中十分悲伤,顾念自己的丈夫在外面从征,也应该到归来的时候了。

登上北边的山啊,说是要去采砍杞柳,君王的事情还没完成,担忧的就是我的父母。檀木车上山实在是难行,四匹公马都勉强地拖动。从征服役的丈夫归期应该是不远了。

车也不能装载,人也不见回来,忧愁的心里都得病了。期盼很久了,也不见回来,无以抚慰,只好去拜求筮士占一卦吧,他说:"你同亲人见面的时候,就在近前,服役从征的丈夫已经距家很近了。"

注:①杕杜:"杕"音帝,特生之意。杜:杜梨,山丁子,花红,沙果之类,见周南卷甘棠诗所述甘棠即是。本诗亦述周朝民众被征调当兵从征在外,妻子日夜盼归的情形。

诗经试译

南 陔

(此是笙诗,乐谱及文辞皆佚失无存)
朱熹注云:此篇乃笙诗,有曲而无辞。陔,音该,近阶之处,孝子相戒以养父母之意。此篇原附在白华之什鱼丽诗后,朱熹在编纂注释中,根据仪礼考证,此篇应移置《鹿鸣之什》之最后,因此正文。曲谱今也无从考究。

白华之什（十篇）

白　华

　　笙诗，乡饮酒礼，鼓瑟而歌，笙入堂下，罄南北而立。鼓瑟而歌，今无法考其篇名之义，只言笙乐奏，而不言歌，知其有声而无辞明矣。但，当时古《诗经》无辞者必有谱，随着历史的演进，当初的乐谱，至宋代即已泯没无处找了。今仅记其篇名，下注以笙歌就是了。

华　黍

（同前笙歌无辞）

鱼丽（六章）

鱼丽于罶，鲿鲨。君子有酒，旨且多。
鱼丽于罶，鲂鳢。君子有酒，多且旨。
鱼丽于罶，鰋鲤。君子有酒，旨且有。
物其多矣，维其嘉矣！
物其旨矣，维其偕矣！
物其有矣，维其时矣！

从渔梁子的笱笼（东北称谓"鱼穴"）里捞出很多赶鸭子和牛尾巴鱼（鲿和青鲍）还有吹沙的板黄（鲨鱼）。主人备置了上好的酒，美食很多。

从渔梁子的笱笼里，又捕捞出很多鲂鱼（法罗鱼）和黑鱼。主人备置了上好的酒，食品多而且美。

从渔梁子的笱笼里还捕捞上很多鲇鱼和鲤鱼，主人备置了上好的酒，各种食品，质量很高，应有尽有。

食品很多且质地嘉美。食物美好，关键在于膳师们的调制料理和搭配齐全。食物多了，更重要的是在于时鲜。

由 庚

（笙诗无辞）

南有嘉鱼（四章）

南有嘉鱼，烝然罩罩。君子有酒，嘉宾式燕以乐。
南有嘉鱼，烝然汕汕。君子有酒，嘉宾式燕以衎。
南有樛木，甘瓠累之。君子有酒，嘉宾式燕绥之。
翩翩者雗，烝然来思。君子有酒，嘉宾式燕又思。

在南方江汉之间，出产一种鲤质的巨鳟鱼（东北所谓哲罗鱼），是用竹篾子编成"罩"捕到的，主人准备了上好的酒，以宴飨嘉宾，大家相聚欢乐。

江汉一带出产美好的巨鳟鱼，是用竹篾子编成"罩"捕到的，活蹦乱跳，主人准备了上好的酒，与嘉宾们在一起盛享和乐。

舍南长着一株躯干旁弯的大树，上面爬满了甘瓠瓜的蔓子，下垂着累累瓠瓜，主人备下上好的美酒，与嘉宾们同享欢乐。

翩翩而飞的秃尾巴鸟（应是鹌鹑），骤然间也飞来助趣，主人备下

诗经试译

上好的美酒,以与宾朋们相聚宴飨,有抒发不尽的快乐和思绪。

崇　丘

（笙诗无辞）

南山有薹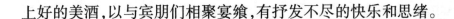①（五章）

南山有薹,北山有莱。乐只君子,邦家之基。乐只君子,万寿无期。

南山有桑,北山有杨。乐只君子,邦家之光。乐只君子,万寿无疆。

南山有杞,北山有李。乐只君子,民之父母。乐只君子,德音不已。

南山有栲,北山有杻。乐只君子,遐不眉寿。乐只君子,德音是茂。

南山有枸,北山有楰。乐只君子,遐不黄耇。乐只君子,保艾尔后。

南山生长着薹草,北山上生长莱草(灰菜,又名藜),大家相聚一起的先生朋友们,都是国家的栋梁和根基,祝愿大家身体健康,万寿无期!

南山上长有桑树,北山上长有杨树,入席就座的先生们朋友们,大家都是国家的光荣,在此祝愿你们"万寿无疆"!

南山上长有杞树[2],北山上长有李树,在座的先生们朋友们,大家都是民之父母,公而忘私,德懿垂陈久远。

南山有栲树(一名山樗),北山上长有杻树(可作弓干),参加欢宴的先生们,你们虽然不全都长有长寿眉,然而你们的德行昌茂。

南山上长有枸树[3],北山上长有楰[4]树,欢乐的众位先生们,你们的眉发还未由白转黄,欢乐的众位君子们,千万自我保重,延年益寿。

注:①以上皆为周王朝上下通用宴飨笙歌之乐。南山有薹,即薹草,种类很多,东北棉花薹草——即靰鞡草,是其一种。塔头草、绊倒驴皆是。

②杞有三种,一为杞柳,编筐用之,一为枸杞,药食通用,本诗所指杞树类樗,纹理白皙,可制箱柜,属乔木。

③枸,音句,枳枸,高大似白杨,果实甜美可食。非枸(音苟)杞也。

④楰,音玉,一名鼠梓,叶同木纹似楸,又名苦楸。以上皆南方树种。

由 仪

(笙诗一种,无辞)

蓼萧①（四章）

蓼彼萧斯，零露湑兮。既见君子，我心写兮。燕笑语兮，是以有誉处兮。

蓼彼萧斯，零露瀼瀼。既见君子，为龙为光。其德不爽，寿考不忘。

蓼彼萧斯，零露泥泥。既见君子，孔燕岂弟。宜兄宜弟，令德寿岂。

蓼彼萧斯，零露浓浓。既见君子，鞗革忡忡。和鸾雍雍，万福攸同。

那长得壮茂的萧蒿啊，枝叶上全沾满露珠，既然看到君王，我心里立刻便顺通了，在一起欢笑饮宴，并得到君王的赞誉，心中很是安畅。

那长势茂密的萧蒿啊，沾满了晶莹的露珠，见到君王犹如见到天龙放射着光芒。他的高德永远不变，他必是长寿，我永志而不忘。

那长得茂壮的萧蒿，通体沾遍雨露，既然见到君王，心中很是高兴，兄弟怡怡，各得其所宜，毫无僭越之忌，因此必有美德长寿且乐。

那繁茂的萧蒿，晨露浓浓，既然拜见君王，手握着辔缰，余端下垂柔随，拴在车前横木上的和铃和拴在马嚼头上的銮铃，发出安和的响声，祝愿君王万福同聚！

湛露①（四章）

湛湛露斯,匪阳不晞。厌厌夜饮,不醉无归。
湛湛露斯,在彼丰草。厌厌夜饮,在宗载考。
湛湛露斯,在彼杞棘。显允君子,莫不令德。
其桐其椅,其实离离。岂弟君子,莫不令仪。

　　湛湛清露,非经炽烈的阳光照射不干。安和的夜饮,不喝得酩酊大醉是不能散席回家。

　　湛湛清露,沉浸在那茂密的草丛,漫长的夜饮,喝醉了,直在宗室里露宿过夜,才算是完毕终了。

　　湛湛清露,覆满了杞树②和棘树,显明信实的赴宴诸侯们,即使酒喝得有点过了头,也始终没有乱德的地方。

　　那桐树和椅树③,果实累累,参加欢乐宴饮的诸侯们,即使酒喝得有点多了些,然而都不失威仪——仍然不失为国家的栋梁之材。

彤弓之什(十篇)

彤弓①(三章)

彤弓弨兮,受言藏之。我有嘉宾,中心贶之。钟鼓既设,一朝飨之。

彤弓弨兮,受言载之。我有嘉宾,中心喜之。钟鼓既设,一朝右之。

彤弓弨兮,受言櫜之。我有嘉宾,中心好之。钟鼓既设,一朝酬之。

红色的弓,弦且张弛,受君王所言,妥慎地收藏起来,大家都是嘉宾,君王从心里想赠送给他们。钟鼓乐器既设,选择适当时机,把大家请来,很好地宴飨一番。

红色的弓,弓弦方且张弛,听从君王的指示,将它扛回去。君王将大宴宾客,从心里喜欢他们,钟鼓设备完好,奉劝大家在一起欢乐。

彤弓张弛地放着,受君王所示,暂时好好地存放起来,到这里来都是嘉宾,君王从心里喜欢他们。钟鼓既然设置,欢庆完了,大家在一起宴享饮酒。

注:①此周天子宴有功诸侯,而赐以弓矢之乐歌。

菁菁者莪①(四章)

菁菁者莪,在彼中阿。既见君子,乐且有仪。
菁菁者莪,在彼中沚。既见君子,我心则喜。
菁菁者莪,在彼中陵。既见君子,锡我百朋。
泛泛杨舟,载沉载浮。既见君子,我心则休。

那菁菁茂盛的萝蒿,生长在山的背坡,既然看到宾客们相继来
到,心中十分欢乐,大家又是那么彬彬遵循礼仪。

那菁菁茂盛的萝蒿,生长在大河的小沙渚上,既然看到宾客们相
继来到,从心里十分欢喜。

那菁菁茂盛的萝蒿,生长在山陵岗上,既然看到宾客们来到,一
时间聚来一百多位朋友。

那漂在水上的杨木舟啊,时沉时浮,飘飘摇摇,既然看到各位宾
客们到来,我心里什么烦乱的事都没有了。

注:①莪,萝蒿。此亦宴饮宾客之诗。

六月(六章)①

六月栖栖，戎车既饬。四牡骙骙，载是常服。猃狁孔炽，我是用急。王于出征，以匡王国。

比物四骊，闲之维则。维此六月，既成我服。我服既成，于三十里。王于出征，以佐天子。

四牡修广，其大有颙。薄伐猃狁，以奏肤公。有严有翼，共武之服。共武之服，以定王国。

猃狁匪茹，整居焦获。侵镐及方，至于泾阳。织文鸟章，白旆央央。元戎十乘，以先启行。

戎车既安，如轾如轩。四牡既佶，既佶且闲。薄伐猃狁，至于大原。文武吉甫，万邦为宪。

吉甫燕喜，既多受祉。来归自镐，我行永久。饮御诸友，炰鳖脍鲤。侯谁在矣？张仲孝友。

六月建未之月②，心中凄凄不安，兵车都已备好，四匹战马很是强壮。穿着常日的戎装，戴着皮帽，穿着皮衣，素裳，白鞋，因为北狄猃狁凶险侵边。我们受周宣王之命急驰前方征讨，以保王国安宁。

一辆兵车整齐的四匹黑马，那马平素驯习得非常守则，古时冬夏不出征，时当盛暑之季的六月却要出征，因为猃狁犯境，形势紧急。当月备制军服，服成之后，即刻出行，日以骑行五十里，师(步)行三十里，主帅督阵前行，以佐助天子。

士兵列成四队,既大且长,气势浩荡③,直与猃狁兵刃相接,一片冲杀。战果随时奏报领兵元帅大公,将帅皆以严敬共武事,直至取得胜利,保定王国之安宁。

猃狁不自度量,齐聚集在焦获④,进犯镐⑤及方(北方),一直打到泾阳⑥,他们的文字像绳蜿曲,像鸟迹一样的文章。搭着白色的旗子,飘飘扬扬,领队的元戎带领十辆马车,在前头启行。

军车既然安定,轩车轻车⑦都停下来安营扎寨,四匹公马也都停下来休息,体势都很健壮。侵犯我们的猃狁已撤退至太原⑧,我们也不去穷追。这是先王制定的原则:无文无以附众,无武无以威敌,这是统兵将领尹吉甫在这里具体例行的法式。

大将尹吉甫于是宴飨军士,以庆祝胜利,很多人聚在一起享受福祉。我们来自于里的镐地(出征地)已经很久,在此慰劳出征参战所有的军士们战友们。煲鳖脍鲤鱼,宴席很丰盛。领兵的军帅还有谁在? 张仲是一位既孝且贤的好友。

注:①诗述周厉王暴虐,被周人逐出居彘,猃狁内侵,逼近京邑,王崩子宣王立,命尹吉甫帅师伐之有功而归,诗人作歌以颂之,事在公元前827—826年事也。

②周朝于今农历十月为岁末,古时依司马法寒暑皆不出征,今猃狁犯境特急之故。

③原诗:"四牡修广,其大有颙",意即"四匹公马长势广而且长,大而严正"与全诗意不吻合,因译为"士兵列成四队,既大且长,气势浩荡"。

④焦获,耀州三原县。

⑤镐,刘向以为是于里之镐,非镐京也。

⑥泾阳,诗意泾水之北。今泾阳县属甘肃省。

⑦轩车、轻车,车厢四周带棚通称轩,另前高后低之棚曰轩,后高前低为轻。

⑧太原,今山西省会。

采芑①（四章）

薄言采芑，于彼新田，呈此菑亩。方叔涖止，其车三千。
师干之试，方叔率止。乘其四骐，四骐翼翼。路车有奭，簟
茀鱼服，钩膺鞗革。

薄言采芑，于彼新田，于此中乡。方叔涖止，其车三千。
旐旟央央，方叔率止。约𫐄错衡，八鸾玱玱。服其命服，朱
芾斯皇，有玱葱珩。

鴥彼飞隼，其飞戾天，亦集爰止。方叔涖止，其车三千。
师干之试，方叔率止。钲人伐鼓，陈师鞠旅。显允方叔，伐
鼓渊渊，振旅阗阗。

蠢尔蛮荆，大邦为仇。方叔元老，克壮其犹。方叔率
止，执讯获丑。戎车啴啴，啴啴焞焞，如霆如雷。显允方叔，
征伐猃狁，蛮荆来威。

说是采苦荬菜吃，在那新垦二年的地上，也有在那刚开垦一年的
地上。方叔受宣王之命南征荆蛮，领兵来到此地，他的军队按三千
法②配伍，军士都经过艰苦训练，有着娴熟习练的作战技术和武勇精
神。方叔乘坐的四匹黑色的马，行进有序，军车前边垂有红色的竹
帘，马辔马套，一概是皮制，各拴结着铜铃，行进中威武盛壮。

说是采苦荬菜吃，在那新垦二年的田中，那里并且有乡民居住。
方叔来到此地，兵马上万③，军旗战旗迎风飘展，方叔领兵在此驻步，

军车辕抵衡轵毂都检制得完好无恙,八个鸾铃锵锵作响,方叔穿着天子的命服,黄红色的芾带煌煌闪光,身上带的玉佩是葱绿色的珩玉。

那飞行急速的鹯隼啊,可以钻天,有时它也集聚降落在林间。方叔带兵出征兵卒上万,军士们都是经过很好的测试和演练,英勇杀敌,司钲(铙也)司鼓的军士依据长官所示进军时,击鼓为令,停战时鸣钲即止,为之振旅,现在战争胜利,首功首先归于方叔。敲起鼓来咚咚响,鸣钲锵锵。

这些愚蠢的荆蛮,无故与大邦——中国为仇。方叔虽然年已老迈,而身体谋略都很健旺,方叔战车停将下来,执讯那些被俘进犯的丑酋们。军车排满场地,情景颇为盛壮。人们聚集一起庆祝胜利,欢呼声有若雷霆一般,最大的功劳和光荣应该归于方叔。他北面曾征伐猃狁,南面又亲讨荆蛮,因此闻其名也就都来威服了。

注:①周宣王时,荆蛮背叛,蛮即今贵州一带,荆,应是湖北荆州一带。宣王命方叔南征,行军当中曾采芑而食,芑即是苦荬菜,故赋其事以采芑起兴。

②“其车三千”朱熹言,其车即三千法,当用三十万众,盖兵车一辆,甲士三人,步兵七十二人,又二十五人将重车在后,共计近百人,此其极盛而言,但依实说来,通常未必有此数。

③据此,方叔所领兵起码也在一万人以上,约略而已,实际无处考究。

车攻① (八章)

我车既攻,我马既同。四牡庞庞,驾言徂东。
田车既好,四牡孔阜。东有甫草,驾言行狩。
之子于苗,选徒嚣嚣。建旐设旄,搏兽于敖。

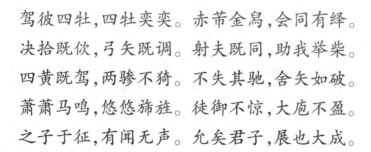

驾彼四牡,四牡奕奕。赤芾金舄,会同有绎。

决拾既佽,弓矢既调。射夫既同,助我举柴。

四黄既驾,两骖不猗。不失其驰,舍矢如破。

萧萧马鸣,悠悠旆旌。徒御不惊,大庖不盈。

之子于征,有闻无声。允矣君子,展也大成。

我的车已修整完好,我的马也同一个齿龄,四匹公马非常壮实,乘驾赶赴东都洛邑(今洛阳)。

田猎之车,既已备好,四匹公马都很高大壮实,前往洛邑东边名叫甫草的地方(又名甫田,即开封牟县西圃田泽)驾车前往狩猎。

地方有司(地方官职称)陪同我们一起前去田猎,又选派了几名随从,也赶着车马,声音喧嚣,扛着很长的旐(音兆,长幅带缺齿镶边的旗)和旄旗(着牦牛尾于旗杆顶上),前往敖地(今河南荥阳一带)猎捕野兽。

驾着四匹公马,各自布散开来,各路诸侯穿着朱红色的朝服和饰金的皮靴,一起聚会于东都。

用象骨制成的骨锥,套在右手的大拇指上,用来钩弦,调整松紧,名叫"遂佽"(音次)。弓既调整完好,各路诸侯协同助力,以致猎获野兽很多。

四匹黄马驾好,两匹骖马(即拉帮套之马)听从摆布,走正道而不斜倚,因而箭发出去必中,收获多多。

萧萧马鸣,有杂色镶边翅的旆旗,有析羽缀于旄旗杆上的旌旗。迎风招展,赶车的御夫和士卒们精神都不紧张,猎获物中以中矢部位不同,分为上杀、中杀、下杀三等,合乎天子需求的上杀猎物,不是很多,因此说"大庖不盈",大庖,天子之庖厨哩。

地方有司,跟从出征,只是听凭驱使,因为很少出言,举止诚信庄肃,够得称谓君子了,保障了一项重要任务的完成。

吉 日 ① (四章)

吉日维戊,既伯既祷。田车既好,四牡孔阜。升彼大阜,从其群丑。

吉日庚午,既差我马。兽之所同,麀鹿麌麌。漆沮之从,天子之所。

瞻彼中原,其祁孔有。儦儦俟俟,或群或友。悉率左右,以燕天子。

既张我弓,既挟我矢。发彼小豝,殪此大兕。以御宾客,且以酌醴。

吉日正直戊辰,乃刚之象,又当"伯"——即马祖,天马四房星之神,宣王既要田猎,使用马匹,所以选择吉日祭马祖并祷告之。既已车牢马健。于是赶着四匹公马大而健壮,一直走上高陡的山坡,直向鸟兽众多的深山密林走去。

吉日正当庚午,既选齐我的马匹,随之奔向野兽麋集之地,牝鹿非常众多,直奔向洛水的支流——漆沮河溯流而上,这是天子围猎最好的地方。

巡看中原这个地方,野兽很是众多,有的卧在林间,有的往来走动,到处都是,或三五成群,两个一伙的。于是率领同事的人,共同出力,捕捉,以燕乐天子。

拉开我的长弓,扶正我的箭矢,向着一只小母野猪射去,又一箭射穿了一头大野牛,还有很多很多,于是天子召集群臣在一起宴飨,宾客们相庆相贺,喝的是甘甜的醴酒。

注:①《车攻》《吉日》二首诗,述及的是周宣王回复西周时期的"猎蒐"之礼,可以见上下交融之情,可以见师律之严焉。万民拥护,诗人颂诗以誉之。

鸿雁①（三章）

鸿雁于飞,肃肃其羽。之子于征,劬劳于野。爰及矜人,哀此鳏寡。

鸿雁于飞,集于中泽。之子于垣,百堵皆作。虽则劬劳,其究安宅？

鸿雁于飞,哀鸣嗷嗷。维此哲人,谓我劬劳。维彼愚人,谓我宣骄。

鸿雁飞翔的时候,它那翅膀扇动得唰唰直响,我们这些无职无业的游民啊,终年劳苦于山野,我们都是一些贫病无依可怜之人——哀此鳏寡。

鸿雁飞翔,集聚在大水泽中,我们这些无家可归的人,现在总算有了止居的墙垣,每户都分得百堵②土地聊自耕食,虽然劳苦,总算有了安居房宅。

鸿雁正在飞翔,哀鸣嗷嗷,惟有那些聪敏贤仁的哲人理解我们的生活实在是困苦辛劳。而那些情理不懂的愚人,还在诽谤我们是在耍骄。

注:①此诗述及天下鳏寡孤独之人生活勤劳,忍受饥寒。周宣王能体恤民情,施及善政能使这些离散困苦之民,有了土地房宅,得以安居,因而感激作此诗以颂之。其始以鸿雁尚有止居而起兴延及本身。

②堵,土墙。古时筑墙,一丈为板,五板为堵。盖一堵墙有五平方丈,合计今亩接近半亩。应该属荒地,百堵当四十亩,即是农田,也足食足用了。

庭燎①(三章)

夜如何其?夜未央,庭燎之光。君子至止,鸾声将将。
夜如何其?夜未艾,庭燎晰晰。君子至止,鸾声哕哕。
夜如何其?夜乡晨,庭燎②有辉。君子至止,言观其旂。

黑夜怎么样?还未到半夜哩,庭里还亮着大烛的光,朝见天子的诸侯们已至,鸾铃之声锵锵地响了起来。

夜里怎么样?夜还未尽,庭院里的大烛,还在闪闪发光。朝见天子的诸侯们已至,铃声夹杂着徐行的脚步声。

夜怎么样?天将破晓,庭烛将尽还闪射着微弱的光亮,朝觐天子的诸侯们已至,看到旂子,颜色和言语声就可以辨别出来了。

注:①此诗述及诸侯朝觐天子时的情形。

①庭燎：即院里点燃的大烛——天子之居处也。

沔水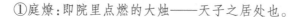（三章）

沔彼流水，朝宗于海。鴥彼飞隼，载飞载止。嗟我兄弟，邦人诸友。莫肯念乱，谁无父母？

沔彼流水，其流汤汤。鴥彼飞隼，载飞载扬。念彼不迹，载起载行。心之忧矣，不可弭忘。

鴥彼飞隼，率彼中陵。民之讹言，宁莫之惩？我友敬矣，谗言其兴。

那潺潺的流水，总得汇流入海，那飞蹿的鹞鹰，且飞翔，并有止居之处。可怜我们这些兄弟，都是乡邦里朋友，变乱灾荒当中，怎么就不帮助别人一把，谁家不都有父母吗？！

那潺潺的流水，其流汤汤作响，那飞蹿的鹞鹰，既飞即不停地扇动翅膀。看你们这些走路连踪迹不留的人，说起就起，说走就走，全然不顾别人的人啊，我心中积郁的忧忿，一时一刻也不能消弭忘掉。

那飞蹿的隼鹞啊，向着那高山飞去，民众当中生出的谣言，假话，就是得不到惩治，我这些好朋友啊，诚能相敬以待，谣言从何而生？！

注：①此亦忧乱之诗。沔水，即汉水。汉口，古称沔口。此诗原句："沔彼流水"，朱熹言：不当沔水解，而是形容水流动之貌，因此译者用潺潺或潺潺解之。然则静而思之，作沔水起兴而水波流动亦无不可，不知当初诗作者原意，后世学者各自揣摩也。

鹤鸣①（二章）

鹤鸣于九皋，声闻于野。鱼潜在渊，或在于渚。乐彼之园，爰有树檀，其下维萚。它山之石，可以为错。

鹤鸣于九皋，声闻于天。鱼在于渚，或潜在渊。乐彼之园，爰有树檀，其下维穀。它山之石，可以攻玉。

鹤鸣声闻八九里，在那水泽岸边的高阜处，鸣声直传遍山野，鱼潜藏在深渊中或游至小沙渚，园田旁长着茂盛的檀树，而树干下还沉落些衰败干枯的叶子。他山的石可以拿来当错，或充当砺石磨刀，朋友之间或可理正自己的过错。

仙鹤鸣叫在九里以外的江河洄弯之处，声音在天上回荡，鱼游在沙渚，或潜在深渊中。高兴地看到园中长着茂盛的檀树，岂不知它身旁还长着一株最坏的楮树②，他山的石头，可以用来磨玉，而两玉相磨，则不能成器。

注：①朱熹言：此诗不知其中所由，必是陈善纳诲之词。君子与小人，横逆侵加，然后知修省，畏避，动心忍性，增益预防。因此义理生焉，道德成焉。
②楮树，一名榖树，不成栋梁，只能造纸。

祈父之什（十篇）

祈父 ① （三章）

祈父，予王之爪牙。胡转予于恤，靡所止居？

祈父，予王之爪士。胡转予于恤，靡所底止？

祈父，亶不聪。胡转予于恤？有母之尸饔。

兵部司马是天子的爪牙，你为什么让我们长期服役转入怜恤的境地，连个止居之处都没有？

将军，你是君王爪牙的一分子，为什么使我们转为恤恤之人，连个落脚的根底都没有？

大司马啊，你实在是不通情理，为什么转我于恤恤的地步，家有老母，连一顿热饭都吃不上！

注：①祈父，古代兵部司马之谓，即相当今日之总司令、元帅、将军。故曰"王之爪牙"。此诗托言责司马，而不敢责王。朱熹言：此诗序以为周宣王三十九年，战于千亩，王师败绩于姜氏之戎。军士怨而作此诗。后考之，未必就是责宣王之诗，待考。

白驹①（四章）

皎皎白驹，食我场苗。絷之维之，以永今朝。所谓伊人，于焉逍遥？

皎皎白驹，食我场藿。絷之维之，以永今夕。所谓伊人，于焉嘉客？

皎皎白驹，贲然来思。尔公尔侯，逸豫无期？慎尔优游，勉尔遁思。

皎皎白驹，在彼空谷。生刍一束，其人如玉。毋金玉尔音，而有遐心。

那小白马驹子，吃了我园中的禾苗，想把它用绳子绑起来拴起来，使它永远服务于今朝，但是这个所谓的贤人君子，不予理会，仍然是那么闲适自在逍遥。

那小白马驹子，吃了我园中的豆苗，把它用绳子捆起来拴起来，以长久地服务于今时，这位贤人君子，毫不在乎，竟把自己当成嘉美的宾客。

那小白马驹子，兴冲冲地走来，管你是公啊侯啊，安乐之心毫无他求。岂可以过分地优游吗？除了隐遁之心，别的什么都不想。

那小白马驹子，在哪空旷的山谷，割来鲜草一捆供它食之，旁边即是有高德如玉之人，金石嘉美的乐音，他都在所不顾，他的心同别人是一贯向远的。

诗经试译

黄鸟①（三章）

黄鸟黄鸟,无集于穀,无啄我粟。此邦之人,不我肯穀。言旋言归,复我邦族。

黄鸟黄鸟,无集于桑,无啄我粱。此邦之人,不可与明。言旋言归,复我诸兄。

黄鸟黄鸟,无集于栩,无啄我黍。此邦之人,不可与处。言旋言归,复我诸父。

黄鹂鸟啊黄鹂鸟,不要群集于穀树②之上,不要啄食我的粟谷(短芒谷子)。此邦之人,对我们不好,我们将要旋返故乡,和我们的亲族们在一起。

黄鹂鸟啊黄鹂鸟,不要群集于桑树之上。不要啄食我的长芒粱谷,这里的人,不能同他们成伙计,我们将要旋返故地,和我们的兄弟们在一起。

黄鹂鸟啊黄鹂鸟,不要群集在栩树②之上,不要啄食我的黍谷,此邦之人,不可和他们同处,我们将要旋返故里,和我们的叔叔伯伯们在一起。

注:①诗言,民之流离失所者迁至他国,至则多有不适者,而思旋返原籍。按诗意未见是周宣王之时代,下篇亦同于此。黄鸟,黄鹂鸟。

②榖树。木名，不知为何树？

③栩树，即柞、栎、橡树之类。

我行其野①（三章）

我行其野，蔽芾其樗。婚姻之故，言就尔居。尔不我畜，复我邦家。

我行其野，言采其蓫。婚姻之故，言就尔宿。尔不我畜，言归斯复。

我行其野，言采其葍。不思旧姻，求尔新特。成不以富，亦祗以异。

我行走在田野之上，想借助路旁那繁茂的樗树以遮阴乘凉，因为婚姻的原因，想借助婿家人之力迁居此地。他们不留于我，还得回我的老家。

我行走在田野之间，想去采些蓫菜②解饥，因为婚姻的缘故，原想在他们这里就宿。他们不收留于我，只好回返我的老家。

我行走在田野之上，想去采些葍菜③，他们不思旧姻，只追求他的新配，虽不是以他的富有而厌我之贫，实则也是喜其新而厌其旧。

注：①先王教民孝悌，友、恤、仁爱、睦、助等以惠泽于万民，几千年实行结果，仍大有差池，因此道德仁义慈惠教育是一个永不能废除的课题。

②蓫菜，即羊蹄菜。东北民称马蹄菜，春开黄花，喜川泽岸畔，嫩时可食，味苦。

③葍菜，又名富菜。恶菜不可食。

斯干(九章)

秩秩斯干,幽幽南山。如竹苞矣,如松茂矣。兄及弟矣,式相好矣,无相犹矣。

似续妣祖,筑室百堵,西南其户。爰居爰处,爰笑爰语。

约之阁阁,椓之橐橐。风雨攸除,鸟鼠攸去,君子攸芋。

如跂斯翼,如矢斯棘,如鸟斯革,如翚斯飞,君子攸跻。

殖殖其庭,有觉其楹。哙哙其正,哕哕其冥。君子攸宁。

下莞上簟,乃安斯寝。乃寝乃兴,乃占我梦。吉梦维何?维熊维罴,维虺维蛇。

大人占之:维熊维罴,男子之祥;维虺维蛇,女子之祥。

乃生男子,载寝之床。载衣之裳,载弄之璋。其泣喤喤,朱芾斯皇,室家君王。

乃生女子,载寝之地。载衣之裼,载弄之瓦。无非无仪,唯酒食是议,无父母贻罹。

平整而绵延的大河边岸,幽雅静美的终南山,竹林丛密,松树挺拔苍翠,居住在这里,兄弟亲爱和睦,不会有相互侵害的事情发生。

周朝嗣续从远祖姜嫄、后稷(周室先妣祖)开始,即在此地建筑宫室,数达百堵②以上,从东到西,由南而北的走向,门皆朝南而开,于是安其所居。欢歌笑语地在此过着生活。

房屋结构,上下相乘,结构紧密,风雨之害尽除,鸟鼠之害全无,君子居此,既尊且大。

其居处大而严正,如人之竦立,翼翼,院落整饬得像委矢射出之急直。栋宇峻起像惊鸟之翱翔,像野鸡飞翔回头矫正其羽,其堂之美如此,君子乃可升堂以听事了。

那平整而宽阔的庭院,有高大且直的柱子,整整齐齐立在向光之处,情境深广静宁,是君子安身休息之区。

室内下边铺以蒲垫,上面铺的是竹席,眠寝的地方,整饬得完好,说眠且眠,说醒即醒,夜里还做了个梦。做了一个什么吉梦呢?遇到好几只黑熊和棕熊(罴),还看到好多虺和黑花蛇。

请来巫师占之,维熊维罴,因为熊罴属阳在山,身强力壮,那是男子之吉祥,维虺为蛇,阴物穴处,柔弱隐伏,那是女子的吉祥。

生了个男儿,置于寝床之上,给他穿上美好的衣裳,佩带一块磨制得上锐下平的璋玉,以蓄养他的聪明才智和美好的德行,名为“弄璋”,那婴儿哭起来声音喤喤,作为皇家的男孩,都将穿着朱芾皇皇,是国家未来的君王。

若生了女儿,安寝在地上,所居之地,用褓襁包裹起来,佩带一块用土坯烧制的纺锤形砖,名为“弄瓦”,盖女子以顺为正,有非即不够妇人,有善也不是妇人的吉祥,唯酒食是议,勿遗父母之忧,也就可以了。

注:①朱熹言,此诗旧说周厉王既流于彘,宫室倾圮,宣王之时,兴建宫室,既成而落之,或曰,礼仪下管新宫。春秋传宋元公赋新,或恐即此诗,亦未有明证。斯干,即这条河流的边岸。

②堵,一板为十丈,五丈为堵,详见《鸿雁》诗注。

无羊（四章）

谁谓尔无羊？三百维群。谁谓尔无牛？九十其犉。尔羊来思，其角濈濈。尔牛来思，其耳湿湿。

或降于阿，或饮于池，或寝或讹。尔牧来思，何蓑何笠，或负其餱。三十维物，尔牲则具。

尔牧来思，以薪以蒸，以雌以雄。尔羊来思，矜矜兢兢，不骞不崩。麾之以肱，毕来既升。

牧人乃梦，众维鱼矣，旐维旟矣，大人占之；众维鱼矣，实维丰年；旐维旟矣，室家溱溱。

谁说你无羊，一群就三百多只。谁说你无牛，光是黄体黑唇的牛就有九十多头。你把羊群赶过来看，一大片羊角齐齐刷刷向上立着，非常好看，从不抵触打架，你那牛群，每头牛耳朵都汗浸湿润，说明它们一点儿毛病没有。

或是将它们赶到山坡上吃草，或是在池畔上饮水，或卧或动，顺其自由。作为牧者，备有蓑衣斗笠，可以防雨防晒，身上背着干粮好当午饭。各种颜色的牛羊都有，怎样驱赶，也毫不惊畏，饲喂放牧牛羊的器具无所不有，无所不备。

放牧的人，将牛羊放在野地里吃草，自己抽点时间砍些薪柴，或顺便捕猎几只小鸟小兽，那些放牧的牛羊很能坚持，从不离群出走，或发生意外的事情，到晚上，收牧的时候，只要把插在草地上的麾旗用臂膀一挥，他们便立刻跟从回来，全都进入牛圈和羊圈。

放牧的人做了一个梦,人多得像鱼一样,郊野插着旟①旗,州里插着旟②旗,这是什么征兆?前去求卜师解之,他说:看到那么多鱼是好事,喜兆丰年,看到旗子,兆示人群众多,穆穆和乐。

注:①旟,音兆,缁广充畅长寻,插在郊野的旗子。
②旟,音余,行军之旗,又州里之旗,人员广众。

节南山①（十章）

节彼南山,维石岩岩。赫赫师尹,民具尔瞻。忧心如惔,不敢戏谈。国既卒斩,何用不监!

节彼南山,有实其猗。赫赫师尹,不平谓何。天方荐瘥,丧乱弘多。民言无嘉,惨莫惩嗟。

尹氏大师,维周之氐;秉国之钧,四方是维。天子是毗,俾民不迷。不吊昊天,不宜空我师。

弗躬弗亲,庶民弗信。弗问弗仕,勿罔君子。式夷式已,无小人殆。琐琐姻亚,则无膴仕。

昊天不佣,降此鞠讻。昊天不惠,降此大戾。君子如届,俾民心阕。君子如夷,恶怒是违。

不吊昊天,乱靡有定。式月斯生,俾民不宁。忧心如酲,谁秉国成?不自为政,卒劳百姓。

驾彼四牡,四牡项领。我瞻四方,蹙蹙靡所骋。

方茂尔恶,相尔矛矣。既夷既怿,如相酬矣。

— 220 —

昊天不平，我王不宁。不惩其心，覆怨其正。

家父作诵，以究王讻。式讹尔心，以畜万邦。

那高巍的南山，巉岩嶙峋，威仪赫赫的尹大师啊，老百姓都眼盯着你哪，民众心中如同烧燎的一般。人民见到你，话都不敢说，国家既衰败在你手中，你自己还装作没察觉哩。

那高巍的南山啊，草木茂盛，生长的果实，很是猗美。赫赫的尹大师啊，人心不平是因为什么？这是上方降下的灾患，丧乱很多，百姓指出诸多毛病，你为什么不惩治这些令人咨嗟的恶事呢?!

尹氏大师，你是周朝的脊柱，维持天下公正四方平安的基绳，天子的辅弼，使民不散乱迷途，这些就是你的天职。令人遗憾的是，你既不恤怜民众，更愧对于上天，你不应该持权执政，使百姓遭受无可辄止的涂炭。

社稷大事，你不躬亲去做，即失信于民，什么事情不问不管，你不罔对天子的信任吗？凡事要平下心来，不要让小人乘时得势，猥琐拉扯亲属关系，让连襟参与理政，如此那些秉公守正的人不会出来做官任事的。

上天不公，而降此穷极祸乱之事，君王不仁爱关顾下民，降下这多灾眚，若君王能够看到，得到夷平，百姓的愤怒也就消除了。

不靠昊天，祸乱平息不了，而且必定随月而生，俾使百姓不得安宁。百姓忧眘，心像喝醉了酒一样难忍。谁秉持国家大权，不亲自为政，而托交给姐夫小舅子，连襟之类小人来把持，让百姓遭受苦劳。

驾上四匹公马，四匹膂力很强的公马，驱以向前，当我巡视四方，戚戚然前途障碍几多，没有驰骋可去的地方。

当他作恶最猖狂盛茂的时候，你要与他矛戟相对，他会以平和的语言使你悦怿，甚至可以像宾主酬酢一样。

上天不平，我们的君王不得安宁，他不自惩己心，反而怒人之正已,则不知其为恶何时得以休止。

　　家父——周大夫自然为此作诵,以追究王政昏乱之所由,以冀其改心易虑,以畜万邦(民)。

　　注:①此诗家父,即周之世臣所作。穷其乱之根源,归咎之王之心焉。致乱者,号尹太师,任用尹太师,是周王心蔽(昏庸,辨不清好坏人),坏人当政,致使国家遭受危乱。朱熹言:疑是刺周幽王之诗。而春秋桓公十五年,有家父来求车位,周桓王之世,上距幽王之终七十五年,不知其人之同异。

正月①(十三章)

　　正月繁霜,我心忧伤。民之讹言,亦孔之将。念我独兮,忧心京京。哀我小心,瘋忧以痒。

　　父母生我,胡俾我瘉?不自我先,不自我后。好言自口,莠言自口。忧心愈愈,是以有侮。

　　忧心惸惸,念我无禄。民之无辜,并其臣仆。哀我人斯,于何从禄?瞻乌爰止?于谁之屋?

　　瞻彼中林,侯薪侯蒸。民今方殆,视天梦梦。既克有定,靡人弗胜。有皇上帝,伊谁云憎?

　　谓山盖卑,为冈为陵。民之讹言,宁莫之惩。召彼故老,讯之占梦。具曰予圣,谁知乌之雌雄!

　　谓天盖高,不敢不跼。谓地盖厚,不敢不蹐。维号斯言,有伦有脊。哀今之人,胡为虺蜴?

　　瞻彼阪田,有菀其特。天之扤我,如不我克。彼求我

　　　　　　　　　　　　　　— 222 —

则,如不我得。执我仇仇,亦不我力。

心之忧矣,如或结之。今兹之正,胡然厉矣?燎之方扬,宁或灭之?赫赫宗周,褒姒灭之!

终其永怀,又窘阴雨。其车既载,乃弃尔辅。载输尔载,将伯助予!

无弃尔辅,员于尔辐。屡顾尔仆,不输尔载。终逾绝险,曾是不意。

鱼在于沼,亦匪克乐。潜虽伏矣,亦孔之炤。忧心惨惨,念国之为虐!

彼有旨酒,又有嘉肴。洽比其邻,婚姻孔云。念我独兮,忧心殷殷。

佌佌彼有屋,蔌蔌方有谷。民今之无禄,天夭是椓。哿矣富人,哀此惸独。

正阳之月,正是夏历四月,进入盛暑之季,天却降起雪来。我心里实在是颓唐,民众中传出的奸伪之言,蛊惑众听,危害甚大,我为此很是忧愁,以致熬糟出病来了。

父母生养我的时候,哪里想到我能生病,既不在前,也不在后,好话出自人口,坏话也出自人口,忧愁的心太重,就如同自己受到了侵侮一般。

心里忧愁得很,哀伤自己遭此不幸。本来无辜,国家危亡,却变成了他们的俘虏,不知今后将趋附何人混碗饭吃,看那乌鸦,将能落足在谁家的居屋。

看那茂密的林中,聚集了很多采薪的人。我现今正处在危殆的时刻,仰视天空,一片迷蒙,即是辨得是非曲直也没有人肯听。只有上天清明定下来的事情,谁还再敢说个不字。

你说山矮，他总是冈是陵，比平地高得许多，民众中传出的谎话，君王听了任其泛滥不予制止，却召那些故老，求术师为之占卜吉凶，都说自己神哲聪明，终究是谁能辩知那乌鸦是雌是雄。

说天再高，不敢不低头躬腰走路，以防创伤头颅，说地再厚，不敢不戒慎放稳脚步，别塌沉下去误入陷阱。其所以传呼出这些话语，都是一些贤哲之士，从实践中悟出的道理，可怜当今的一些人，竟像虺蛇毒蝎一样去害人。

看那山漫坡上，还生长着特别茂盛的紫菀②，天之扰动我们，怕我们把事没有办好，不循法则，未有得到预期的成果，即是对待我如仇敌，又有什么办法，那不是我的力量所能达到的。

心中的忧愁已经纠结，因为国政之暴恶恣肆，像山火燎原那样威烈，谁能前往扑灭？一个赫赫圣王之国宗周（言在镐京之时代），一个褒姒③，即将国家导致灭亡。

事情如能常虑其终果，不至于罹此大难。现在已是既逢连绵淫雨，道路泥泞不行，车上所载物品尽弃。君王不知难之将至，连同辅弼他的贤人，也都摒弃，既至车马沉陷阻途，想起向将伯们求助，岂不为时已迟！

不要摒弃你的辅弼，就像赶车你要精心你的车辐条，经常关心你的臣仆——将军一类的人物，你车上装载的东西即丢弃不了，最终才能逾越绝险。还未曾经意一般。因为你谨慎其初始，终果才不至于犯难。

鱼生在池沼中，游动范围有限，很容易被人发现，即是潜藏再深，也难防遭际捕捞之险。忧心惨惨，瞻念国家祸乱难免。

你即是有最高档的美酒，最鲜美的佳肴，和邻居朋友们在一起怡乐参加丰盛的结婚美宴，也激不起我的兴趣，因为我的心是孤独的，隐隐作痛。

洋洋自得的小人，蹿上跳下的投机者们，他们庆幸有了居屋，有谷米吃，幸自享受其乐，而大多数贫苦百姓，流离失所，没有饭吃，没有衣穿,灾疫祸乱频加。可以说好过的是家人,悲苦的是那些鳏寡孤独无依无靠的贫苦百姓。

注:①正月:夏朝之四月,纯阳用事,因谓之正阳之月。此诗盖东周迁后之诗。诗言幽王时,褒姒乱政,贤臣黜避,王为淫乐,不知有禁,小人谮诉乘势,社稷崩坏,百姓涂炭。民不聊生。至平王遂乃东迁矣。孟子言:文王发政施仁,必先鳏寡孤独也。可见,仁政时代,首先虑及的是广大劳苦民众。

②原诗句为:"瞻彼阪田,有菀其特",朱熹注云,菀茂盛之貌,特乃特生之苗。译者以为非是也。如此则费解。应为特别茂盛之紫菀。紫菀多年生草本植物,菊科,花黄色,根可入药。

③褒姒:周幽王嬖妾,褒国人,姓姒。祸国殃民之女妖。

十月之交①(八章)

十月之交,朔日辛卯。日有食之,亦孔之丑。彼月而微,此日而微;今此下民,亦孔之哀。

日月告凶,不用其行。四国无政,不用其良。彼月而食,则维其常;此日而食,于何不臧。

烨烨震电,不宁不令。百川沸腾,山冢崒崩。高岸为谷,深谷为陵。哀今之人,胡憯莫惩?

皇父卿士,番维司徒。家伯冢宰,仲允膳夫。棸子内史,蹶维趣马。楀维师氏,艳妻煽方处。

抑此皇父,岂曰不时? 胡为我作,不即我谋? 彻我墙屋,田卒污莱。曰予不戕,礼则然矣。

皇父孔圣,作都于向。择有三事,亶侯多藏。不慭遗一老,俾守我王。择有车马,以车徂向。

　　黾勉从事,不敢告劳。无罪无辜,谗口嚣嚣。下民之孽,匪降自天。噂沓背憎,职竞由人。

　　悠悠我里,亦孔之痗。四方有羡,我独居忧。民莫不一,我独不敢休。天命不彻,我不敢效,我友自逸。

　　夏历十月已尽②,十一月正当月光复苏之朔日,辛卯③,产生日蚀,阴盛阳亏,是亡乱之兆,本当是月亏,而是日亏。若国之无政,佞臣凌君,妾妇乖夫,小人欺君子,夷狄侵中国,非升平之象,百姓将要蒙受灾难。

　　日被月食展示凶兆,不循轨道而行,月不避日,象征四国无政,不用忠良,奸佞乘势,世乱飘荡。如是月蚀,那是正常,此时日蚀,凶险难防。

　　霹雷闪电,疾风暴雨,那是不安不宁的象征,川泽漫溢,地裂山崩,高崖化谷,深谷为陵。那是上天的警示,可怜当今之人,不知修省。

　　朝廷内文武百官很多,有皇父、卿士、番维、司徒、家伯、冢宰、仲允,天子的御膳之夫、六官、内史、邦治、邦教、吏治、赏罚都有明确分工。今之变异者,是小人主事,贤者退避,艳妻褒姒奸惑王心,扰乱国政,致国家陷于衰败的境地。

　　岂有这样的皇父,行为不当其时,说是帮我做事,却不同我商量,随之将墙垣推倒,房屋拆毁,使我的庄稼不能以时修植,直造成洼地被水淹淤,岗地一片荒芜,还声言说:不是我所造成,而是理所当然。

　　皇父很是聪明,以于向作都城(今河南孟州),选择三样事,不去求贤。但寻富人以为卿相,又不自强留一人以卫天子,择有车马者,全都与其同往。

　　尽心尽力去做事,不敢自报辛苦,既不犯国法,也不生罪过,尽管

—　226　—

是这样,谗口仍嚣嚣,这是下民造的孽,非从天上降,二是一些人总好嘈嘈杂杂,在背地里无事生非,制造憎恨,怨尤别人。

忧愁我的乡里,也都是同病。四方都钦羡其余,唯我独处忧。民众莫不从其一,上方不清彻,我不敢效仿,我的朋友也就自然安稳了。

注:①此诗盖言饥馑之后,群臣离散。其不去者作诗以责去者。推其本源是昊天不惠,降此灾眚,杀伐四国之人,上天怎不思虑有罪之人,饥饿而死,是自负其辜,而无罪之人,也无故被饥饿而死,这是什么道理呢?

②十月之交:按夏之四月,谓纯阳,故为正月,十月纯阴,疑其无阳。之交乃与十一月交替之日,即十月朔日,月光复苏为之朔,初一日之号。

③辛卯,按当年十一月初一日干支排到顺序为辛卯日。恰当此日发生日蚀。

雨无正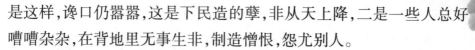（七章）

浩浩昊天,不骏其德。降丧饥馑,斩伐四国。旻天疾威,弗虑弗图。舍彼有罪,既伏其辜。若此无罪,沦胥以铺。

周宗既灭,靡所止戾。正大夫离居,莫知我勚。三事大夫,莫肯夙夜。邦君诸侯,莫肯朝夕。庶曰式臧,覆出为恶。

如何昊天,辟言不信。如彼行迈,则靡所臻。凡百君子,各敬尔身。胡不相畏,不畏于天?

戎成不退,饥成不遂。曾我暬御,惨惨日瘁。凡百君子,莫肯用讯。听言则答,谮言则退。

哀哉不能言,匪舌是出,维躬是瘁。哿矣能言,巧言如流,俾躬处休!

维曰于仕,孔棘且殆。云不可使,得罪于天子;亦云可
使,怨及朋友。

谓尔迁于王都。曰予未有室家。鼠思泣血,无言不疾。
昔尔出居,谁从作尔室?

宽广无边的上天啊,不骏养其大德,而将此饥馑斩伐四国之人,
上天暴虐,既不仔细思虑,又无所图谋,那些有罪之徒,饥饿而死,权
当是赎其罪辜,而无罪之民饥饿而死,这将怎么说呢?

周朝宗室既灭,无处止居,天官之长的正大夫,也因饥馑散去,也
是为避谮之祸。不知我的辛勤劳苦,任职中下大夫不分黑白地奋事
忙碌,邦君诸侯更是不分朝夕地厉行司职。庶民说,王改从善,结果
又是在为恶。

你这上天啊,你的话有如法度,哪可言而无信,就好比迈步向前
而无抵至地点一般,这上百号众臣大夫,各个都不因为王有过错而不
敬重于你。互不相畏,即不畏于上天哩。

兵戎寇犯不退,饥馑一成不减,王之迁善不能使我这些执卿负责
圣上起居饮食之臣,忧愁得惨惨而憔悴,上百名官职有事皆不肯直白
于王,虽然有问,则是听其言而答之而已,不能尽言,听到谮语,则皆
退而离居,不肯窘于君前。王虽不善,亦不肯伤君臣之义焉。

哀哉,不能直向君王表白实话,不是舌尖留句,是防备那些奸佞
之人背地里谮诉与谗陷,这是一个很大的祸根,他们尽是花言巧语,
讨好的话,势同滔滔流水,乱世昏主,最喜欢这些卑躬讨好的人。

常理说,人都喜欢入仕,然而为仕如穿棘林,急切危殆。你说此
法不可行,则得罪于天子,你随声附和说此方可以使,则伤及友朋。

命你迁于王都,你说我没有家室。那是因为仕多言罹患,托言之
辞呢。忧思达到泣血的程度。没有一句话没有毛病,想当初你出居

在外,谁还跟随作你的室家,今日要你上王都,你却同我计较起来了。

注:①此篇亦是刺周幽王时之诗。朱熹引欧阳公言:古人之于诗多不命题,而篇名往往无义例,其或有命名者,诸如巷伯,常武之类。今"雨无正"之名,与诗绝对异常,有说是刺幽王诗,曾名"雨无极",言时当多雨,无其极,成灾害也,是否如此,有待探讨。总之诗经篇名,题目不都切贴,与后时乐府律诗及今诗,诗与名切贴,这是"诗经"的特异处。

小旻之什(十篇)

小旻①(六章)

　　旻天疾威,敷于下土。谋犹回遹,何日斯沮?谋臧不从,不臧覆用。我视谋犹,亦孔之邛。

　　潝潝訿訿,亦孔之哀。谋之其臧,则具是违。谋之不臧,则具是依。我视谋犹,伊于胡底。

　　我龟既厌,不我告犹。谋夫孔多,是用不集。发言盈庭,谁敢执其咎?如匪行迈谋,是用不得于道。

　　哀哉为犹,匪先民是程,匪大犹是经。维迩言是听,维迩言是争。如彼筑室于道谋,是用不溃于成。

　　国虽靡止,或圣或否。民虽靡膴,或哲或谋,或肃或艾。如彼泉流,无沦胥以败。

　　不敢暴虎,不敢冯河。人知其一,莫知其他。战战兢兢,如临深渊,如履薄冰。

　　悠远的上天。你怎么那么威烈,你施布于人间的所谋尽是邪僻之事。何时能够终止?谋求善事,你不听从,不善之事,反复不停。

我看你所谋求的坏事,已成为惯病。

他们在一起拉拉扯扯,或是相互抵触,也是很可悲哀。谁若谋求做善事,你必然反对,谁和他们在一起喳咕坏事,你随即听从。我看你谋求到什么时候是个尽头。

我求人龟筮占卜,都厌烦了,我告诉他,他不听从,为他参谋事情的人很多,采纳的意见不能统一。发言的人嘈嘈杂杂,满庭院都是。吉凶谁能总其一而结论之? 就好比走路,将要迈步,还不知道自己是应该遵循哪条路途。

哀哉,他之谋求与同者,不以先民为章法,不以大道为纲领,近前一些乡言俚语他都听从相信。像自家盖房舍去问计于道途那些素不相识的路人,必然是各陈己见,莫衷一是。古语云:"作舍道边,三年不成!"

国家没有安定下来,或圣明,或昏庸愚闭,国虽然不大,民众不论多少,其中必有聪哲谋略之士,有端庄严厉而不废弛的人,有知进知止的人。王如不任用贤善之人以保江山之稳固,虽有贤哲,亦不能自存。这就好比山间泉涧,暴雨水势猛涨的时候,什么美竹秀木佳卉,随同断崖巨石泥沙渣滓一起被洪流卷走,一切都跟从破败②。

不敢赤手空拳去抓老虎,不敢无舟船而徒涉江河,反之,你必然立受其害,这是众人所能见到的险危。必须加以防之。然则,只知其一,不知其他。国家丧乱之祸隐于无形,人们不能事先虑及,所以警言:"战战兢兢,如临深渊,如履薄冰。"战战:惊恐而打战,兢兢:警惧之意。因喻为仕者,必有为国高度负责之精神,严以律己,倍加戒慎,勿使国家招致祸乱。

注:①这也是周朝东迁,诗人揭示朝廷昏庸腐败,而警斥之诗。小旻:朱熹注引云:《小旻》《小宛》《小弁》《小明》四诗,皆以小名篇,别其为小雅之意。所以在大雅中叫作《召旻》《大明》《独宛》《弁阕》就是这个原因,其意被孔子所删,虽去其大,而"小"者仍然称小。依然其旧。

②原文是:"沦胥以败"。这是中华民国年间上海中原书局印行的《诗经集注》版本所印行的诗句,而一九五〇年上海商务印书馆出版的《学生字典》却注为"沦胥以铺",以意析之,当以"败"为当,而"铺"费解。

小宛①(六章)

宛彼鸣鸠,翰飞戾天。我心忧伤,念昔先人。明发不寐,有怀二人。

人之齐圣,饮酒温克。彼昏不知,壹醉日富。各敬尔仪,天命不又。

中原有菽,庶民采之。螟蛉有子,蜾蠃负之。教诲尔子,式穀似之。

题彼脊令,载飞载鸣。我日斯迈,而月斯征。夙兴夜寐,毋忝尔所生。

交交桑扈,率场啄粟。哀我填寡,宜岸宜狱。握粟出卜,自何能穀?

温温恭人,如集于木。惴惴小心,如临于谷。战战兢兢,如履薄冰。

那宛然鸣叫的斑鸠鸟啊,它那翅羽飞动起来可以触天,我心中的忧伤,忆念往昔的先人。直到天将拂晓还未能入睡。心中怀念的就是父母二人。

一个聪敏想向圣哲看齐的人,饮酒从不至醉而且仍能温恭自制,然而那昏庸不知深浅的人,整天喝得醉醺醺的无以自持。你们切要各自儆谨,天命一去,不会再来。

原野上长着大豆,农民耕种修莳收获,螟蛉生了幼虫,蜾蠃(读果洛)背回家去抚养^②,不似犹可使似之,千万教诲你的后生从善其身,你自己的儿子,教其从善,岂不是顺理成章的事嘛!

看那鹡鸰鸟(土燕子)一边飞,一边鸣叫,落在那里,只要迈步,便摇动其尾。我每日都向前行进迈步,你们也要自厉勉进,不可暇逸懈怠,并招惹是非,切不能给父母丢脸。

那飞来飞去的桑扈(蜡嘴鸟)^③本来是捕捉生物为食,今且无奈落在场院里啄食谷粒。这就如同那些鳏寡孤独之人,王不恤怜他们,反而治他们以宜岸、宜狱之罪^④,又好比你手持着粟谷出去找人占卜,怎么为善一样,你还用算什么卦? 直接将手中握的粮米发给贫苦之人,就是行善了吧。

那些温柔贤善谦恭之人,就如同患病落在树枝上的小鸟一样,心里惴惴不安,慌恐小心,犹如身临深谷之旁,战战兢兢,又似足履于薄冰之上,随时都有沉陷深潭的危险。

注:①此周大夫遭时之乱,而兄弟相戒,以防罹祸患之诗。朱熹言:亦隐喻刺周幽王之言。

②螟蛉:菜青虫,白粉蝶之幼虫,蜾蠃,又名金腰蜂,常捕以为食,旧说,蜾蠃负螟蛉抚育之以为己子,故有"螟蛉义子"之说。经现代科学考证,并非如此。

③桑扈(音胡),别名窃脂,素名青雀,上名腊嘴,有铜嘴锡嘴之分。铜嘴口喙黄色,锡嘴铅灰色。秋季来东北,专吃向日葵籽。

④"宜岸宜狱":周朝犯罪,地方乡亭拘捕曰"岸",又作"犴",朝廷拘捕叫"狱"。

小弁^①（八章）

弁彼鸒斯，归飞提提。民莫不榖，我独于罹。何辜于天？我罪伊何？心之忧矣，云如之何？

踧踧周道，鞫为茂草。我心忧伤，惄焉如捣。假寐永叹，维忧用老。心之忧矣，疢如疾首。

维桑与梓，必恭敬止。靡瞻匪父，靡依匪母。不属于毛？不离于里？天之生我，我辰安在？

菀彼柳斯，鸣蜩嘒嘒，有漼者渊，萑苇淠淠。譬彼舟流，不知所届，心之忧矣，不遑假寐。

鹿斯之奔，维足伎伎。雉之朝雊，尚求其雌。譬彼坏木，疾用无枝。心之忧矣，宁莫之知？

相彼投兔，尚或先之。行有死人，尚或墐之。君子秉心，维其忍之。心之忧矣，涕既陨之。

君子信谗，如或酬之。君子不惠，不舒究之。伐木掎矣，析薪扡矣。舍彼有罪，予之佗矣。

莫高匪山，莫浚匪泉。君子无易由言，耳属于垣。无逝我梁，无发我笱。我躬不阅，遑恤我后。

那成群的鸒斯鸟^②啊，安然自得地飞来飞去，民众没有不善良的，唯我罹于灾患，我有什么罪过得罪于上天？我的罪过是怎么一个情景？心中的忧愁啊，叫我怎么说呢？

平整而宽展的大道，两旁长满了荒草。我心里的忧伤，思想起来，如同捣米一样，精神恍惚，像假寝③一样，忧愁得未老而先衰，心中憔悴，似患病痛心而疾首。

唯有桑树与梓树，是父母所植，以供我们生计吃喝穿用，毕恭毕敬。父母至亲，是我们的生活依赖，没有一根汗毛一块皮肤不同父母连在一起。天之生我，怎能不合父母之心愿，竟至不善，不祥落至此般境地？！

那茂盛的柳树上，蝉鸣暳暳，有很深的水湾，荻苇丛生，像那漂浮的小船，不知去往哪里，心中的忧愁连打盹时都排除不了。

鹿奔跑起来，它的四腿还那么舒展，公野鸡早晨鸣叫，是在向雌雉求偶，今我独被弃逐，如同那衰朽的树木，连枝杈都残断焦枯，我心里的忧愁，别人无法知晓。

像一只被逐而逃跑的兔子，被人抓到，随之放跑，行道上遇到一具死尸，随后用土将他埋葬，大半人都有不忍于心的事情，今王听信谗言弃逐自己的儿子，真连投兔和掩埋死者之人不如，怎能不心忧呢？因而泪流满面，无可辄止。

王信谗言，不该受敬之人，你却酬之酒饮，你没惠爱于人，亦未有给人以舒展的条件，却去究察人家，伐木之人尚知走上山巅，观测哪株树到了该伐的年龄或病腐树应该清除者，然后去伐，析薪劈柴，也要看准哪是小头或易于斫砍之处，柴火才好劈开，王今只听凭谗言行事，连伐木者尚倚其巅，析薪尚依其理的道理都不懂，即加人以罪是何道理？！

地势不高不能算是山，水不深浚不能出真泉，王不能随意更改你当初所说过的话，因为墙垣有耳，闻之者必起谗言谮语，王如听信谮言仍以褒姒为后，伯服为太子，告诉你："请不要再到我挡的渔梁子上去，也不要你去帮助巡溜囚鱼的笱笼，我这样躬亲为你服务效力，都将我抛弃，还恤怜我以后的事情有什么用？！"④

注:①朱熹言:此诗盖言,当初周幽王娶于申,生太子宜臼。后得褒姒而惑乱之,生子伯服,信其谗,黜申后,逐宜臼,而宜臼作此诗以述怨。

②鹙音玉,一种鸟名,不知其详。网诗注为寒鸦。

③假寐,未卧榻脱衣覆衾而睡为假寐,如着衣而卧,或扶肘打盹之类,皆属假寐。

④此段引《诗经》卷二邶国,谷风诗原句,乃一女子被喜新厌旧的丈夫遗弃而申述其怨,历代评论家言,此为小怨也。而《小弁》诗中所述,乃天子黜其原配申后,弃其子宜臼,而立嬖妾褒姒子伯服为太子,乃大怨也。

巧言①(六章)

悠悠昊天,曰父母且。无罪无辜,乱如此怃。昊天已威,予慎无罪。昊天大怃,予慎无辜。

乱之初生,僭始既涵。乱之又生,君子信谗。君子如怒,乱庶遄沮。君子如祉,乱庶遄已。

君子屡盟,乱是用长。君子信盗,乱是用暴。盗言孔甘,乱是用餤。匪其止共,维王之邛。

奕奕寝庙,君子作之。秩秩大猷,圣人莫之。他人有心,予忖度之。跃跃毚兔,遇犬获之。

荏染柔木,君子树之。往来行言,心焉数之。蛇蛇硕言,出自口矣。巧言如簧,颜之厚矣。

彼何人斯?居河之麋。无拳无勇,职为乱阶。既微且尰,尔勇伊何?为犹将多,尔居徒几何?

高远的昊天啊,为民之父母,我无罪无辜,遭祸乱如此之大,上天啊,你的烈威实在是大,你要审慎考虑,我是无辜的。上天应是开明的,你要知道我是无辜的。

乱之初生,是由于僭越之徒在一起嘀嘀咕咕,无事生非,混乱由此形成。乱之再生,现在是君王听到谗言,竟涵容如祉,更加偏信谗者,因而乱象形成,不是很快能制止的。

君王偏信谗言,如同结盟,混乱必将延续不能立止,如同信盗,则必导致强暴事件发生,谗言之美,如食之甘,久尝而不厌,然而谗言不能助其职事,徒为其增生病害而已。

庄严硕大的寝庙^②是君王建造起来的,宏伟的智谋宽展的大道,是圣人创立出来的。他人心有所思,你要加以忖度之,兔子虽能跳跃,终被猎人所获。看出谗人背地里戳咕,你都应早些察觉,不能被他们所谋图。

长势柔软的梓树和桐树,是君王所培植的,可以随意采来使用,往来行道之言,你要反复加以分析辨别,不能轻自相信,委曲婉转的大话,都是出自人的口中,是很容易做到的事情;巧言像笙簧那样的发出悦耳的声音,都是一些奸佞厚颜无耻之徒制造出来的。

那是什么人哪?居住在大河的水草浸漫处,虽然无力无勇,却可以进谗交斗。可以说他们是制乱的阶梯。既能使你生气上火染患肝病,且能让你脚肿。你有多大的勇力当什么用?制造谗言,为非作歹,罪孽几多,你就是居其左右,又将奈何?!

注:①此诗盖言为周幽王时褒姒篡权,大夫伤于谗言之害,无处控告所作之诗。
②寝庙:应该是周朝天子宗室所建之祖庙。

何人斯①（八章）

彼何人斯？其心孔艰。胡逝我梁，不入我门？伊谁云从？维暴之云。

二人从行，谁为此祸？胡逝我梁，不入唁我？始者不如今，云不我可。

彼何人斯？胡逝我陈？我闻其声，不见其身。不愧于人？不畏于天？

彼何人斯？其为飘风。胡不自北？胡不自南？胡逝我梁？祗搅我心。

尔之安行，亦不遑舍。尔之亟行，遑脂尔车。壹者之来，云何其盱。

尔还而入，我心易也。还而不入，否难知也。壹者之来，俾我祗也。

伯氏吹埙，仲氏吹篪。及尔如贯，谅不我知。出此三物，以诅尔斯。

为鬼为蜮，则不可得。有靦面目，视人罔极。作此好歌，以极反侧。

他是什么人啊？他的心很是凶险。为什么经过我的渔梁子②而不入家门，他是跟从谁来的？据说是跟随暴公来的。

二人相随而行，谁给我造成的灾祸？为什么经过我的渔梁子不入我家门,却一味地哀我失位,开始是那样亲厚,后来对我却不认可?

他是什么人啊?为什么走到我的堂前的小道,听到他的语声,却没有见到他的身子,他踪迹之诡秘,使人难以测知,我无愧于别人,便不畏于上天。你以为我可欺,暗中来潜诉于我。

他是什么人啊?他像暴风似的突然袭来,突然自北,突然自南,为什么经过我的鱼梁,搅动得我心神不宁。

你如是漫步前行,无暇来我家歇息,况且是乘车急行,哪里有暇停车止步还情有可原,今且看你已停车,证明你不是急切,到了家门不来见我,辜负了我对你的期待和盼望。

你从我家门经过,不进我家,使我不解,倘若回返时能进家门一坐,我的心情也能有所舒缓。恰恰是回返时,还不进家门,你的处心,我无法测知了。你何不前来一见,使我心安,也可能不以为你是在背后进谗了。

大哥吹壎,二弟吹篪③,他们吹奏起来,声韵相互应和,如一件器物被贯串起来,哪里能测知在潜诉于我?诚然不知,任你就用三物(犬豕鸡)血混合起来诅咒于我吧。

你们是鬼是蜮(短尾狐),含沙射影背地里作祟,难以测知,你们就像女人与人厮混相悦无穷极的时候,岂是真情?终究难测,因此做首好歌,以究探你的反侧不正之心吧!

注:①朱熹云:旧说此诗"我",即苏公也。"暴"即暴公也。皆是京畿内诸侯,暴公为卿士谮苏公,故苏公作此诗以绝之,不愿直指其名,但指其"从者"而言。

②梁,渔梁,即今东北边疆尚存之渔梁子,古时以木或以石垒成水堰为关,下承之以笱以捕鱼,古时我国华北一带多有。《诗经·谷风》诗中"勿逝我梁,勿发我笱",及本诗所述"勿逝我梁"皆指此。

③壎篪,皆古乐器,壎音旬,土烧制上圆下平中空,前后有孔八个,吹以发声。篪音池,长一尺四寸,前后共八孔,横吹,似笛一种乐器。

巷伯①（七章）

萋兮斐兮，成是贝锦。彼谮人者，亦已大甚！

哆兮侈兮，成是南箕。彼谮人者，谁适与谋。

缉缉翩翩，谋欲谮人。慎尔言也，谓尔不信。

捷捷幡幡，谋欲谮言。岂不尔受？既其女迁。

骄人好好，劳人草草。苍天苍天，视彼骄人，矜此劳人。

彼谮人者，谁适与谋？取彼谮人，投畀豺虎。豺虎不食，投畀有北。有北不受，投畀有昊！

杨园之道，猗于亩丘。寺人孟子，作为此诗。凡百君子，敬而听之。

萋啊，斐啊，都是稍有文采的样子，那水贝类，贝壳上有的光彩似锦。本来是一点小的过错，经人背地里谮诉竟受到残酷的宫刑②，这些谮人，真是比恶狗还凶险。

哆啊侈呵，稍有张弛，二十八宿中的南箕四星，形同簸箕，二颗相距较狭者为踵，二颗张弛者为舌，他这个谮诉于人的家伙，他们是凑在一起搞阴谋的呢。

喊喊喳喳，上蹿下跳，在一起相谋谮人。你对人说话且要谨慎，否则你观测着看他们表面的话，都是不可相信的。

你以为自己聪明，喋喋不休地去辩驳诉说，上边喜欢谮言，寻谋不到手，恰巧遇到你了，岂不得耐心地受着？把谮言一股脑地都迁到你身上了。

骄傲的人,谮诉了别人,自以为得计,受谗的人,心情郁闷,无以解脱,妄自长嗟:苍天啊,苍天啊,你看那个谮诉别人的人,还自以为得计,受谗的人,只好无奈的忍受,可怜我这受谗的人哪!

那些谮诉人者,谁和他在一起同谋,这些好进谗言的人,他们如同豺狼猛虎一样,豺狼猛虎还不谋食北方寒冷之地,寒地无人居,无人领受,只好投报昊天,上天以治其死罪。

杨树长在低平的地方,其间有路可行,上面却加一土丘,碍人行走。这好比一个国家,以兴贱者之言。他们就靠谮诉行事,从微小的事情开始,渐及于大臣,像被阉割的宫内小臣寺人孟子就是此类。作为此诗,告知上百位大臣,敬而听之,切切谨其言行,以防不测。

注:①周幽王之后、王后、太子及大夫多有因被谗而废者。盖王之不明,谗谮竞入之。巷,宫内道名,伯长也。掌宫内道官之长,内侍之微者,即寺人,出入王之左右,应该无间之可伺矣,今也被谗而遭以宫刑,遭谗的人无奈,自我忍受。故诗评曰:"好贤"如"缁衣",恶恶如"巷伯"即此。
②宫:宫刑,古五刑之一。即男人切除生殖器,为宫人、老宫、太监之类。

谷风①（三章）

习习谷风,维风及雨。将恐将惧,维予与女。将安将乐,女转弃予。

习习谷风,维风及颓。将恐将惧,置予于怀。将安将乐,弃予如遗。

习习谷风,维山崔嵬。无草不死,无木不萎。忘我大德,思我小怨。

习习温和的东风，惟有刮风和下雨，将恐将惧遭受危难的时候，唯有我和你相伴同受，为什么将要安适将要欢乐的时候，却出现裂隙将我抛弃。

习习温和的东风，不但是风，还有转轮般的热浪扑面而来，将恐将惧，我一直将你挂在心中，即将安适和欢乐的时候，你却将我抛置如同遗弃了一样。

习习温和的东风，唯有山和那与山相连的带土的石山，风之所披者，无不死之草，无不枯萎之树，何况我们既是相好的朋友，为什么要忘大德，而记此小怨呢?!

注:①此系朋友相怨之诗。谷风，东风，卷二《邶国》中亦有同名《谷风》诗，乃弃妻者，此诗乃朋友间分裂。

蓼莪①（六章）

蓼蓼者莪,匪莪伊蒿。哀哀父母,生我劬劳。

蓼蓼者莪,匪莪伊蔚。哀哀父母,生我劳瘁。

瓶之罄矣,维罍之耻。鲜民之生,不如死之久矣。无父何怙? 无母何恃? 出则衔恤,入则靡至。

父兮生我,母兮鞠我。抚我畜我,长我育我,顾我复我,出入腹我。欲报之德,昊天罔极!

南山烈烈,飘风发发。民莫不穀,我独何害!

南山律律,飘风弗弗。民莫不穀,我独不卒!

　　长势鲜嫩壮茂的莪菜呀，实际并不是莪，而是蒿。哀怜父亲和母亲，生养我操心费力，受尽多少苦劳。

　　长势新嫩壮茂的莪菜呀，实际并不是莪，而是蔚[②]，哀恸我的父母啊，生养我都劳苦的得了病了。

　　酒瓶子空了，无酒往父亲的圆肚酒杯里斟了。我这寡德之人不如早早死了为好，无父何所怙依，无母何所凭恃，出则心中怀思恤怜，入则好似靡有到家，孤独无依，何处是我所奔赴？

　　父亲生我，母亲躬着身子鞠养我，反转来去关顾我，出入门抱着我，想报答父母的恩德，像昊天一样的高大深远，我终生没有做到啊！

　　南山很是高大，大风刮起来很是疾速，民众没有不贤善的，我为什么遭到如此之伤害？

　　南山很是高大，风吹拂拂，民众没有不善良的，我独自为什么不能终养老人？

　　注：①此诗言，孝子生活艰难劳苦，未能终养父母，哀恸悔恨之诗。余幼时，先父姚镜溪先生曾对我言：晋朝王裒以父死非罪。教学生每读《蓼莪》诗，读至"哀哀父母，生我劬劳"时，未尝不痛哭流涕，学生们为此读《诗经》时，废《蓼莪》篇，怕先生王裒伤感，越绕而过，可见诗之感人如此。

　　王裒确是孝子，二十四孝中，即有王裒"闻雷泣墓"一段。二十四孝诗言，王裒母亲怕雷声，死后每当雷雨，王裒怕母九泉之下受惊，即到父母坟前跪地痛哭，以慰母惊。

　　蓼莪：蓼音了，在此读陆，长大貌；莪，萝蒿，生泽田中，即柳蒿芽，美菜。

　　②蔚：音卫，萝蒿。

大东①（七章）

有饛簋飧，有捄棘匕。周道如砥，其直如矢。君子所履，小人所视。眷言顾之，潸焉出涕。

小东大东，杼柚其空。纠纠葛屦，可以履霜。佻佻公子，行彼周行。既往既来，使我心疚。

有洌氿泉，无浸获薪。契契寤叹，哀我惮人。薪是获薪，尚可载也。哀我惮人，亦可息也。

东人之子，职劳不来。西人之子，粲粲衣服。舟人之子，熊罴是裘。私人之子，百僚是试。

或以其酒，不以其浆。鞙鞙佩璲，不以其长。维天有汉，监亦有光。跂彼织女，终日七襄。

虽则七襄，不成报章。睆彼牵牛，不以服箱。东有启明，西有长庚。有捄天毕，载施之行。

维南有箕，不可以簸扬。维北有斗，不可以挹酒浆。维南有箕，载翕其舌。维北有斗，西柄之揭。

用簋簠装熟食，用弯曲的棘匙往俎盘里装祭肉，通往西周的古道，像磨石一般光平，其直如箭，君子在位，其言也平直。他所实践经办的事情，下民都在用眼睛看着，回顾所经历这些事情，不由地潸然落泪。原因就是东方的赋税劳役莫不由此而输入西周故地。

东方的小国大国织布机上缠着经线的杼和纬线的柚（轴）全都无

线可缠了,以至于冬天穿着葛子编的草鞋,在冰雪道上走路,而那些贵戚的公子哥们,说来就来,说往就往,为他效力的人,不胜其苦劳,我为此忧愁得都病了。

清洌的寒泉从山谷间流出,已经收获的薪柴,不要再置于水中浸泡。忧愁这些劳苦之人,薪柴已到手,应该及时运回家去,可怜这些劳苦之人,也应该让他们休息了。

东方诸侯之子,有职在身,无暇前来慰问,西边京师的人穿得满身光彩灿灿,划舟棹的人,浑身穿着熊罴皮制作的衣服很是富有,私家仆役之人,也摆起倨傲的姿态,这说明君子失时,群小得志。

东人馈之以酒,而西人不以为浆。东人赠予华美的玉佩,西人竟嫌其不够长度。唯独天上有银汉天河,权且可以披沾一点光亮,而在银河边角上的织女星,竟日地都在那里苦盼期望。

虽则七襄^②无一用项,那闪亮的牵牛星,不可以成为盛衣的服箱。东有启明星(金星)。西有长庚(水星),常随着太阳而行,状如掩兔之毕星,也随众星载驰而行,由此而知,上天众星随其秩序行转,于我有何关联呢!

维南天上有箕星,状似簸箕,却不能取来扬簸谷粮。北边天空上有北斗,不可用来盛酒喝。南有箕星本是二星组成,下二星为舌,有似吞噬之状,北斗西揭其柄,反挹取于东,是以天能将我若何!明明是东人见困,恨怨西人之词哩。

注:①朱熹言:此诗盖言东国困于役,伤于财,不胜其负累,谭大夫作此诗以告病,言每每晋献几多食品物资,岂不多由东方之赋税差役而输至周而使焉?

②七襄:古人费解,译者只能从略。网诗注言:织女星一昼夜七次转位为之七襄。不知是否有据?

四月① (八章)

四月维夏,六月徂暑。先祖匪人,胡宁忍予?
秋日凄凄,百卉具腓。乱离瘼矣,爰其适归?
冬日烈烈,飘风发发。民莫不穀,我独何害?
山有嘉卉,侯栗侯梅。废为残贼,莫知其尤!
相彼泉水,载清载浊。我日构祸,曷云能穀?
滔滔江汉,南国之纪。尽瘁以仕,宁莫我有?
匪鹑匪鸢,翰飞戾天。匪鳣匪鲔,潜逃于渊。
山有蕨薇,隰有杞桋。君子作歌,维以告哀。

　　四月算是入夏,六月进入暑季,难道我们的老祖先都不是人吗?让我们遭此祸乱。

　　秋天已很凄凉,各种花草都开始枯萎。众多的百姓四处流散,哪里是适宜投奔的地方?

　　冬季凛冽,寒风刺骨,老百姓没有不贤善的,逢此祸乱,为什么遭受这么大的危害呢?

　　山上长着美好的花卉,有的是栗子,有的是梅子,为什么执权者将它们变为残贼,人们不知道他们是犯了什么过错?

　　看那泉水,时清时浑,我日日遭受祸乱,谁说能够变好呢?

　　滔滔径流的长江和汉水,是南国发展的纲纪和血脉,今我劳苦为仕,以谋福于民,君王为什么竟不理睬我呢!

　　既不是鹑鹛②,也不是鸷鹰,可以上飞接天,也不是鳣鳇,也不是

诗经试译

鲔鲟,可以潜逃到江河的深渊,我不具备以上四者的本事,能往哪里逃呢?

山上长着蕨菜和薇菜,低湿的地方长着杞树和桋树③,君子④有什么本事,唯有作歌自我哀伤而已。

注:①此亦遭乱,大臣自我哀伤之诗。

②原诗是:"匪鹑匪鸢",鹑应是鹌鹑,而朱熹将鹑释为雕,本书将其释为"鹑雕"。鸢译为"鸷鹰"。

③杞桋,杞,枸杞,结实甘美可食。桋,读亦,又名棟,丛生山中,可制车辋。

④君子,指遭祸乱之大臣。

北山之什①（十篇）

北山（六章）

陟彼北山，言采其杞。偕偕士子，朝夕从事。王事靡
盬，忧我父母。

溥天之下，莫非王土；率土之滨，莫非王臣。大夫不均，
我从事独贤。

四牡彭彭，王事傍傍。嘉我未老，鲜我方将。旅力方
刚，经营四方。

或燕燕居息，或尽瘁事国；或息偃在床，或不已于行。

或不知叫号，或惨惨劬劳；或栖迟偃仰，或王事鞅掌。

或湛乐饮酒，或惨惨畏咎；或出入风议，或靡事不为。

登上北山，说是要去采枸杞，都是一些年轻的读书人，朝夕从事
于公务。君王之事，还未完成，哪能顾得上自己的父母。

普天之下，莫不都是君王的土地，凡是所管辖这片土地疆域之
内，莫不都是君王的臣子，大夫们做事不公道，我做事可以说是最为
公正贤良的。

像是驾在车上的四匹公马，奔走向前，没有休闲的时候，君王的

事情很多,幸我尚未衰老,处在盛壮之时,膂力方刚,经营四面八方。

或安然在休息,或瘁劳奔走为国,或卧伏在床,或无休止地在奔忙。

或深居家中,连别人的语声都听不到,或疲惫地为国操劳,或是栖居家中躺在床上偃仰无事,有时为了王事又忙得不可开交。

或整天待在家里怡乐饮酒,或忧愁自己所犯的罪咎。或出入遭逢人们的枉自讽刺和议论,或不管那一套,没有任何事情不可以去做。

注:①大夫行役而作此诗。言役使不均平。

无将大车①（三章）

无将大车,祇自尘兮。无思百忧,祇自疧兮。
无将大车,维尘冥冥。无思百忧,不出于颎。
无将大车,维尘雍兮。无思百忧,祇自重兮。

自己赶着牛车,车轮旋转冲得满身灰尘,心忧百事,疾病随之来了。

赶着牛车,必然践起灰尘,昏昏暗暗,总能生出光亮。

不要让牛车滚动,四处揭起蒙蒙灰尘。不要多思泛生百忧。一定要自我珍重啊。

注:①此亦百姓行役劳苦忧思之作。

小明①（五章）

　　明明上天，照临下土。我征徂西，至于艽野。二月初吉，载离寒暑。心之忧矣，其毒大苦。念彼共人，涕零如雨。岂不怀归？畏此罪罟！

　　昔我往矣，日月方除。曷云其还？岁聿云莫。念我独兮，我事孔庶。心之忧矣，惮我不暇。念我共人，睠睠怀顾！岂不怀归？畏此谴怒。

　　昔我往矣，日月方奥。曷云其还？政事愈蹙。岁聿云莫，采萧获菽。心之忧矣，自诒伊戚。念彼共人，兴言出宿。岂不怀归？畏此反覆。嗟尔君子，无恒安处。靖共尔位，正直是与。神之听之，式穀以女。嗟尔君子，无恒安息。靖共尔位，好是正直。神之听之，介尔景福。

诗经试译

　　明亮的上天，光照着下土，想当初我出征西去，到了艽野②地方，是二月，恰是夏历正月之初建卯之月，朔日，是很吉利的。经过寒暑的变化，辛劳犹如吃药般的毒苦，念及我们一起来的人，泪落如雨，岂是不想回家？怕上方谴责恼怒。

　　想当初我们走的时候，刚是一年之初，说是政事切急，任务完成即刻归还，现时已至岁末，考虑己身孤独，乱事很多，心中的忧愁，劳苦不暇，念及我的伙伴们无不眷念自己的亲属，岂不盼望回家？害怕上方谴责恼怒。

　　想当初我们走的时候，季节刚刚转暖，说是政事切急，任务完成即按期归还,现在既至岁暮,已至割取萧蒿,收获大豆的时节。心中的忧愁,益感凄楚,念及我们一起来的人,为此多日不能很好地睡眠,岂是不想早些回家,害怕的就是上方说话不算数。

可怜同伴之友,不要想在这里无以安处能是永远的,还是冷静地对待你的岗位,正直行事,听着等着吧,上方一定能给你以很好的报酬。

可怜我们这些同伴们,不要以为在这里无以安处能是长久的,还是坚守你的岗位,正直行事,听着等着吧,一定能得到大的福报。

注:①此乃大夫们西征从年初启程,至于岁暮未归,又念及同僚。呼天而诉之辞。然亦不敢擅归,因作此诗。
②芃野:芃音求。边远荒凉的地方,也许因此而得名"芃野"。

鼓钟① (四章)

鼓钟将将,淮水汤汤,忧心且伤。淑人君子,怀允不忘。
鼓钟喈喈,淮水湝湝,忧心且悲。淑人君子,其德不回。
鼓钟伐鼛,淮有三洲,忧心且妯。淑人君子,其德不犹。
鼓钟钦钦,鼓瑟鼓琴,笙磬同音。以雅以南,以籥不僭。

鼓钟声音锵锵,淮河水流滚滚,心中忧愁至伤,那贤善的君子,怀思不忘。

钟鼓喈喈,淮水哗哗流淌,心中既忧愁且悲伤,那贤善的君子,其德纯正不邪。

悬挂大钟,支高大鼓,淮河水落,露出三处沙洲。忧心忡忡,那淑贤君子——幽王虽久居于淮上，不及今王之荒乱哩。

鼓钟铿锵地响着，鼓瑟鼓琴，笙磬同鸣，虽则同欢跳二雅二南之舞。因幽王之无德，乐虽是古乐，而人则非前人了。

注：①朱熹注言：此诗之义，有不可知者，今姑且释为训诂名物。

楚茨①（六章）

楚楚者茨，言抽其棘。自昔何为，我艺黍稷。我黍与与，我稷翼翼。我仓既盈，我庾维亿。以为酒食，以享以祀。以妥以侑，以介景福。

济济跄跄，絜尔牛羊，以往烝尝。或剥或烹，或肆或将。祝祭于祊，祀事孔明。先祖是皇，神保是飨。孝孙有庆，报以介福，万寿无疆。

执爨踖踖，为俎孔硕。或燔或炙，君妇莫莫。为豆孔庶，为宾为客。献酬交错，礼仪卒度，笑语卒获。神保是格，报以介福，万寿攸酢。

我孔熯矣，式礼莫愆。工祝致告，徂赉孝孙。苾芬孝祀，神嗜饮食。卜尔百福，如几如式。既齐既稷，既匡既敕。永锡尔极，时万时亿。

礼仪既备，钟鼓既戒。孝孙徂位，工祝致告。神具醉止，皇尸载起。钟鼓送尸，神保聿归。诸宰君妇，废彻不迟。诸父兄弟，备言燕私。

乐具入奏,以绥后禄。尔肴既将,莫怨具庆。既醉既饱,小大稽首。神嗜饮食,使君寿考。孔惠孔时,维其尽之。子子孙孙,勿替引之。

那丛密茂盛的蒺藜,说是要抽除它的棘刺,过去的人怎么竟想做这等蠢事。我在这里要耕植黍稷(谷子)。我的黍子长势良好,我的谷子也十分壮茂。我的粮仓已经装满,露天的庾囷已积有十万斤粮食,吃喝穿用,祭祀祖先,会宾侑友,岂不是享受大福。

济济跄跄,一大帮人宰牛杀羊,以准备冬祭(烝)和秋祭(尝),或在剥皮剔骨,或在蒸煮烧烤,备置既妥,奉祭于庙堂,祀事齐备,先祖居最高神位,以资享用,主祭孝孙们,在尸祝主持仪式下开始举行祭祀之礼,报以庆祝唱颂"万寿无疆"!

执掌炊事的人,繁忙不歇,办置出各种盛大的祭品,或烧或烤,主妇忙忙乎乎一样样地往神案或宾客桌上摆设,或敬献,或主客间酬酢交相进行,各种礼仪全部进行完毕,随之欢声笑语,筵席开始,在祈神保佑,幸福安康,万寿攸酢——长寿是上天神灵给予的回祝。

礼行既久,筋力已竭,式礼且莫出现过错,祭宴既毕,主持礼仪的人代神说话,祝传神意,往告孝孙们说:你们所办饮食芳洁,神灵吃过都觉得甘美,上大必定赏你们福禄几多,如法恒定不易,既完整又快速,既匡正,又敕戒,诸事遂心如意,永赐尔福无极,时万时亿。

礼仪既备,钟鼓既成,孝孙们遂往大堂东面的台阶西侧之位,致告祝传尸意(尸乃司仪者)孝子之礼已成,神已醉,尸者起身,敲鼓鸣钟,主人送尸而归,祭毕宾客撤去,唯留伯叔兄弟子侄们自家人留酌余宴。以尽私恩,这所以叫作尊宾客亲骨肉呢。

各种乐器齐奏,开始祭祀,前堂祭神,后室藏衣冠,祭于庙,而宴于寝室,俱各欢快无怨,赴宴既醉既饱,孝子稽首(叩头)而言:"神既接受了饮食,祝君健康长寿!"君之祭祀既顺利又适时,无不尽意之处,子子孙孙昌盛无人替代。

注:①此诗述公卿有田禄者,力于农事,以奉其宗庙之祭。

信南山①（六章）

信彼南山,维禹甸之。畇畇原隰,曾孙田之。我疆我理,南东其亩。

上天同云。雨雪雰雰,益之以霢霂。既优既渥,既沾既足。生我百谷。

疆埸翼翼,黍稷彧彧。曾孙之穑,以为酒食。畀我尸宾,寿考万年。

中田有庐,疆埸有瓜。是剥是菹,献之皇祖。曾孙寿考,受天之祜。

祭以清酒,从以骍牡,享于祖考。执其鸾刀,以启其毛,取其血膋。

是烝是享,苾苾芬芬。祀事孔明,先祖是皇。报以介福。万寿无疆。

好个终南山呵,是经过大禹治理的地方,开辟这片原野隰地,才使主祭的曾孙得以经营这么大的一方田土,疆定其大界,理正其沟渠,道途之走向,于是连成这么一大片南面东面都属于我的田亩。

同一个上天,云气遮覆,雨雪以时降落,更有濛濛细雨,沾溉优渥,滋润着我的田土,生长着我的百谷。

地块非常宽广规整,黍稷生长得苗壮油绿,曾孙一手耕植修侍收获,特意办置酒食,晋献给礼仪主持人尸祝和宾客。于是阴阳和,万事遂心,人人欢悦,以奉宗神,降福祉:寿考万年。

中田②有庐舍,田埂岸畔种着瓜,收获时,剥皮晒制瓜干,或腌成咸菜,敬献祭奠先祖,子孙们都能健康长寿,这是受天之祐福。

祭以精纯之酒,杀以赤色毛皮之雄性(牛)祭献于祖考,主祭人亲执其带铃的鸾刀,以剃除其毛,且用牲之血和脂肪,合之黍稷用萧草烧燎,以敬魂气于上天,并以黑黍酿的郁鬯酒浇祭于地,盖形魂归于地,祭合阴阳之义。

逢冬祭(烝)是献享,苾苾芳香,祀事很是明快,先祖无限伟大,报以祝福:"万寿无疆!"

注:①此诗大抵与《楚茨》略同。

②中田:周代实行井田之法,一个井字,四周八份各一百亩为私田,中间一份百亩为公田,内以二十亩,分八家盖庐舍以便于田事,以畔上——田埂之类种瓜,以尽地利,瓜成剥皮腌渍以为菹(咸菜)祭以献先祖,贵四时之异物以尽孝子之心。

甫田①（四章）

倬彼甫田,岁取十千。我取其陈,食我农人。自古有年。今适南亩,或耘或耔。黍稷薿薿,攸介攸止,烝我髦士。

以我齐明,与我牺羊,以社以方。我田既臧,农夫之庆。琴瑟击鼓,以御田祖。以祈甘雨,以介我稷黍,以穀我士女。

曾孙来止,以其妇子。馌彼南亩,田畯至喜。攘其左右,尝其旨否。禾易长亩,终善且有。曾孙不怒,农夫克敏。

曾孙之稼,如茨如梁。曾孙之庾,如坻如京。乃求千斯仓,乃求万斯箱。黍稷稻粱,农夫之庆。报以介福,万寿无疆。

很宽敞的一大片农田,一年只能得九分之一,即一万亩的收成(井田法属于公田的部分)我是食禄者,主持农事和方社(祖庙)田祖(神农氏)之祭。粮食年年丰收。储新除旧,我将陈粮收取回来助补灾歉和不足。因此自古如此,虽存粮很多,没有霉捂现象。今时我又去到田间,同农民一起锄草培土,见到黍子、谷子等庄稼长势良好,农民高兴地对我说:"你且休歇休歇吧,不必过劳了,今年又将是大有之年,你看着吧,美俊的髦士啊!"

盛好上供的粢粮,宰杀纯白色的羊,以奉祀土神、先祖和田祖,之后并秋祭四方之神。我的庄稼既已成熟,是农民辛苦劳动的结果。抚琴弄瑟,击鼓,以迎祭种田和祖先神农。于是向他祈求及时普降甘雨,以利黍稷的生长,粮谷丰收,就是人民的幸福。

主祭曾孙来到,适遇农夫媳妇领孩子来田间送午饭。田畯(主管农事之官,即主祭之曾孙)很是高兴,乃就坐一起吃午饭,察看他们的田亩修植得很是完好,而且进度也很快,因此曾孙不但不怒,还给他以表扬和鼓励,农民更加敏于其事,而感谢他们。

曾孙的庄稼,垛得像一座座草房那么高,像突起的穹窿一般。曾孙的储粮囤,像一座座小土山,像高丘,弄车来装运,往仓库里储,木箱里装,这些黍稷稻粱都是农夫用劳动得来,应该向他们祝福:"万寿无疆"!

注:①本诗盖言周朝时实行井田法时,主祭曾孙田畯(主宰农事之卿仕们,其职权、业务以及其于农事收获所得之情形)。朱熹言:管仲曾说:"农之子恒为

诗经试译

农,野处而不昵(亲,狎近),其秀民之能为士者,必足赖也。"自古士出于农,而工商不与焉。这些出身于农民的髦士、秀民、俊士,都是当时主管祭祀,农事的管理者,他们的社会经济所得可见一斑。甫田,甫,大也,即很大的田。

大田①（四章）

大田多稼,既种既戒,既备乃事。以我覃耜,俶载南亩。播厥百谷,既庭且硕,曾孙是若。

既方既皂,既坚既好,不稂不莠。去其螟螣,及其蟊贼,无害我田稚。田祖有神,秉畀炎火。

有渰萋萋,兴雨祈祈。雨我公田,遂及我私。彼有不获稚,此有不敛穧,彼有遗秉,此有滞穗,伊寡妇之利。

曾孙来止,以其妇子。馌彼南亩,田畯至喜。来方禋祀,以其骍黑,与其黍稷。以享以祀,以介景福。

田大种的庄稼自然就多,今年就得把明年的种子选好,既已完备,及时安排耕种之事,先修理好耕田的耒耜(刨锹、镢头之类),开始到田间播种谷物了,小苗生长得既壮且大,合乎主管农事的曾孙所要求的。

庄稼生长出来,秧苗长势既壮且好,莨莠一类杂草及时除掉,食心的螟虫和食叶的螣虫,食根的蟊,食茎的贼虫,全部灭掉,不让它们伤害幼苗。田祖(农事肇始之祖——神农氏)有灵,令将所有的害虫,掘沟纵火灭掉。

天上生出阴云,越来越盛,遂之降起绵绵细雨。农夫心中很是高兴,这雨降落在公田之上,连同我的私田一起得到沾溉,禾苗一定会长好的。尽管这样,秋时庄稼仍有的植株贪青,未秀穗的谷,收获时还有遗落田间的谷穗或是落在田间的谷捆。这些都让那些孤寡之人拾回家去聊以养生吧。

曾孙(食禄者)来到田间,和农夫及农夫妻子、孩子在田间一起吃午饭,田畯(音俊即曾孙——农事管理者)很是高兴。于是精诚以祀四方之神,宰杀牲畜,分别祀之。东方之神,祭青色牲(主要为牛羊),南方之神祭红色牲,西方之神祭白色牲,北方之神,祭黑色牲,并以黍稷以供幸享和祭祀。农夫并祝曾孙幸享大福。

注:①此诗为农夫所作,并颂美其上,以答前篇《甫田》之意。

瞻彼洛矣① (三章)

瞻彼洛矣,维水泱泱。君子至止,福禄如茨。韎韐有奭,以作六师。

瞻彼洛矣,维水泱泱。君子至止,鞞琫有珌。君子万年,保其家室。

瞻彼洛矣,维水泱泱。君子至止,福禄既同。君子万年,保其家邦。

看那洛水呀,水面是那样深广,东周的天子在此会见诸侯。他的福禄堆积得如同柴垛一样,周围的军士穿着微红色皮制成的戎装,在此会聚六师,接受天子的检阅。

看那洛水呀,水势泱泱深广,周天子至此地,佩刀鞘上镶着琫(音奉)玉,下面镶着珌(音必)玉。人们欢呼着:周天子万年,保定其家室安定。

看那洛水呀,水势深广,周天子来到此处,人民都得到福禄,祝愿天子万年,保定家邦!

注:①洛水,东周天子会诸侯之地。此系诸侯美天子之诗。

裳裳者华①（四章）

裳裳者华,其叶湑兮。我觏之子,我心写兮。我心写兮,是以有誉处兮。

裳裳者华,芸其黄矣。我觏之子,维其有章矣。维其有章矣,是以有庆矣。

裳裳者华,或黄或白。我觏之子,乘其四骆。乘其四骆,六辔沃若。

左之左之,君子宜之。右之右之,君子有之。维其有之,是以似之。

壮茂的棠棣树啊,叶子长得那么繁密,我所见到这个人呵,给我留下的印象很深,正因为留下的印象很深,今后就可以很好地交流相处了。

壮茂的棠棣树啊,叶子很是繁盛,我所见到这个人啊,做事很有章法,正因为他有章法,事情才能办得有庆成功。

壮茂的棠棣树啊,或者是黄,或者是白,我所见到这个人啊,乘骑四匹骆驼,六套辔缰,威仪繁盛。

他的才德全备,料理事务左之左之,无所不适宜,右之右之,无不完好全面。正因为他办事完好全面,所以才能贯彻体现天子的旨意。

注:①此诗是天子美诸侯之词。译者数读朱熹原注,似有含混不切之处。

诗经试译

桑扈之什（十篇）

桑扈①（四章）

交交桑扈，有莺其羽。君子乐胥，受天之祜。
交交桑扈，有莺其领。君子乐胥，万邦之屏。
之屏之翰，百辟为宪。不戢不难，受福不那。
兕觥其觩，旨酒思柔。彼交匪敖，万福来求。

往来飞窜的蜡嘴雀呀，大有文章可作，就是它有一双坚强的翅膀。君子(指诸侯)能够平和安乐地生活，是因为有上天的护佑。（对天子的颂扬）。

往来飞窜的桑扈鸟呀（即蜡嘴），其大根源就在于它有一个坚强的颈项，它可以迎击寒风，冲刺洌流，君子(诸侯)能够享受安乐，是因为它是众多小国的藩卫，他担任方伯连帅之职哩。

作为屏障，全凭中间竖有坚实的支干(柱)，就如同君王之有宪法，做事能收敛谨慎，受福岂能不多么！

犀牛角制成的酒杯，形状上翘，最好的酒，其性绵柔，你在社会上交往，力戒骄傲，你不去求福，福就来求你了。

注：①这也是天子宴诸侯之诗。桑扈，又写作桑鳸，一名窃脂，土名蜡嘴，雀形目。喙黄者名铜嘴，喙灰色者叫锡嘴，杂食。

鸳鸯①（四章）

鸳鸯于飞，毕之罗之。君子万年，福禄宜之。
鸳鸯在梁，戢其左翼。君子万年，宜其遐福。
乘马在厩，摧之秣之。君子万年，福禄艾之。
乘马在厩，秣之摧之。君子万年，福禄绥之。

鸳鸯在天空飞翔，终究要被收到长柄罗网里去。天子万年，福禄是他理应享受的。

鸳鸯在渔梁子上被截获，要收敛它左边的翅膀，因为鸳鸯雌雄同巢颠倒而卧，张其左翼以防患于外。天子万年，应经常虑及他长久的安福。

乘骑的马匹，拴在马厩里，用铡碎的草，伴以精料喂它。天子万年，福禄应保其绵长久远。

乘骑的马，拴在马棚里，用铡碎的草料（粟）饲喂，天子长寿万年，福禄长安。

注：①此亦诸侯祷祝天子之诗。不过译者以为起兴，用"乘马在厩，摧之秣之"以将马拴在马棚，用摧之秣之，以比保君王万年，福禄绥之，却是不当，天子怎能同厩马相比，岂不是骂人，天子没有治罪于诗者，算他是万幸。

頍弁① (三章)

有頍者弁，实维伊何？尔酒既旨，尔肴既嘉。岂伊异人？兄弟匪他。茑与女萝，施于松柏。未见君子，忧心奕奕；既见君子，庶几说怿。

有頍者弁，实维何期？尔酒既旨，尔肴既时。岂伊异人？兄弟具来。茑与女萝，施于松上。未见君子，忧心恟恟；既见君子，庶几有臧。

有頍者弁，实维在首？尔酒既旨，尔肴既阜。岂伊异人？兄弟甥舅。如彼雨雪，先集维霰。死丧无日，无几相见。乐酒今夕，君子维宴。

抬头看见自己的帽子，岂实同别人的有什么两样？你的酒是甘美的，同别的酒混在一起也是好的，岂能分辨出同别人两样。兄弟不是别的，好比茑（寄生）与萝（菟丝子）附生或攀缠在松柏树上，未见之时料想兄弟亲戚缠绵依附之势，不免心生忧惧，既见，慢慢地心里却喜悦起来。

抬头看到自己的帽子，实际有什么期盼的，你的酒既是甘美的，你同别的酒混在一起并且很适时，岂是能辨出同别人有什么两样。兄弟亲友奔赴你来，就如同寄生（冬青）和菟丝子缠附在树干上一样，未见之时，心中怦怦直跳，既然凑到一起，反而带来很多好处哩。

抬头看到帽子，实际就戴在头上，你的酒既然甘醇柔美，你所混合的既已富盛，岂是能分别出外人吗？兄弟甥舅。像天上降落雨雪一样,先降的是由于微温形成霰(雪珠),渐及遇冷,才普降下大雪,知是寒冬已至。人生死丧无定时,相见的日子实在不多,能够相聚欢乐饮酒,大家不免欢快饮宴畅叙一番。

注:①此亦宴兄弟亲戚之诗。颎:音跬,弁貌,即帽子,或抬头之意。

车舝① (五章)

间关车之舝兮,思娈季女逝兮。匪饥匪渴,德音来括。虽无好友?式燕且喜。

依彼平林,有集维鷮。辰彼硕女,令德来教。式燕且誉,好尔无射。

虽无旨酒?式饮庶几。虽无嘉肴,式食庶几。虽无德与女,式歌且舞。

陟彼高冈,析其柞薪。析其柞薪,其叶湑兮。鲜我觏尔,我心写兮。

高山仰止,景行行止。四牡骓骓,六辔如琴。觏尔新婚,以慰我心。

车辖辘安上间关②,行走起来吱吱嘎嘎地响,想那美好的姑娘出嫁时乘此车以迎之,不是因为饥渴,因为姑娘有很高的德行,热切的期盼前来迎娶,虽无几多朋友,也应设宴以庆飨之。

顺着那片茂密的树林,发现有一群野鸡,天明未久,姑娘出嫁,她是一个具有很高德行和有教养的人。盛宴庆飨,一定能获得欣喜悦愉而不能生厌的。

虽然没有好酒,你且来喝吧,虽然没上好的佳肴,你且来吃吧,虽然没有受到很高的德业的教诲,你且来吧,让我们凑在一起唱歌欢舞。

登上那座高岗,砍来一些柞木薪柴,砍来柞木薪柴,那树叶还很鲜活,因为我鲜有所见,所以心中才留下深刻的印象。

高山昂首即可望见,宽阔的大道任你行走。四匹大马驾着大车,马辔头上的铃铛锵锵作响犹如琴声一般,以迎季女新婚,我心里也感到很是高兴。

注:①这是欢宴新婚之诗。车辖,辖音辖,古车轴头铁,之所以阻车轮不使外张脱落离轴的铁挡头。

②间关:即辖车挡头铁。

青蝇①(三章)

营营青蝇,止于樊。岂弟君子,无信谗言。
营营青蝇,止于棘。谗人罔极,交乱四国。
营营青蝇,止于榛。谗人罔极,构我二人。

嗡嗡叫着的苍蝇,经常落在院障子上,欢乐的君王啊,切莫听信谗言。

嗡嗡乱飞的苍蝇,落在荆棘树枝上,背地里好拨弄是非的谗人,他可以同时把四个国家搅乱。

嗡嗡乱叫的苍蝇,落在榛树之上,好进谗言的人,坏事干绝,他一时可以交乱自己与听者二人。

注：①此诗用青蝇到处嗡嗡乱飞以比进谗之人，劝诫君王勿听信谗言。

宾之初筵①（五章）

宾之初筵，左右秩秩。笾豆有楚，殽核维旅。酒既和旨，饮酒孔偕。钟鼓既设，举酬逸逸。大侯既抗，弓矢斯张。射夫既同，献尔发功。发彼有的，以祈尔爵。

籥舞笙鼓，乐既和奏。烝衎烈祖，以洽百礼。百礼既至，有壬有林。锡尔纯嘏，子孙其湛。其湛曰乐，各奏尔能。宾载手仇，室人入又。酌彼康爵，以奏尔时。

宾之初筵，温温其恭。其未醉止，威仪反反。曰既醉止，威仪幡幡。舍其坐迁，屡舞仙仙。其未醉止，威仪抑抑。曰既醉止，威仪怭怭。是曰既醉，不知其秩。

宾既醉止，载号载呶。乱我笾豆，屡舞僛僛。是曰既醉，不知其邮。侧弁之俄，屡舞傞傞。既醉而出，并受其福。醉而不出，是谓伐德。饮酒孔嘉，维其令仪。

凡此饮酒，或醉或否。既立之监，或佐之史。彼醉不臧，不醉反耻。式勿从谓，无俾大怠。匪言勿言，匪由勿语。由醉之言，俾出童羖。三爵不识，矧敢多又。

宾客初入筵席，左右整齐有序，盛肴馔的盘碟，摆得很有说道，酒既调和甘美斟满杯盏,随之一齐开始饮酒。钟鼓乐器鸣奏,举杯宾主酬酢很有次序。告一段落之后,乐止,乐人迁下,随后天子与诸侯开始起立张弓举行射礼,射夫每三人一组,三组之外为之群耦,开始逐次发功,射的,射不中者罚以爵杯饮酒。

吹奏短笛(龠——音月)和笙,击鼓乐既合奏,音韵悦恰,适合百礼,百礼既至,已属盛大,神赐予的洪福,这是子孙们的欢乐,这种欢乐,才是真正的欢乐,为子孙们的幸福各自酌酒以献尸者(主祭司仪)礼成,而后还有陪食者,宾手斟酒,室人复酌,为之加爵,以保四时之安康。

宾客初入宴席,温文尔雅,很是恭敬,其未醉时,还很注意礼貌,赶到喝醉的时候,就不守持礼仪了,抛开自己的座位,来到别人的座位上手舞足蹈,向别人敬酒尽饮。未醉之时,还遵循一些礼仪,既已喝醉之后,便不知自持,趔趔趄趄,几乎要跌倒的样子,连自己姓字名谁都忘却了。

宾客既已喝醉,一边喊叫,一边诳语,餐桌上弄得杯盘狼藉。东倒西歪站不稳脚跟,这就说明他已经喝醉了,不知自己的过错。帽子外斜一边去了,摇摇晃晃地走出门去,这类人同主人还能保持美誉,因为他走后的丑态别人自然是见不到了。而那些喝醉了酒还赖在那里要耍酒疯而不走的,就叫作"伐德",对比起来,那些喝醉了酒的人,退席及早撤离回家,不给主人过多地找麻烦,很注意保持自己的形象,这算是很好的。那些不注意保持自己形象的人,也就不足以言传了。

凡此饮酒,或醉或不醉,既已设立司正,主管监察失礼者,佐之以史,给他记录下来,对那些喝醉酒而不知自制的人,视为不善,而他自己又不自知,使那些没有喝醉的人都感到羞愧,安得从而告知于他,使他不至于太怠慢了。告诉他说:不当言者勿言,不当从者勿语。醉了而说胡话的人,罚他出资买一头无角的小公羊,设言。并不存在的事物以威慑和恐惧与他,你饮了三爵(大酒杯)已醉得人事不知了,况且你还再敢多喝嘛!

注:①卫武公(公元前812—758年相当于周宣王十六年至周平王三十三年)朱熹注云:卫武公饮酒悔过,而作此诗。

鱼藻①（三章）

鱼在在藻,有颁其首。王在在镐,岂乐饮酒。
鱼在在藻,有莘其尾。王在在镐,饮酒乐岂。
鱼在在藻,依于其蒲。王在在镐,有那其居。

鱼在哪儿,钻进水藻里了吗? 有领头的,君王住在镐京②,正合时宜在一起饮酒呢。

鱼在哪儿,钻在水藻里吗? 看它露出很长的尾鳍。君王住在镐京,在一起饮酒正是好时机。

鱼在哪儿,钻进水藻里吗? 依附在蒲草里面哩。君王住在镐京,那是他很安定的居处。

注:①此天子宴请诸侯,诸侯美天子之诗。
②镐京:镐音皓,周武王所都在今陕西长安县西南。

采菽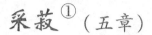（五章）

采菽采菽，筐之筥之。君子来朝，何锡予之？虽无予之？路车乘马。又何予之？玄衮及黼。

觱沸槛泉，言采其芹。君子来朝，言观其旂。其旂淠淠，鸾声嘒嘒。载骖载驷，君子所届。

赤芾在股，邪幅在下。彼交匪纾，天子所予。乐只君子，天子命之。乐只君子，福禄申之。

维柞之枝，其叶蓬蓬。乐只君子，殿天子之邦。乐只君子，万福攸同。平平左右，亦是率从。

汎汎杨舟，绋纚维之。乐只君子，天子葵之。乐只君子，福禄膍之。优哉游哉，亦是戾矣。

采大豆啊，采大豆啊，用圆筐和方筥（音巨）盛之，诸侯来朝廷，用什么赐予他，虽然没有什么给他，却有路车和天子乘骑的大马前来接他，又有什么赐给他的？黑色的衮衣和带黑白花的礼服。

清湛沸动的山泉，说是要去采水芹菜，诸侯来朝廷看到带铃铛的旗子，那旗子随风飘扬闪动，鸾铃嘒嘒有声，又是拉帮套的骖马和驾辕的驷马，知道诸侯已经来到。

赤色护膝缠在大腿上，斜幅朝下交缠，岂能舒缓，这是天子所赐。欢欢乐乐的诸侯，是天子任命的，欢欢乐乐的诸侯，福禄自然能得到伸延。

看那柞树枝上，叶子长得多么繁密茂盛，心情愉悦的诸侯，镇守天子之邦,愉悦的诸侯,万福所聚,其属下左右之臣,一起随从来到。

在河上飘动的杨木舟啊,用绳索将它紧紧拴住,欢乐的诸侯归天子所主宰领属,福禄都很丰厚,所以优哉游哉以至于此地。

注:①此亦诸侯来朝见天子之诗。

角弓①（八章）

骍骍角弓,翩其反矣。兄弟婚姻,无胥远矣。
尔之远矣,民胥然矣。尔之教矣,民胥效矣。
此令兄弟,绰绰有裕。不令兄弟,交相为瘉。
民之无良,相怨一方。受爵不让,至于已斯亡。
老马反为驹,不顾其后。如食宜饇,如酌孔取。
毋教猱升木,如涂涂附。君子有徽猷,小人与属。
雨雪瀌瀌,见晛曰消。莫肯下遗,式居娄骄。
雨雪浮浮,见晛曰流。如蛮如髦,我是用忧。

一张很调和的角弓,两头竟翩然向相反的方向张弛,凡是手足兄弟和亲戚之间岂可以向远吗?

你们既已向远,人们便都随着来了,就好像是在教导他们,民众随之便效仿起来。

假设你们是一对好兄弟,绰绰有余而不变,品质不好的兄弟,他们却会交相挑剔别人的毛病。

民众多数都很善良,相抱怨者,各据一方,相怨相谗以谋爵位,而

— 270 —

不知逊让,终究必然自取灭亡。

老马竟变成马驹,必然招致不能胜任之患,只知道谗人以谋图禄位,好比吃饭,已经吃饱了,还要酌饮几杯,实际已经过甚了。

不要教他们如同猿猴爬树一样,不待教而自能,不要像涂泥抹墙那样求美,倘若王有美道,教人为善,那些小人也必然跟你从善以附之。他们也就不靠近谗言,拉关系套近乎向上攀爬了。

雨雪纷纷,见日而止,谗言遇明君,必然自止,不敢下传,君王若好听信谗言,不予以申斥,那些好进谗言的人,必然会更加倨傲起来。王若听信谗言,必然招致大雪纷纷降落,见日化为水流。像南蛮夷髦那样强横无礼,落得无尽的烦恼和忧愁。

注:①此乃刺君王不亲九族,而好谗佞,使宗族相怨之诗。

菀　柳①（三章）

有菀者柳,不尚息焉。上帝甚蹈,无自昵焉。俾予靖之,后予极焉。

有菀者柳,不尚愒焉。上帝甚蹈,无自瘵焉。俾予靖之,后予迈焉。

有鸟高飞,亦傅于天。彼人之心,于何其臻。曷予靖之,居以凶矜。

那菀然生长的柳树啊,行路之人岂不可以在树下乘凉休息一下吗？为人哪有不愿在朝廷里为君王干些事情,然而君王威烈,使人不敢亲近,必须我为君王做出一些事情有所奉献,他认可之后,他满心想求于我,最后才能达到信任之目的。

那青苍宛然的柳树,不可以在树下乘凉休息一下吗?王甚威烈,且莫自寻疾苦。必须事先为他做一些他认可并有利于他的事情,后来才超越你的想象而留用于你。

有一只飞鸟,向高处翔去,竟上接于天,君王之心,贪纵无极,人们不知道他的权欲无边,哪里能求得平处安定?你若为他效劳,终果必然是自取凶咎。

注:①此诗把君王比做神,其暴虐威烈可畏,你不能向他靠近,必先为他靖定王室做出一定贡献、成绩,他才能求到你。朱熹注云:齐威王朝周后,为其所辱。盖言君王之不可轻与之近焉。

都人士之什（十篇）

都人士① （五章）

　　彼都人士，狐裘黄黄。其容不改，出言有章。行归于周，万民所望。

　　彼都人士，台笠缁撮。彼君子女，绸直如发。我不见兮，我心不说。

　　彼都人士，充耳琇实。彼君子女，谓之尹吉。我不见兮，我心苑结。

　　彼都人士，垂带而厉。彼君子女，卷发如虿。我不见兮，言从之迈。

　　匪伊垂之，带则有余。匪伊卷之，发则有旟。我不见兮，云何盱矣。

　　她是王都人士，穿着黄红色的狐狸皮袄，他的仪容没见过变态，说话顺理成章。他外出归返周都镐京，是万民之所盼望。

　　她是京都人士，她戴着黑色布冠，仅能撮收其发髻，她的头发乌黑且长，她是贵家之女，我没能同她会面，心中实在是不太愉快。

　　她是京都人士，戴着美玉制成的耳坠，那位君子的女人，是尹氏或吉氏的女儿，我未能见到她呀，心中很是郁结。

他是京都人士，垂戴很是板正，他的女人鬓旁短发曲以上卷如蛋②，我不得与她相见，倘若能同她见面，我必定是跟她一起走了。

士之垂带，并不是故意垂之的，女子之发，也不是故意卷着的，而是自然形成蓬松弯曲的。我不得与她相见，我怎能不向远处去瞅她呢？

注：①此诗盖言，西周乱离（离开镐京）之后，人们不得再见西都镐京之盛、人民仪容之美而作此诗。

①蛋，音差（chai），蜻蜓幼虫，形似蝎。

采绿①（四章）

终朝采绿，不盈一匊。予发曲局，薄言归沐。
终朝采蓝，不盈一襜。五日为期，六日不詹。
之子于狩，言韔其弓。之子于钓，言纶之绳。
其钓维何？维鲂及鱮。维鲂及鱮，薄言观者。

我起早就去采割饲草，还没割到一捧，头发蓬乱卷曲，没顾得梳理，于是不得不舍弃，今天丈夫将要归来，我得回家沐浴梳理一番。

天一放亮，我就去采割蓝草②，用以煮染蓝色衣服，到吃早饭时，还没采到一围裙，丈夫走时，约定五天之内回来，今天已经六天了，还未得见回呢。

我那心上的人，他说是要去狩猎，我将帮他拿盛弓箭的袋子，他若是去钓鱼呀，我将帮他理好丝纶。

他钓鱼的成果怎么样？除了鲂鱼③就是鲢鱼,咱们就去参观一下丰收的成果吧。

注:①此诗亦上篇之意。
②蓝草,即蓝靛草,可煮以染蓝青色衣服。
③鲂鱼,即东北人称之谓法罗鱼,而鳞大色黑,味甚美。

黍苗① (五章)

芃芃黍苗,阴雨膏之。悠悠南行,召伯劳之。
我任我辇,我车我牛。我行既集,盖云归哉。
我徒我御,我师我旅。我行既集,盖云归处。
肃肃谢功,召伯营之。烈烈征师,召伯成之。
原隰既平,泉流既清。召伯有成,王心则宁。

那苗壮的黍苗,赖有阴雨滋润它成长,遥远的长途南行,是为了召伯(召穆公)的劳苦。

我拉着人力车,牛拉着大车,营谢既已到达,完成了任务,便开始回返了。

我们有徒步而走的,还有乘车而行的,或师或旅②,我们行走既到达了目的地,就开始往回返了。

严整的谢邑,是召伯亲自经手治理的,威武雄壮的行军队伍,是召伯组织的。

原隰之地既然治理平整,河道疏浚清澈,兴灌溉之利,召伯的功业有成,周宣王之心即得以安宁了。

注:①周宣王封申伯于谢,命召穆公前去经营城邑,故而才有徒步从役南行。行者作此诗。
②《春秋传》说:凡行军,国君出行,随从护卫兵为一个师;公卿出行,一旅人跟从,每旅五百人,五旅为师,合 2500 人。

隰桑① (四章)

隰桑有阿,其叶有难。既见君子,其乐如何。
隰桑有阿,其叶有沃。既见君子,云何不乐。
隰桑有阿,其叶有幽。既见君子,德音孔胶。
心乎爱矣,遐不谓矣? 中心藏之,何日忘之!

低湿的地方,长着桑树,枝叶茂密可爱,既然见到君子①,则其乐如何呢?

低湿的地方,长着桑树,枝叶壮茂油绿,既然见到君子,怎能不欢乐呢?

低湿的地方,长着桑树,枝叶油绿闪亮,既然见到君子,他的品德像胶一样坚固不变。

我的心实在是爱君子啊,既见到他,我怎么向他倾诉衷情呢? 装在心里,何日能忘?!

注:①此诗当是一篇爱情诗,君子,不知何所指,应是暗指心爱的人。朱熹言:此诗与《楚辞》中有:"思公子兮未敢言",即此意。爱之根深,故发之迟,而存之久也。

诗经试译

白华① (八章)

白华菅兮,白茅束兮。之子之远,俾我独兮。
英英白云,露彼菅茅。天步艰难,之子不犹。
滮池北流,浸彼稻田。啸歌伤怀,念彼硕人。
樵彼桑薪,卬烘于煁。维彼硕人,实劳我心。
鼓钟于宫,声闻于外。念子懆懆,视我迈迈。
有鹙在梁,有鹤在林。维彼硕人,实劳我心。
鸳鸯在梁,戢其左翼。之子无良,二三其德。
有扁斯石,履之卑兮。之子之远,俾我疧兮。

野菅名白华,经沤制就成菅了,它同茅都是至微之物,现在竟束在一起,二者相须为用,为什么那个人(指周幽王)远离我,致使我孤独而处呢?

那轻盈的白云,它原是地上的水分,升腾至高空,露水是云,夜间遇冷散而下降,沾濡万物之生长,可叹我天运不好,连云之泽及菅茅都不如。

滮(音标)池虽然很小,北流经过丰镐之间,尚能灌溉稻田,而王之尊大(指周幽王),不能受其宠泽,抛弃于我,致使我只有啸歌伤怀,而心念念之。

樵采桑树做薪柴,是最易燃的,我竟如同守着一个无釜的空灶塘,不能以时为炊。那个不通事理的大人(指幽王),实在是让我忧劳焦心。

钟鼓在宫廷里咚锵鸣响,声闻于四方,我心里每时每刻还在惦记着他(幽王),他却将我抛得远远,不再理睬于我。

鸶鹰喜欢在渔梁子周围打转转,经常有鱼饱腹,仙鹤栖居山林,却时常忍受饥饿。然而,二者善恶清浊自当分明,可恨你这个硕人(周幽王)崇信褒姒,将我(申后)黜弃,实在是忧劳和伤害我的心啊!

鸳鸯在渔梁近旁栖居,尚知收敛其左翼,不失其常,你这个不讲良心的人啊(指幽王)德行败坏,连个鸟类都不如。

有扁平而放着的一块石头,站在上面,自然就显得卑小。这个不懂情理的人啊,能不使我生病吗?!

注:①周幽王幸褒姒,废黜申后,申后作此诗以诉内心委屈。

绵蛮①（三章）

绵蛮黄鸟,止于丘阿。道之云远,我劳如何。饮之食之,教之诲之。命彼后车,谓之载之。

绵蛮黄鸟,止于丘隅。岂敢惮行,畏不能趋。饮之食之。教之诲之。命彼后车,谓之载之。

绵蛮黄鸟,止于丘侧。岂敢惮行,畏不能极。饮之食之,教之诲之。命彼后车,谓之载之。

鸣声"绵蛮"的黄鸟,落在曲阿地方,道路很远,能不忍受劳苦吗?或饮或食,或教或诲,命令副车将所带的物品都要装载在车上。

鸣声"绵蛮"的黄鸟,飞落在一个小山丘的边隅,岂是打怵走路?

因为担心不能快跑。或饮或食,或教或诲,命令后边的副车,将所有的东西全都装好。

鸣声"绵蛮"的黄鸟,落在丘岗的侧旁。岂是打怵走路?担心不能到达目的地,或饮或食,或教或诲,命令后边的副车,将所有的东西全都装在车上。

注:①此微贱之民,劳苦而思有所寄者之诗。

瓠叶①（四章）

幡幡瓠叶,采之亨之。君子有酒,酌言尝之。
有兔斯首,炮之燔之。君子有酒,酌言献之。
有兔斯首,燔之炙之。君子有酒,酌言酢之。
有兔斯首,燔之炮之。君子有酒,酌言酬之。

瓠瓜叶子虽然很薄,采下来算不了什么,君子有酒,也要拿出来同朋友和宾客们在一起酌饮品尝。

兔子是按头来计算的,或带毛烧燎,或用火燔烤。君子有酒,把宾客们请来,在一起酌饮一番。

兔子是按头计算的,直接加火烧烤,或用木棍挑着炙烤,君子有酒,既在主人家饮过,反过来宾客又要酢谢主人。

凡是兔子,都得按头计算。或带毛烧燎,或剥皮裹物煲烧,君子有酒拿出来,带头同宾朋们在一起酌饮。

注:①此又一宴宾之诗。瓠瓜,茎叶同瓠(制瓢者)相似,长形可当蔬食。

渐渐之石①（三章）

渐渐之石,维其高矣。山川悠远,维其劳矣。武人东征,不遑朝矣。

渐渐之石,维其卒矣。山川悠远,曷其没矣?武人东征,不遑出矣。

有豕白蹢,烝涉波矣。月离于毕,俾滂沱矣。武人东征,不遑他矣。

巉岩嶙峋的山呵,高陡峻险。山川悠远,有吃不尽的劳苦,将帅领兵东征,没有朝夕之闲暇。

巉岩嶙峋的山呵,高陡峻险,山川悠远,什么时候能走到尽头,将军带兵东征,但知深入而不暇谋出。

猪常年践泥拱土,全体都是黑色,今时猪蹄子都变成了白色,因为它们竟年涉渡大河,水患之多可知。月亮远离于毕星(二十八宿之一),必将是滂沱大雨的前兆,将军领兵东征,路逢大雨,至为劳苦,哪有间暇顾及其他。

注:①此将帅领兵东征,经历险远,跋山涉水,风吹雨渍,不胜劳苦,所作之诗。渐渐之石:山势石壁悬岩高峻之貌。

苕之华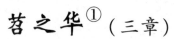（三章）

苕之华，芸其黄矣。心之忧矣，维其伤矣！
苕之华，其叶青青。知我如此，不如无生！
牂羊坟首，三星在罶。人可以食，鲜可以饱！

陵苕名紫葳，又名凌霄，它的花是黄色的，适逢周室衰微，有如苕之附物而生，虽一时荣显，为时难以久长，因此心中的忧愁积结成不尽的伤悲。

陵苕虽然开花，叶子青青，因为它附木而生，岂能久荣？早知我的处境如此，还不如无生为好哩。

母羊体瘦而头大，渔梁子上的盛鱼笱罶（北方今称"鱼穴"），因为无鱼而水自清，所以天上的三星可以直照其间。年荒饥馑之岁，人民苟且弄口饭吃罢了，很难图饱。

何草不黄①（四章）

何草不黄？何日不行？何人不将？经营四方。

何草不玄？何人不矜？哀我征夫，独为匪民。

匪兕匪虎，率彼旷野。哀我征夫，朝夕不暇。

有芃者狐，率彼幽草。有栈之车，行彼周道。

哪有不枯黄的野草，哪有一天不行军的时候？哪一个人不得紧跟队伍行走？以经治营理于四方。

哪有不衰枯变黑的草？哪个人不都是一个光棍汉？可怜我们这些征夫，无妻无室，岂不都得沦为匪民吗。

既不是犀牛，也不是老虎，整年累月在深山旷野里打转转，没有一朝一夕得以闲暇的时候。

有长着尾巴的狐狸，整年在深草丛中乱窜，有从役的栈车，穿行在故国周朝的大道之上。

注：①周室将亡，征役不息，行者苦之，故作此诗。

第五卷　大　雅

文王之什（十篇）

文王①（七章）

文王在上，于昭于天。周虽旧邦，其命维新。有周不显，帝命不时。文王陟降，在帝左右。

亹亹文王，令闻不已。陈锡哉周，侯文王孙子。文王孙子，本支百世，凡周之士，不显亦世。

世之不显，厥犹翼翼。思皇多士，生此王国。王国克生，维周之桢；济济多士，文王以宁。

穆穆文王，于缉熙敬止。假哉天命。有商孙子。商之孙子，其丽不亿。上帝既命，侯于周服。

侯服于周，天命靡常。殷士肤敏。祼将于京。厥作祼将，常服黼冔。王之荩臣。无念尔祖。

无念尔祖，聿修厥德。永言配命，自求多福。殷之未丧师，克配上帝。宜鉴于殷，骏命不易！

命之不易，无遏尔躬。宣昭义问，有虞殷自天。上天之载，无声无臭。仪刑文王，万邦作孚。

文王在上，光辉昭明于上天，周虽旧邦（自后稷始受封已千有余年），其秉承天命，却很创新（指自文王开始），周朝岂不显赫，文王既殁，而神明永存，一升一降，无时不在上帝之左右。

奋勉自强的文王，美誉传布四方，崇德敷赐予周。惟文王孙子，则使之本支百世为天子，支庶百世为诸侯，而其臣子亦世世修德与周同休戚焉。

其传世岂得不显，其谋猷皆能虔敬，美哉如此众多之贤士，生在周文王之国，文王之国培育出如此众多之贤士，则足以为周之柱梁。正是有这么众多的人才，文王才得以安享太平。

具有高深德行的文王，做事敬诚，如此天命集焉，连商朝的孙子都归附于他，即令商之子孙观之，也可以看得明白，其数不可料度，所以上帝之命，集于文王，而今皆归附于周统辖矣。

商朝的孙子，侯服侍于周，看来天运不能长久不变，殷朝的后代②，助祭于周京，尚穿着殷朝的衣服，成王不敢接受，近臣对他说：得不念及尔祖父文王之德吗？

欲念及你的祖先，在于修正自己的德行。使其所行，无不合于天理。自求多福，福皆自我取之。殷朝未失天下时，德足以支配上帝，今其子孙如此，宜借鉴于殷，天命不可易。

天地法则是不可以违背的，不要像殷纣那样自绝于天下，而要布明善誉于天下。有度殷朝之所以废兴，原因是什么？上天之事，无声无嗅，唯取法于文王，万邦信服。

注：①《吕氏春秋》说：此诗以为周公所作。朱熹说：味其辞非周公不能作也。一章言文王有显德，而上帝有成命也。二章言，天命集于文王，则不惟尊荣其身，则使其子孙百世为天子为诸侯也。三章言命周之福，不惟及其子孙，而又及群臣之后嗣也。四章言天命既绝于商，则不惟诛罚其身，又师其子孙前来臣服于周。五章言绝商之福，不惟及其子孙，而又及其群臣之后嗣也。六章言，周之子孙臣庶，当以文王为法，而以商为鉴也。七章又言当以商为鉴，而以文王为

法。其于天人之际，兴旺天理，叮宁反复，至深切矣。而立之为乐，布告天下，以戒之于后世。

②刘向说：孔子论诗至于"殷氏服敏，裸将于京"（殷朝后代穿着殷服，助祭于周京），喟然叹回：大哉天命，善不可不传于后嗣，是以富贵无常，盖伤微子（纣之叔父）之事周，而痛殷之亡也。

大明①（八章）

明明在下，赫赫在上。天难忱斯，不易维王。天位殷适，使不挟四方。

挚仲氏任，自彼殷商，来嫁于周，曰嫔于京。乃及王季，维德之行。大任有身，生此文王。

维此文王，小心翼翼。昭事上帝，聿怀多福。厥德不回，以受方国。

天监在下，有命既集。文王初载，天作之合。在洽之阳，在渭之涘。文王嘉止，大邦有子。

大邦有子，伣天之妹。文定厥祥，亲迎于渭。造舟为梁，不显其光。

有命自天，命此文王。于周于京，缵女维莘。长子维行，笃生武王。保佑命尔，燮伐大商。

殷商之旅，其会如林。矢于牧野，维予侯兴。上帝临女，无贰尔心。

牧野洋洋，檀车煌煌，驷𬳶彭彭。维师尚父，时维鹰扬。凉彼武王，肆伐大商，会朝清明。

在下者有明明之德，在上者，有赫赫之命。此虽属天道，也难以为信，可见为君也诚所不易啊！天位本来应该是殷朝的后续子孙继承，但是事实上，他们却不得挟持四方而有天下了。

挚国有一位姓任名仲的女子，她本是殷商的诸侯国之女，从殷商来嫁于周，同王季结为夫妻，因为她有着很高的德行，遂之怀揣有孕，乃生文王。后尊称为太任。

维此文王，自幼聪敏，做事小心谨信，盛德昭明上帝，怀敬多福，崇正不邪，因此，四方之国，齐来归附。

上天监视在下，其命既集于周，故文王初年，是上天默作其配，在洽水②的北岸，在渭水边上，文王结婚的时候，是大邦莘国一位贤淑的姑娘太姒嫁给他的。

大邦莘国贤淑美貌的姑娘太姒，经过文礼推定，选择良辰吉日，文王来到渭水边上迎亲。特地在河上搭了浮桥，以显光辉荣耀。

是上天传下命令：上天笃厚于你，莘国长女太姒配嫁于你，遂生武王。保佑他很好地成长，以便协力讨伐大商。

殷商的兵力，集聚如树林，布排在牧野地方，我方的兵力，则有兴起之势，连上帝都临阵督战，鼓励武王：你只管领兵向纣军冲杀，胜利在望，不要有别的考虑。

宽广的牧野摆开战场，用坚硬的檀木制成的战车。一辆接一辆，各色的战马，驰骋昂扬，姜太公尚父是作战的总指挥，如雄鹰般在展翅飞翔。英勇的武王布阵杀敌，终将商纣诛灭，天地浑浊，从此四方清明。

注：①此诗名义，见《小雅·小旻》篇。此诗亦周公诫成王之诗。一章言天命无常，唯德是宗；二章言王季大任之德；三章言文王之德；四章五章六章言文王太姒之德，以及武王；七章武王伐纣；八章武王克商以终首章之意。

①洽，此处音合，水名，在陕西郃阳县，入黄河，即今之金水。

绵①（九章）

绵绵瓜瓞。民之初生，自土沮漆。古公亶父，陶复陶穴，未有家室。

古公亶父，来朝走马。率西水浒，至于岐下。爰及姜女，聿来胥宇。

周原膴膴，堇荼如饴。爰始爰谋，爰契我龟，曰止曰时，筑室于兹。

乃慰乃止，乃左乃右，乃疆乃理，乃宣乃亩。自西徂东，周爰执事。

乃召司空，乃召司徒，俾立室家。其绳则直，缩版以载，作庙翼翼。

捄之陾陾，度之薨薨，筑之登登，削屡冯冯。百堵皆兴，鼛鼓弗胜。

乃立皋门，皋门有伉。乃立应门，应门将将。乃立冢土，戎丑攸行。

肆不殄厥愠，亦不陨厥问。柞棫拔矣，行道兑矣。混夷駾矣，维其喙矣！

虞芮质厥成，文王蹶厥生。予曰有疏附，予曰有先后。予曰有奔奏，予曰有御侮！

瓜瓞绵绵延续不绝，好比周人初始，居住在漆沮②地方，古公亶父，后来追称太王，系文王之父，栖居在土窑洞里，未有家室。

古公亶父，原居住在邠地③，因狄人入侵，即是给他皮帛珠玉，他们也不肯，目的就是要侵占土地，后来太公沿着漆沮之水迁居岐山之下④，娶妻姜女，重立家园，民众相随纷纷来居。

周既迁于岐山之下，原野广阔肥美，旱芹、苦菜生长苗茂，其甘如饴。于是开始与邠（幽）地来此之民商量议定，并用龟筮占卜得出吉兆，可以在此久居，遂开始筑室于此地。

心里得到安慰，也就决定来此扎根了。乃左乃右，划定疆界，布整街道，挖出沟洫，以利排水，开垦土地进行耕植，自西往东，遂乃万事开始统理。

所有行政事务，皆命令司空去管理，有关徒役之事，由司徒来掌管，率领民众，开始建立家园。掌绳的主管统一规划丈量取直，束板的，垒土以成墙壁，先筑宗庙，如鸟翼翼，次筑马厩、库房，最后架构居舍。

盛土器里，泥土装得满满的，投土与夹板的喊着号子在忙碌，泥土夯得噔噔结实，然后切削得十分顺直光平，五版为堵，上百堵墙，全部构筑起来，于是助兴庆功的鼓声不停地响了起来。

乃立皋门（王之郭门），郭门很高，再立正门，正门名为"应门"，很是严庄，应门之内，再立"冢土"，名为大社，土神之庙，普通民众，必有大事，乃可出入。

大王之时，虽不能断绝混夷之愠怒，亦不能陨坠自己的声誉，盖虽圣贤，不能阻止人之怒己。太王始至岐山之时，林木深阻，人物鲜少，至于其后，生齿渐繁，归附日众，木拔道通，混居的夷狄，也畏服了，口也不再敢胡言乱语了。因德盛自服，遂之也进入了文王之时代。

虞芮两国争夺土地，来质其讼，终有所成⑤，文王动作急遽而迅疾，因诗人自谓曰：率下亲上叫"疏附"，行走同一条道路分别"先后"，喻德宣誉曰"奔奏"。武臣折冲曰"御侮"。

注:①此亦周公戒成王之诗。

②漆沮,二水名,漆水源出山西同官县,西南流至耀县合沮水谓石川河,东南人渭。

③邠,同豳,周太王所居之地,今为山西邠县。

④岐山,周太王自邠迁至岐山之下。今陕西岐山县。

⑤虞国,地在今山西省平陆县,芮国即今山西省芮城县境。《左传》曰虞芮二君争田,久而不平,因相与朝周,入其境,则耕者让畔,行者让路。入其邑,则男女异路。斑白者,不提挈。入其朝,则士让大夫,大夫让为卿,二国之君感而相谓曰:我等小人不可以履君子之境,乃相让以其所争田为闲田而退。天下闻之而来归者四十余国。

棫朴(五章)

芃芃棫朴,薪之槱之。济济辟王,左右趣之。
济济辟王,左右奉璋。奉璋峨峨,髦士攸宜。
淠彼泾舟,烝徒楫之。周王于迈,六师及之。
倬彼云汉,为章于天。周王寿考,遐不作人。
追琢其章,金玉其相。勉勉我王,纲纪四方。

茂盛的棫樱①树,繁密丛生,根系盘结,济济如同文王,其德盛,左右皆趋附于他。

民众济济簇拥文王,诸臣助之。以奉珪璋(玉制勺形酒器)祭酒,其仪式盛壮峨峨,气质俊美。

船进行在泾水之上,众多水手争相划棹,周王出行,六师簇拥,民归其德,不令而从。

高远广大的天河,在箕斗二星之间,文章广布于上天,周文王高寿九十七岁而终,谁能比得上此人?!

雕之琢之,美其文者至矣,金之玉之,美其质至矣。勤勉不息的文王,为四方做出循纲守纪的榜样。

注:①棫朴,茂密丛生的一种灌木。一名白桵,丛生灌木,茎叶多细刺,黄花黑实。

旱麓①（六章）

瞻彼旱麓,榛楛济济。岂弟君子,干禄岂弟。
瑟彼玉瓒,黄流在中。岂弟君子,福禄攸降。
鸢飞戾天,鱼跃于渊。岂弟君子,遐不作人?
清酒既载,骍牡既备。以享以祀,以介景福。
瑟彼柞棫,民所燎矣。岂弟君子,神所劳矣。
莫莫葛藟,施于条枚。岂弟君子,求福不回。

看那旱山的山根上,榛树楛②树长得密密麻麻,那个最值得称颂的君子——文王,求禄也很有道,尊让不争,保持和乐。

缜密结实的玉瓒(盛酒器),则必有佳酿黄流为其盛装,和乐而有尚德的君子——文王,则必福禄双降。

鸢鹰飞接上天,鱼踊跃于深渊之中,自由自在,毫不费力,和乐而有崇高德行的君子,岂不是很顺畅地做人吗!

诗经试译

清酒既已斟满酒杯,祭祀用雄性赤色的牲禽已备,盛德君子,献享祭祀,必受大福。

那密生的柞械,民众砍来以做炊餐之用,和乐有盛德的君子,却能付出劳动,剔除树旁杂草,抚育树木生长。

长得茂盛的葛藟,盘旋在树木的枝杈之上,和乐有盛德的君子,求福绝不走邪辟之道。

注:①旱麓:旱,山名,麓,山下坡或言山根。
②楛,音胡,木名似荆,榦赤,古以为箭竿——楛矢,今有考据释为桦木者。

思齐①（五章）

思齐大任,文王之母,思媚周姜,京室之妇。大姒嗣徽音,则百斯男。

惠于宗公,神罔时怨,神罔时恫。刑于寡妻,至于兄弟,以御于家邦。

雍雍在宫,肃肃在庙。不显亦临,无射亦保。

肆戎疾不殄,烈假不瑕。不闻亦式,不谏亦入。

肆成人有德,小子有造。古之人无斁,誉髦斯士。

令人思慕敬仰居于大任的,正是文王的母亲,她是一位能媚爱于周的姜姓妇女,称得起为周国京室之妇。至于太姒是文王之妻,又能继承婆母的美德之音,且子孙众多。

文王敬顺于先公,连鬼神都歆享其气而无怨恕者,仪法施于闺门,乃至于兄弟,以至于治理其家邦。(孔子曰:"家齐而后国治"。此之谓也)。

文王在宫门之内,极其雍和,在宗庙之中,又很是庄肃诚敬。虽常不显,而有如其临。虽不用刑,而民竟有所循守。

文王之德如此,故临大难而不殄殆(如因于羑里,却藉以演著《周易》,猃狁犯境,自可摈逐,皆不殄)。光大而无瑕缺,虽遇事无所前闻,然处置皆合乎法式,处事虽无谏诤之者,事情未曾不处理得入理得体。所谓天合者适也。

一时人才皆有所成,都是由于文王之高德使焉。古之人无有厌倦之事,故令为士,皆有誉于天下,获此俊乂之美。

注:①思齐:思与所齐。孔子曰:"见贤思齐焉"同义。

皇矣①(八章)

皇矣上帝,临下有赫。监观四方,求民之莫。维此二国,其政不获。维彼四国,爰究爰度。上帝耆之,憎其式廓。乃眷西顾,此维与宅。

作之屏之,其菑其翳。修之平之,其灌其栵。启之辟之,其柽其椐。攘之剔之,其檿其柘。帝迁明德,串夷载路。天立厥配,受命既固。

帝省其山,柞棫斯拔,松柏斯兑。帝作邦作对,自大伯王季。维此王季,因心则友。则友其兄,则笃其庆,载锡之光。受禄无丧,奄有四方。

维此王季，帝度其心。貊其德音，其德克明。克明克类，克长克君。王此大邦，克顺克比。比于文王，其德靡悔。既受帝祉，施于孙子。

帝谓文王：无然畔援，无然歆羡，诞先登于岸。密人不恭，敢距大邦，侵阮徂共。王赫斯怒，爰整其旅，以按徂旅。以笃周祜，以对于天下。

依其在京，侵自阮疆。陟我高冈，无矢我陵。我陵我阿，我饮我泉，我泉我池。度其鲜原，居岐之阳，在渭之将。万邦之方，下民之王。

帝谓文王：予怀明德，不大声以色，不长夏以革。不识不知，顺帝之则。帝谓文王：询尔仇方，同尔兄弟。以尔钩援，与尔临冲，以伐崇墉。

临冲闲闲，崇墉言言。执讯连连，攸馘安安。是类是祃，是致是附，四方以无侮。临冲茀茀，崇墉仡仡。是伐是肆，是绝是忽。四方以无拂。

伟大的上帝，威明照于四方，但求民之安定。因为二国（夏、商）失道而覆殁，唯赖四方之国，究寻度谋，伐密、伐崇②，上帝使其疆域增大规模，乃眷有西土岐周之地，为大王提供了居宅之区。

清除杂树以及枯腐的站杆倒木，修治翻刨与平整土地。将丛生的灌木怪柳之类剔除，让檿柘③之木因为其材可用，叶可养蚕，使其很好地成长。上帝迁明德之君如此，窜入之夷狄皆退。上天配以贤妃太姜助之。因此人物渐盛，承受天命，得以稳固。

帝视察山野，见柞棫④已拔，松柏自现。帝治理邦国，必置贤君以嗣其业。从他生养太伯、王季之后，即已定矣，王季又生文王，已知天命所在，因太伯适吴不返，及太王没，国传于王季，王季疑太伯之不友,因持友其兄,以厚太伯之德,庆周室庆让之光。受禄无丧,至于文王,乃奄有四方。

唯此王季,上帝揣度其有制义之心,其德能明察是非,辨别善恶,教诲不倦,偿不僭假,刑不滥则,因此有威,顺和遍服,上下相亲。至于文王,其德无悔,既受帝福,延传子孙。

受天命之文王,不可离叛,不能攀缘,不能肆情徇物以歆羡。道路行至极尽即到达岸边。密人不恭,敢兴师旅以侵阮⑤,前军已行至共地。文王恼怒,遂带兵前往遏伐其众,以厚周家之福,以顺应天下人之心。

文王安然在周国的京城,忽报来自阮国边疆地方出兵侵密。所陟之岗,即为我岗,来人不敢陈兵于陵,我饮我泉,我泉我池,遇事观测地形,此地缺少原野,遂迁于岐山的南坡,靠近渭水的岸边。乃成万邦之一方下民的君王。

上帝眷念文王,是唯一明德之君,不暴著其形迹,不自作聪明,以顺天理。上帝遂命文王,博采众论,询清你真正的仇敌,协同你的兄弟之国,带着云梯,冲车以攻伐崇侯虎⑥的守城。

攻城的军士,临近冲要之地时,动作缓缓不露声息,崇侯虎的城墙很是高大,将其抓捕之后,连续不断地执讯于他,将他的耳朵稳稳当当地割将下来,以祭上帝,并至所征之地以祀始造军法者,即黄帝蚩尤是也,致其至也,使之来附。崇侯虎的城墙,很是坚壮,是征伐,是放纵,是绝是灭,四面八方无不顺从⑨。

注:①朱熹言:此诗一章、二章言天命文王,三章、四章言天命王季,五章、六章言天命文王伐密,七章八章言文王伐崇。

②密,崇,二国名,密,密须氏,姞姓之国,在今宁州。崇,古国名,在今陕西鄠县。

③檿音厌,山桑,叶可喂蚕,干可制弓。柘,音蔗,树名,叶子喂蚕,果似桑葚而圆。

④椒，音玉，丛生灌木，一名白樱，丛生灌木，茎叶多细刺，生华北。

⑤阮，国名，在今泾州共池。

⑥崇侯虎，《史记》言，崇侯虎谮西伯（周文王）于纣，纣囚西伯于羑里，西伯之臣闳夭之徒，求美女奇物善马以献纣，乃赦西伯，赐之弓矢铁钺得专征伐，曰，谮西伯者崇侯虎也，西伯归，三年伐崇侯虎而作："丰邑"。

⑦春秋传言：文王伐崇，三旬不降，退修教而复伐之，因垒而降。言之王伐崇之初，缓攻徐战，告祀群神，以至附来者，而四方无不威服，及终不服，则纵兵以灭之，则四方无不顺从。其初非力不足，非示之弱，将以执附而舍也，及其终不下而肆之，则天诛之而不可留，罪人不可以不得也，此所谓文王之师也。

灵台①（四章）

经始灵台，经之营之。庶民攻之，不日成之。经始勿亟，庶民子来。

王在灵囿，麀鹿攸伏。麀鹿濯濯，白鸟翯翯。王在灵沼，于牣鱼跃。

虡业维枞，贲鼓维镛。于论鼓钟，于乐辟雍。

于论鼓钟，于乐辟雍。鼍鼓逢逢。矇瞍奏公。

为文王修筑灵台，因为屹然神速而立，故曰灵台，经始营理，民众投入工程建设，为时不多，即已建成。文王历来唯恐烦民，责令勿急，而百姓却如对待父亲一样欢欢喜喜地投入劳事。

文王灵台旁边，还建有一处动物园，一头头大公鹿，安然地卧在那里，身体饲喂得很是肥壮，白色的仙鹤、鹭鸶、白鹳等，羽毛洁白闪亮，囿旁还有灵沼，里面养着满满的鱼，不时地在水面上跳跃。

埋上高大的木桩以悬钟磬，横木为绿色，下有大板，上刻有牙樺如锯齿，下置大鼓大钟，天子行礼之处，其乐水漩如璧，以节观者，故曰辟雍。

无论鼓钟，天子行大礼之时，其乐以水旋如璧，以节观者，鼍鼓嘭嘭，而能如古之乐师瞽瞍奏乐以知其事。

注：①古之建台，所以览象察祥祲，观游，节劳者。灵台颂文王之台为神灵之台。朱熹注云：前二章言文王有台池鸟兽之乐，后二章言文王有钟鼓之乐。

下武①（六章）

下武维周，世有哲王。三后在天，王配于京。
王配于京，世德作求。永言配命，成王之孚。
成王之孚，下土之式。永言孝思，孝思维则。
媚兹一人，应侯顺德。永言孝思，昭哉嗣服。
昭兹来许，绳其祖武。于万斯年，受天之祜。
受天之祜，四方来贺。于万斯年，不遐有佐。

文王武王，开创了周朝，世代都有明哲的圣王，三后即大王、王季、文王，他们既殁，其精神德配于天，武王承继其续，居于镐京②。

武王既配于京，祖德是其所求，承绪配命。能成王者之信守于天下。

能成王者之信守，即为下民做出法式，考思永远不忘，考思就是维系王业的法则。

— 298 —

天下之人，能媚爱武王一个人为天子，而应对他的只有顺德，永远追求孝道，已昭明他可以长久地继承先王之事业。

武王之昭明如此，能以祖武之道为绳墨，过上一万年，也能受上天的祜佑。

受上天的祜佑，四方来贺。于此过一万年，岂不也有佐助的吗！

注：①朱熹言："下武"不解，疑为"文武"。
②镐京：周武王所都，在今陕西省长安县西南。

文王有声①（八章）

文王有声，遹骏有声。遹求厥宁，遹观厥成。文王烝哉！

文王受命，有此武功。既伐于崇，作邑于丰。文王烝哉！

筑城伊淢，作丰伊匹。匪棘其欲，遹追来孝。王后烝哉！

王公伊濯，维丰之垣。四方攸同，王后维翰。王后烝哉！

丰水东注，维禹之绩。四方攸同，皇王维辟。皇王烝哉！

镐京辟雍，自西自东，自南自北，无思不服。皇王烝哉！

考卜维王，宅是镐京。维龟正之，武王成之。武王烝哉！

丰水有芑,武王岂不仕? 诒厥孙谋,以燕翼子。武王
烝哉!

文王有声,实则大乎其有声,为求天下之安宁,要看他的成功,文
王称得起为圣明的君王。

文王受命,有此武功,既然将崇国平定,而后迁京于丰②,文王称
得起为圣明的君王。

文王既迁于丰,因旧有城壕,不作大的伸张,略微修整一下即为
邑居。既不够大,又不急成。追念先人之孝,以致其孝。王后也很
圣明。

王之功显著,还在于他指挥修筑的丰邑城墙。四方来归,此中也
有王后的助谋,王后也很了不起。

丰水东流,过丰邑之东面注入渭河,而后才流入黄河,这其中也
有昔时夏禹的功绩。四方得以归顺一起。武王来作镐京,武王也伟
大圣明。

镐京开辟水泽通道自西,自东,自南,自北③,无一个方策百姓不
心服口服,武王也很伟大圣明。

考察卜算,以迁都至镐,是武王的决策。用龟卜以证明之,这是
武王完成的,武王很是圣明。

丰水边上长着茂盛的芑草④,武王做事,哪能不从长远考虑,诒厥
孙谋,为子孙后代求得安泰。武王圣明伟大。

注:①朱熹注言:此以上概非文王,武王所作诗,而系周公成王以后述之诗。
②丰,又作酆,周文王所都,今陕西鄠县(鄠已简作户)。
③说明国家自后稷居邰——今陕西武功,公刘居豳,今陕西邠县,周大王邑
岐——今陕西岐山县,周文王自邠迁丰,至武王迁于镐(今陕西长安县)。
④芑,音起,草名。即苣荬菜。

生民之什（十篇）

生民^①（八章）

厥初生民，时维姜嫄。生民如何？克禋克祀，以弗无子。履帝武敏歆，攸介攸止，载震载夙。载生载育，时维后稷。

诞弥厥月，先生如达。不坼不副，无菑无害，以赫厥灵。上帝不宁，不康禋祀，居然生子。

诞寘之隘巷，牛羊腓字之。诞寘之平林，会伐平林。诞寘之寒冰，鸟覆翼之。鸟乃去矣，后稷呱矣。实覃实讦，厥声载路。

诞实匍匐，克岐克嶷，以就口食。蓺之荏菽，荏菽旆旆。禾役穟穟，麻麦幪幪，瓜瓞唪唪。

诞后稷之穑，有相之道。茀厥丰草，种之黄茂。实方实苞，实种实褎。实发实秀，实坚实好。实颖实栗，即有邰家室。

诞降嘉种，维秬维秠，维穈维芑。恒之秬秠，是获是亩。恒之穈芑，是任是负，以归肇祀。

诞我祀如何？或舂或揄，或簸或蹂。释之叟叟，烝之浮浮。载谋载惟，取萧祭脂。取羝以軷，载燔载烈，以兴嗣岁。

卬盛于豆，于豆于登，其香始升。上帝居歆，胡臭亶时。后稷肇祀，庶无罪悔，以迄于今。

周人的祖根，最早应追溯到姜嫄那里，她是炎帝神农氏之后，姓姜，有邰氏之女，高辛氏之妃。她为人十分精诚，祭祀认真，因为无子，帝俱太牢至于郊野，以祭，率领九嫔，带以弓矢，姜嫄至其地见有一巨人足迹，适履其上，心里忽然有所欣幸之感，遂怀揣有孕，乃生后稷。

到了十月之期，孩子出生，犹如一只小羊，没有给母亲带来撕裂之苦，赫然显其似有神灵之气，对于上帝不也是安宁吗？郊祭肯定也产生效应，居然顺顺当当诞生后稷这么一个好孩子！

诞生之初，是在一个狭隘的巷子里，像庇护牛羊的围栏，被伐木之人收去，诞生的当时，正是冰雪之季，鸟用翅膀为他遮覆取暖，后来鸟儿飞去，后稷呱呱哭泣，而且哭声越来越大，无人道而生子，令人惊异，或以为不祥，故弃之，后来被人收养。

初生的孩子，很快就能匍匐，渐至会伸胳膊蹬腿，慢慢地自己可以抓吃食物，到了六七岁时，就对种植谷豆麦麻产生了兴趣，他培植的作物苗壮茂盛，长得密密实实，籽粒也很饱满，他栽植的大小瓜类，也长得十分成实。

从后稷耕植有了收获，人们都去帮忙，铲除芜盛的杂草，播种上良好的谷种，禾苗长势肥壮，籽粒饱满，年年都取得丰收，后稷之于农事积累了不少的经验，有功于民，因而受到帝尧的封赏，命他为农师，居于邰地（今陕西武功县），以主母亲姜嫄之祀，所以周人世祀姜嫄。

后稷培育出新的良种，一是秬，又名黑黍；再一种是秠，又名赤苗谷；第三是芑，又叫白粱粟。主要是种植黑黍和一稃二米的白粱粟，收获之后,背负积垛在田亩上,脱粒,肩负以归,首先供祭先祖,因后稷被受命为国之祭主,又誉为"肇祀"。

如何进行祭祀,将谷物捣舂揉搓成米,簸除糠秕,倒米声音叟叟,簸米之声浮浮,随后筹谋制备庶馐,宰牲蒸煮烧烤,举行年祭,并燃烧羊肠之脂,祭祀行道之神。除旧布新,以迎来岁。

用木盘盛装全牲肉食,或用瓦器盛装羹汤,其香味开始升腾,上帝安和以飨之,其鲜美得其应时。祭祀从后稷开始,兢兢业业,周人世代相承,盖无罪悔,以迄于今。

注:①此诗盖言姜嫄出世,又生后稷,兴农植谷,此乃周代先祖发端。带有神话传说韵味。

行苇^①(四章)

敦彼行苇,牛羊勿践履。方苞方体,维叶泥泥。戚戚兄弟,莫远具尔。或肆之筵,或授之几。

肆筵设席,授几有缉御。或献或酢,洗爵奠斝。醓醢以荐,或燔或炙。嘉肴脾臄,或歌或咢。

敦弓既坚,四鍭既钧,舍矢既均,序宾以贤。敦弓既句,既挟四鍭。四鍭如树,序宾以不侮。

曾孙维主,酒醴维醹,酌以大斗,以祈黄耇。黄耇台背,以引以翼。寿考维祺,以介景福。

丛生在行道上的苇苗呀,别让牛羊给践踏了,甲苞尚未拆裂,叶子还很柔嫩，经不起碰动。相亲相爱的兄弟，不要向远，或摆设酒宴，以欢以娱，或设之几案，以为凭倚。

设置筵席，招待宾客，相聚献酬，饮食歌乐，配有相当的服务人员，或主人献酬，或客人谢酢，主人再次洗爵晋献，客人受而不举，乃奠献于地，切成块状的肉，或剁成肉酱，或煎煮，或烧烤，佳美肉食，应有尽有，琴瑟歌舞，击鼓助兴。

雕弓劲坚，四支箭镞，既装既均，箭发已中，凡发箭多中，敦弓既满，四只金镞尽释，如手就树，贯革坚正，射中者多，即不为悔。

曾孙是主祭者的代称，果酒很醇厚，用大斗喝酒，以敬老者，大老背有鲐纹，向前进有如生了双翼，寿高祺福，以祝大福！

注：此诗以爱护行道上的初生苇苗，喻兄弟和乐，设置酒宴，烹制佳肴。迎宾送客，琴瑟歌舞，击鼓助兴，弯弓射箭，祝酒敬老，盖言周天子门下兄弟老幼的和乐生活。

既醉（八章）

既醉以酒，既饱以德。君子万年，介尔景福。
既醉以酒，尔肴既将。君子万年，介尔昭明。
昭明有融，高朗令终，令终有俶。公尸嘉告。
其告维何？笾豆静嘉。朋友攸摄，摄以威仪。
威仪孔时，君子有孝子。孝子不匮，永锡尔类。
其类维何？室家之壸。君子万年，永锡祚胤。
其胤维何？天被尔禄。君子万年，景命有仆。

其仆维何？釐尔女士。釐尔女士，从以孙子。

既然酒已喝醉，既然饱受了恩惠，王寿万年，皆赖于他的福啊！

既然饱尝了酒兴，你备置的各种佳肴均已尝遍，君王寿长万年，您的光辉昭明辉煌。

昭明既盛，虚明善终，善终善始，嘉告四方。

他告知的是什么事呢？祭器要洁净完好，朋友在一起相持佐时，也都很有威仪。

威仪既得其时，主人能孝，其子必不匮孝心，祭祀举奠，永远承袭你的身教言传。

他是属于哪一类的，有如家室之中有巷，深远而严肃，君王高德万年，子孙永远承续不断。

他的子孙怎样？当使他承袭上天赐给的俸禄，君王福寿万年，大福的命运，有如跟随在你身边的奴仆。

你的仆从若何？将降福于女士，降福于女士，遂将必然生养出贤孝子孙。

凫鹥^①（五章）

凫鹥在泾，公尸来燕来宁。尔酒既清，尔肴既馨。公尸燕饮，福禄来成。

凫鹥在沙，公尸来燕来宜。尔酒既多，尔肴既嘉。公尸燕饮，福禄来为。

凫鹥在渚，公尸来燕来处。尔酒既湑，尔肴伊脯。公尸燕饮,福禄来下。

兔鹥在渚,公尸来燕来宗,既燕于宗,福禄攸降。公尸
燕饮,福禄来崇。

兔鹥在亹,公尸来止熏熏。旨酒欣欣,燔炙芬芬。公尸
燕饮,无有后艰。

野鸭子、鸥鸟在泾河上嬉游,主人主持宴会很是安宁,你的酒既
已酿成滤清,你备置的佳肴正散发着醇美的香味,主人主持宴饮,福
禄来成全我们。

野鸭子、鸥鸟相聚在沙渚之上,主人主持筵席,来得正相宜,你准
备的酒既然很多,你办置的名菜佳肴很是嘉尚,主人主持宴饮,福禄
都来相助。

野鸭子、鸥鸟在洲渚上聚嬉,主人在办置宴席,就在你的居处,你
的酒既然甘醇,你备置的菜肴全都是肉脯,主人宴飨亲友,福禄随之
来降。

野鸭子、鸥鸟在河湾里嬉游,主人备置宴席,是在尊祖敬宗祭祀
先祖的基础上进行的。既宴于宗庙,福禄随之而降,主人主持宴会,
福禄必将累积高大。

野鸭子、鸥鸟在水流峡谷的河道上嬉游,宴会结束之后,宾主来
至河边止步游赏,和乐亲悦,酒肉虽已用过,但给人们留下的仍是芬
芳、醇香。主人主持饮宴,没有留下任何一点艰难。

注:兔:音浮;野鸭;鹥:音亦,鸥鸟,白鸥、海鸥皆是。

假乐 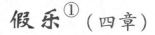（四章）

假乐君子，显显令德，宜民宜人。受禄于天，保右命之，自天申之。

干禄百福，子孙千亿。穆穆皇皇，宜君宜王。不愆不忘，率由旧章。

威仪抑抑，德音秩秩。无怨无恶，率由群匹。受福无疆，四方之纲。

之纲之纪，燕及朋友。百辟卿士，媚于天子。不解于位，民之攸墍。

嘉美的君王，有着崇高的声望和德性，能深切关心百姓，爱护人民，受禄于天，上天必保佑你。

王者亲自干问关切下属的俸禄，必获百福，因其子孙之蕃盛，敬且美好，没有过错，一切都本诸既有的章法。

威仪缜密，声誉和德行自然能服众望，无有怨恨，无有痛恶，一概与民众混同一体，受福无边，成为四面八方民众的首领。

纲领和纪律，它是牵领诸侯和臣下尽职尽责安定团结的动力，卿士臣属，尊敬天子，不懈怠于自己的职位，努力去干事，民众才得以安和宁息。

注：①假乐：嘉乐之意。

公刘①（六章）

　　笃公刘，匪居匪康。乃场乃疆，乃积乃仓；乃裹糇粮，于橐于囊。思辑用光，弓矢斯张；干戈戚扬，爰方启行。

　　笃公刘，于胥斯原。既庶既繁，既顺乃宣，而无永叹。陟则在巘，复降在原。何以舟之？维玉及瑶，鞞琫容刀。

　　笃公刘，逝彼百泉。瞻彼溥原，乃陟南冈。乃觏于京，京师之野。于时处处，于时庐旅，于时言言，于时语语。

　　笃公刘，于京斯依。跄跄济济，俾筵俾几。既登乃依，乃造其曹。执豕于牢，酌之用匏。食之饮之，君之宗之。

　　笃公刘，既溥既长。既景乃冈，相其阴阳，观其流泉。其军三单，度其隰原。彻田为粮，度其夕阳。豳居允荒。

　　笃公刘，于豳斯馆。涉渭为乱，取厉取锻，止基乃理。爰众爰有，夹其皇涧。溯其过涧。止旅乃密，芮鞫之即。

　　厚重仁德的公刘，其在西戎，经治其国家不敢贪图安闲，开发理治田畴，发展农业生产，粮食连年获得丰收，积垛在一起，或装储在粮仓，或随时加工成干粮，或装在无底的褡囤或口袋，辑和其人民，光耀其国家，弓矢斧钺齐备，武力增强，于是启行而迁都于豳。

　　笃厚的公刘，迁到豳地这片原野之上，人口逐渐繁密，人民过着安居乐业的生活，从无怨叹之事发生，往高处走，前边有壁立的陡岩，往低处走，则是一马平川。公刘佩戴着镶有玉及瑶柄的宝刀，装在鞞

诗经试译

瑓②的刀鞘之中,行走在崎岖不平的山野,安抚着劳苦民众。

厚重安和的公刘,为了营筑邑居,也就是建设京师之地,亲往百泉去观察广阔的原野,登上南岗,向下望去便是京城。京城之中,处处都建造起房屋,还有行旅居住的庐舍。于是想说的话,你只管说吧,难以说的话,也自管说吧,总之京城是建设起来了。

笃厚的公刘,京城宫室建成,设宴慰劳群臣,同时祭祀宗庙,人们相聚济济跄跄,围着几案,依次就座,猪肉都是在圈里喂养成,现杀的。喝酒用葫芦瓢以当酒杯,以示简朴,一面就食,一边饮酒。劳群臣君宴飨之,以整属其民,上则皆统于君,下则各统于宗庙。

笃厚的公刘,既然领导民众开辟荒原宽广而绵长,考察日景,以正四方,登临高岗,视其向背寒暖,观其流泉,其军三单③以兴灌溉之利,度量原野或是隰地,依据彻助之法——即井田法,以定缴收其公粮,调查山西坡土地很多,且很肥沃,因此迁来豳地居住的人越来越多。

笃厚的公刘,其未定居之时,豳地还是客舍,涉渭水而横渡者繁乱,取砥石来锻铁而成为宫室,于是就定居于此。遂之疆理其田野,人口随之日益众多,而且生产日益富有。居地既有夹涧者,也有溯涧者,来此止居的人日益增多,随之向着芮鞠之地以居焉④,豳地日益扩大。

注:①此诗,旧言以周朝召康公,成王将莅政时,当警戒其为民事,所以引公刘之事以告之。公刘:后稷之曾孙(姜嫄之子,后稷)。

②鞞音必,刀鞘;瑓音奉,刀鞘上的玉饰。

③"其军三单"是《诗经·公刘》第五章中原话,朱熹不解其意故依然存之,不敢乱言。

④芮:音垒,今山西芮城县一带。

泂酌①（三章）

泂酌彼行潦，挹彼注兹，可以饙饎。岂弟君子，民之父母。

泂酌彼行潦，挹彼注兹，可以濯罍。岂弟君子，民之攸归。

泂酌彼行潦，挹彼注兹，可以濯溉。岂弟君子，民之攸塈。

远处行道上积潴的水潦②把它提回来，可以煮饭办置酒食，那个教民爱民的君王，称得起为民之父母。

远处行道上哪滩积水，从那里提回来，倒在这里可以濯洗酒杯，那个教民爱民的君王，民众一心一意地服从他的领导。

远处行道上，流动的积水，从那里提回来，注到这里，可以洗涤或浇灌禾蔬，那个教民爱民的君王，民众能得到很好的休养生息。

注：①此诗传为周初召康公戒成王作的诗。泂音迥，远处之意。
②行潦：行道上积存流动的水汪或水潭。

卷阿①（十章）

有卷者阿，飘风自南。岂弟君子，来游来歌，以矢其音。

伴奂尔游矣，优游尔休矣。岂弟君子，俾尔弥尔性，似先公酋矣。

尔土宇昄章，亦孔之厚矣。岂弟君子，俾尔弥尔性，百神尔主矣。

尔受命长矣，茀禄尔康矣。岂弟君子，俾尔弥尔性，纯嘏尔常矣。

有冯有翼，有孝有德，以引以翼。岂弟君子，四方为则。

颙颙卬卬，如圭如璋，令闻令望。岂弟君子，四方为纲。

凤凰于飞，翙翙其羽，亦集爰止。蔼蔼王多吉士，维君子使，媚于天子。

凤凰于飞，翙翙其羽，亦傅于天。蔼蔼王多吉人，维君子命，媚于庶人。

凤凰鸣矣，于彼高冈。梧桐生矣，于彼朝阳。菶菶萋萋，雍雍喈喈。

君子之车，既庶且多。君子之马，既闲且驰。矢诗不多，维以遂歌。

弯曲的大岭，飘拂的大风从南面吹来，教民爱民的君王前来游赏并唱着歌，以抒发着他的心音。

你既然伴奂自得的优游,告知你必然是一个长寿的人,最后必定要善始善终。教民爱民的君王,你要安定你的性情,肯定会像先公一样的善始善终。

你的土地跨越空间版图,很是丰厚,你这教民爱民的君王,你只要安定你的性情,当为天地山川鬼神之主。

你受命已经历了很长的时间,你这个教民爱民的君王,只要安定你的性情,纯正的瑕福,保定你久远幸享。

你有所凭依,有辅佐你的羽翼,有孝有德,是援引你前进的动力,教民爱民的君王,四面八方皆以你为准则。

颙颙卬卬②,那样严肃,像王者封赏珪璋③那样纯洁,你享受着崇高的美誉和声望,教民爱民的君王,四面八方都以你为孝德之纲。

凤凰将要飞翔的时候,刷刷地扇动着翅膀,至其所当止处降落,蔼蔼众多的吉士④,唯有君王所驱使,亲媚于天子。

凤凰飞翔的时候,翩翩扇动着翅膀,近辅于上天,君王拥有那么多的吉人,唯有听命于君王,然而君王也正是在媚爱其庶民。

凤凰鸣叫了,在那高岗之上,梧桐树已成长起来,在那山的东坡向阳的地方,长势挺拔苍翠,凤凰鸣叫起来,雍雍喈喈⑤,声音是那样悦耳和谐。

君王的车辆既大且多,君王的马既闲习且善跑。收纳天下贤者不厌其多,伴随君王一起唱起升平的凯歌。

注:①此诗传为周初召康公所作,疑召康公从成王游于卷阿之上,因王为歌,以为戒。卷阿:卷曲绵延。阿:高低不平的大陵山坡。

②颙颙卬卬:读容容昂昂。庄肃貌。

③珪璋:读归章。珪,古代诸侯见君王手持一种玉石;璋,形状似半个珪。

④吉士:有才智德行为君王驱使效力的人,如今时之国家公务人员。

⑤雍雍喈喈:读戎戎皆皆,凤凰和谐的鸣叫。

民劳^①（五章）

民亦劳止，汔可小康。惠此中国，以绥四方。无纵诡随，以谨无良。式遏寇虐，憯不畏明。柔远能迩，以定我王。

民亦劳止，汔可小休。惠此中国，以为民逑。无纵诡随，以谨惽恢。式遏寇虐，无俾民忧。无弃尔劳，以为王休。

民亦劳止，汔可小息。惠此京师，以绥四国。无纵诡随，以谨罔极。式遏寇虐，无俾作慝。敬慎威仪，以近有德。

民亦劳止，汔可小愒。惠此中国，俾民忧泄。无纵诡随，以谨丑厉。式遏寇虐，无俾正败。戎虽小子，而式弘大。

民亦劳止，汔可小安。惠此中国，国无有残。无纵诡随，以谨缱绻。式遏寇虐，无俾正反。王欲玉女，是用大谏。

民众是劳苦的，什么时候能够康宁？京师算得上富庶，因此才得以安定四方。你虽然没放纵于他，但奸诈诡谲之事偏要出现。谨防不良之人篡夺君位，要想遏制寇乱肆虐，曾不畏惧天命，能怀柔安定远方，才能顺时制服近处，以保定君王。

民众是劳苦的，什么时候可以得到稍休？京师算得上富有，所以才有那么多民众聚居，你虽然没有放松于他，狡诈诡谲之事随之而来，要谨防聚众起哄，要遏制他们寇乱闹事，切不能让民众生忧。不要丢弃你的前功，以保障君王的安善。

民众是劳苦的，什么时候能得到稍息？京城里虽然还算安裕，才得以稳定四方。虽然没有放纵他们，诡谲奸诈的事情偏又发生，要谨防为恶无穷极之人,严防他们滋事作乱,要谨慎自己威议和纪律,使社会群体向有德之人靠拢。

民众是劳苦的,什么时候能得到歇息?京城里的生活还算好过,只是民众的忧愁什么时候能得到宣泄?你没有放纵与他,然而狡诈诡谲的事件相继出现。要谨防寇乱的情形出现,莫使正道败坏。你虽然是个小人物,作用却十分宏大。

民众是劳苦的,几时能得到平安,虽然京城里生活稍显富裕,然而并无剩余,虽然没有放纵他们,狡诈的事情,偏又发生。要谨防那些缱绻小人,暗地里上下撺掇,以固结其君。且要遏止他们发端作恶,不要让他们将正说成反。君王喜宝玉,将持以宝玉般的大谏敬献于他。

注:①此为昭穆公刺周厉王诗。穆公名虎,康公之后。王名胡,周成王之七世孙。民劳:民众劳苦之意。

板八① (八章)

诗经试译

上帝板板,下民卒瘅。出话不然,为犹不远。靡圣管管。不实于亶。犹之未远,是用大谏。

天之方难,无然宪宪。天之方蹶,无然泄泄。辞之辑矣,民之洽矣。辞之怿矣,民之莫矣。

我虽异事,及尔同僚。我即尔谋,听我嚣嚣。我言维服,勿以为笑。先民有言,询于刍荛。

天之方虐,无然谑谑。老夫灌灌,小子蹻蹻。匪我言耄,尔用忧谑。多将熇熇,不可救药。

天之方懠。无为夸毗。威仪卒迷，善人载尸。民之方殿屎，则莫我敢葵？丧乱蔑资，曾莫惠我师？

天之牖民，如埙如篪，如璋如圭，如取如携。携无日益，牖民孔易。民之多辟，无自立辟。

价人维藩，大师维垣，大邦维屏，大宗维翰，怀德维宁，宗子维城。无俾城坏，无独斯畏。

敬天之怒，无敢戏豫。敬天之渝，无敢驰驱。昊天曰明，及尔出王。昊天曰旦，及尔游衍。

上天②反其常道，而使其民遭受灾苦，你说出的话都不合理，为谋虑又不久远，抛开圣哲，无所依从。说谎和诚实相去不远。所以才用直言向你大谏。

上天正在遭难，展不开欣悦的笑脸，世方忧惧之时，行事不能迟缓拖沓，随声附和从容自得，教导辑和，民众便会即刻融洽，你倡导怿悦和睦，民众便会安定团结。

我虽然做的是另一种事情，既至和你同僚，就得和你一起同谋，听我自以为是的滔滔发言，我的话你皆可信服，不要以为是笑谈，古贤有言：有事要问，询于刍荛，连那割柴草的人都得请教。

上天之暴虐无道，把我的话，当成戏侮，老夫（诗人自称）我一条一条列出来了，年幼无知的人不信，反而骄纵，并不是因我耄老而胡说，你却把可忧愁的事情当成戏言，灾患来至，尚可救助，如物将烤焦起火就不可救药了。

天正恼怒，不可用夸大的言语去奉承他，也不要去阿谀比附，他威仪迷乱，好人也不得有所作为。民众正在痛苦呻吟不敢揆度其将来结果。丧乱既然出现，终究是无法顾及自己的兵马了。

天之开明，启动人心，如埙如篪③，如璋如珪④，如取如携，得不容易，无所耗费，说明上天之化民，其容易如此。今在民间邪僻之事极多,岂可再去创立新的邪僻之道呢？

大德之人,就像藩篱(院障)一样,天之兵马就像围墙一样,国家强大,就如同居宅周围,有着丛密的森林一样,大的宗族,有同姓宗子为骨干,怀有高德,居处安宁,宗子如同城墙,勿使城坏,孤独无依,便是可畏的。

敬重天的庄肃严明,不敢戏荡犹豫,天之时变不敢擅自奔走。昊天聪明,通往无所不至,体物体事无所不及,昊天旦明,处事又是那么宽纵。

注:①板:意为反,此诗系凡伯刺周厉王之诗,译者辄以为取题为"板八"盖向周厉王提出八条批评,原诗为"大谏"即八条批评意见。

②上天:指周厉王。

③壎:音训,古时土烧乐器,上一孔,长二孔,后五孔,吹之发声。篪:音池:古时竹制乐器,长一尺四寸,围三寸,八孔,似箫,《诗经·小旻之什·何人斯》诗,皆伯氏吹壎,仲氏吹篪,形容兄弟和睦。

④璋珪:古时诸侯见天子时所持的二种洁美的玉,二者相配。

诗经试译

荡之什（十一篇）

荡①（八章）

荡荡上帝，下民之辟。疾威上帝，其命多辟。天生烝民，其命匪谌。靡不有初，鲜克有终。

文王曰咨，咨汝殷商。曾是彊御？曾是掊克？曾是在位？曾是在服？天降滔德，女兴是力。

文王曰咨，咨女殷商。而秉义类，彊御多怼。流言以对。寇攘式内。侯作侯祝，靡届靡究。

文王曰咨，咨女殷商。女炰烋于中国。敛怨以为德。不明尔德，时无背无侧。尔德不明，以无陪无卿。

文王曰咨，咨女殷商。天不湎尔以酒，不义从式。既愆尔止。靡明靡晦。式号式呼。俾昼作夜。

文王曰咨，咨女殷商。如蜩如螗，如沸如羹。小大近丧，人尚乎由行。内奰于中国，覃及鬼方。

文王曰咨，咨女殷商。匪上帝不时，殷不用旧。虽无老成人，尚有典刑。曾是莫听，大命以倾。

文王曰咨，咨女殷商。人亦有言：颠沛之揭，枝叶未有害,本实先拨。殷鉴不远,在夏后之世。

　　浩荡广大的上帝,是下民的君王,暴虐无道,他发布的命令,多是邪辟,天生众民,上边发布的命令,多是不可信的。什么事情,都有开始,很是善美,然而很少能坚持始终。

　　文王曾为此而嗟叹,殷商纣王,是个强梁暴虐之君,也是个贪腐聚敛之臣,在位用事,天生一种倨傲性情,非其自为之,也是自然形势造就他这样做的。

　　文王嗟叹说:可叹商殷纣王,他本当任信忠善之士,反而重用信赖暴虐多怨的人,听信流言蜚语,使寇盗钻入内部为害,所以怨谤没个终了。

　　文王嗟叹说:可叹殷商纣王,他咆哮一时于中国,敛积怨恨以为德,不明了什么是真正的德,因为昏聩不明黑白,辨不清谁是奸佞,谁是忠良可以信赖的公卿。

　　文王嗟叹说:可叹那殷商纣王,天生沉湎于酒,看不清事物的本色,不义之人,偏要任用,有劣迹罪恶的人却给以包容,分不清是明是暗,是号是呼,是昼是夜。

　　文王嗟叹说:可叹那殷商纣王,像蜩螗鸣蝉一样,像煮沸的汤羹一样,闹嚷嚷沸动一阵,终必止息而丧亡。人且不知变故,依然由此而行,内怨怒遍中国,外延及于北方夷狄之邦,真可谓天怒而人怨。

　　文王嗟叹说:可叹那殷商纣王,不是上帝不顺应其时,不给他好机会,而是他不用旧有之臣,虽不都是老成人,尚有旧章法,皆不听用,天命倾覆,不可救矣。

　　文王嗟叹说:可叹那殷商纣王,人们有句格言:树木被风刮倒连根拔起,枝叶尚无损伤,但是本根断绝了,整株树木即无法再生存了。商纣之衰,国家法制未废。诸侯未叛,四夷未起,国君先为不义,自绝于天,不可救药。殷朝覆亡的镜子不远,夏朝覆亡,也是殷商的一面镜子。

注：①荡，浩荡广远之意。

抑（十二章）

抑抑威仪，维德之隅。人亦有言：靡哲不愚，庶人之愚，亦职维疾。哲人之愚，亦维斯戾。

无竞维人，四方其训之。有觉德行，四国顺之。訏谟定命，远犹辰告。敬慎威仪，维民之则。

其在于今，兴迷乱于政。颠覆厥德，荒湛于酒。女虽湛乐从，弗念厥绍。罔敷求先王，克共明刑。

肆皇天弗尚，如彼泉流，无沦胥以亡。夙兴夜寐，洒扫庭内，维民之章。修尔车马，弓矢戎兵，用戒戎作，用逷蛮方。

质尔人民，谨尔侯度，用戒不虞。慎尔出话，敬尔威仪，无不柔嘉。白圭之玷，尚可磨也；斯言之玷，不可为也！

无易由言，无曰苟矣，莫扪朕舌，言不可逝矣。无言不雠，无德不报。惠于朋友，庶民小子。子孙绳绳，万民靡不承。

视尔友君子，辑柔尔颜，不遐有愆。相在尔室，尚不愧于屋漏。无曰不显，莫予云觏。神之格思，不可度思，矧可射思！

辟尔为德,俾臧俾嘉。淑慎尔止,不愆于仪。不僭不贼,鲜不为则。投我以桃,报之以李。彼童而角,实虹小子。

荏染柔木,言缗之丝。温温恭人,维德之基。其维哲人,告之话言,顺德之行。其维愚人,覆谓我僭。民各有心。

於乎小子,未知臧否。匪手携之,言示之事。匪面命之,言提其耳。借曰未知,亦既抱子。民之靡盈,谁夙知而莫成?

昊天孔昭,我生靡乐。视尔梦梦,我心惨惨。诲尔谆谆,听我藐藐。匪用为教,覆用为虐。借曰未知,亦聿既耄。

於乎小子,告尔旧止。听用我谋,庶无大悔。天方艰难,曰丧厥国。取譬不远,昊天不忒。回遹其德,俾民大棘。

严密地维护自己的形象,是保持高尚德行的根基,人们结论也都注重于此。所以说有哲人之德者,必有哲人的威仪。今之所谓哲者,未尝有其威仪,庶人禀赋偏愚,他的职分就是这个毛病,哲人不懂威仪同德行的关系,必然是要乖戾触犯常则的。

不要强自要求别人,四面八方加以训话,有正直鸿大的德行,四国皆顺从之。所以要扩大其谋略,明确其所达到的目的。相距远处,要及早通告,敬慎自己的威仪,可以成为民众遵从的法则。

其在今天,从政者,唯享乐是从。不循职守,传统的德行尽失,迷恋于酒,你虽沉湎于湛乐是从,不念及继承先王的优良传统,所行皆不合先王要求,更谈不上共同严格执行刑法。

任凭你说天不是高尚的,就如同泉流自然奔湍向下而消失在远方。因此才要每天早晨起来,晚上依时睡眠,这是民众的常道。修正好你的车马弓矢,训练好兵戎,以防不测,随时准备打仗,以便阻遏蛮方。

教育人民遵章守法,诸侯们更要以身作则遵从法度。用以警戒发生意想不到的灾患与变故。戒慎出轨的话语,敬持自己的形象,有无不柔和不妥当的地方。白色圭玉有玷污,尚可磨除,不加深思熟虑而说出的错话,其恶果是无法挽回的。

不可轻易地随便说话,无人把持你的舌头,话说出来,便不能自行消失。说出的话,自然都有回应,无有德而不报者。你如能施惠于朋友,庶民百姓将是子孙绳绳,万民都来继承的。

看你的朋友如是君子相处一起,和颜悦色,温柔处事,常自戒慎,不会出过错的。你若独居室中,尚不以屋漏为愧,不要说此非明显之处,不须去看。当知鬼神之格思,无物不体会,先是不度思,有不可得而测者,不显亦临。犹惧有失,哪可烦厌思索呢?当知凡事不仅修之于外,又当戒慎恐惧乎其所不睹不闻。

譬如你修德,使之尽善尽美,行事贤淑谨慎,仪表没有差错,不侵害别人,别人自然就敬重于你,且以你为榜样。如同你赠我一个桃子,我将回馈你一个李子。如若像那放牛羊的儿童,无端地想割取人家的牛角,是妄自制造纷争和混乱而已。

像那柔嫩的树条,用缂纶拴结起来可以变成一张弓,温和谦恭之人,他是养德以为基础的,唯有聪哲的人,告之以行事的道理,能够顺德行事,如果是愚鲁无知的人,他反以为你是在害他哩,人之心真是贤愚不同。

呜呼,这些后生小子,他们不辨善恶好坏,非用手携着他,当面提着他的耳朵说给他听,他还说不知,赶到他们都抱了孩子,他胸中还是空空,谁能预先会知道他一事无成!

上天是很昭明的,我一生不会闲息游乐,你们看我以为是昏昏不明,我心里实际是很忧伤凄惨的。我教养你们谆谆训诲,你们听我的教诲却马马虎虎毫不在意,你们不以为是在就教,反而以为是在遭受苛虐,借口说不知。无奈我已年及九十五岁老耄之龄了。

呜呼,你们这些后生小子,告诉你们都是旧有的章法,细听我所使用的谋略,庶乎是不会产生大的悔恨的。天运揣度实在是艰难的,最难防范的就是国家的丧乱,取譬不远,实例很多。上天是不会有差错的,你们都丧失其德,将来必然使民众陷于困急。

注:①抑抑,严密之意。取题名"抑",已概括全诗之要义。史传此诗乃卫武公所作,卫武公系卫釐后之子,自公元前八一二年(周宣王十六年)即位,至公元前七五八年(周平王十三年),在位五十五年。《楚语》《左史》上记载卫武公年九十五岁,作此诗以儆于国,时刻关切国家大事,不肯稍懈,及其殁,奉为睿圣武公。

桑柔①(十六章)

菀彼桑柔,其下侯旬,捋采其刘,瘼此下民。不殄心忧,仓兄填兮。倬彼昊天,宁不我矜?

四牡骙骙,旟旐有翩。乱生不夷,靡国不泯。民靡有黎,具祸以烬。於乎有哀,国步斯频。

国步蔑资,天不我将。靡所止疑,云徂何往?君子实维,秉心无竞。谁生厉阶,至今为梗?

忧心殷殷,念我土宇。我生不辰,逢天僤怒。自西徂东,靡所定处。多我觏痻,孔棘我圉。

为谋为毖,乱况斯削。告尔忧恤,诲尔序爵。谁能执热,逝不以濯?其何能淑,载胥及溺。

如彼遡风,亦孔之僾。民有肃心,荓云不逮。好是稼穑,力民代食。稼穑维宝,代食维好?

天降丧乱，灭我立王。降此蟊贼，稼穑卒痒。哀恫中国，具赘卒荒。靡有旅力，以念穹苍。

维此惠君，民人所瞻。秉心宣犹，考慎其相。维彼不顺，自独俾臧。自有肺肠，俾民卒狂。

瞻彼中林，甡甡其鹿。朋友已谮，不胥以穀。人亦有言：进退维谷。

维此圣人，瞻言百里。维彼愚人，覆狂以喜。匪言不能，胡斯畏忌？

维此良人，弗求弗迪。维彼忍心，是顾是复。民之贪乱，宁为荼毒。

大风有隧，有空大谷。维此良人，作为式穀。维彼不顺，征以中垢。

大风有隧，贪人败类。听言则对，诵言如醉。匪用其良，复俾我悖。

嗟尔朋友，予岂不知而作。如彼飞虫，时亦弋获。既之阴女，反予来赫。

民之罔极，职凉善背。为民不利，如云不克。民之回遹，职竞用力。

民之未戾，职盗为寇。凉曰不可，覆背善詈。虽曰匪予，既作尔歌！

那茂盛的桑树，嫩叶遍覆，不待黄落，便被人们采捋一空。可怜这些无辜的庶民百姓，遭受殄灭之灾，心中能不忧愁吗？凄惨之状，无时可止，那圣明的上天啊，怎么不可怜我们呢？

四匹公马的军车滚滚向前，军旗猎猎飘扬，百姓生在战乱年代，没有一个地方不陷入灾患之中，没有一个长着黑色头发的人，不服役从征，几乎全都变成了灰烬。呜呼，可悲！国运怎么这样的慌乱凶急？

国家危乱，上天也不护佑我们了，无处可以止居了。说走，往哪儿投奔呢？不是君子（指周厉王）们存有争心，是谁造成今日阻梗的祸根！

心中不停地犯着忧愁，惦念的就是我的乡居，怨自己没有生在好时代，遭逢上天恼怒。从西往东，没有一个安定的地方。我见到的灾患太多了，情状紧急，我这个守在边阙上的人啊！

王做事很有谋略，且很谨慎，所以乱象得以消除，因此告诉你，忧其所当忧之事，教诲你辨贤别恶之道，谁能手持滚烫的热物，而不赶快将手伸进凉水浸泡，怎么能解除其痛苦呢？岂不是任其陷溺而无可营救了吗?!

像那旋转的乡风，它不过是一个很短的气流，民众有进取之心，却偏要使你难以达到目的。不如埋头在家好好耕种田亩，自食其力。稼穑是个宝贝，可以少生是非。有饭吃，无患就好。

天降丧乱，所以灭掉我们所立的王，又降此蟊贼，我的庄稼也全受了病，可哀可怕的中国，全都陷入灾荒，危困至极，无力抵抗这天降的祸殃。

唯有明于义理之君，才是民众所拥戴和盼望的。秉持其心，谋度周密，慎重考择其辅佐的相任，必众以为贤者而后用之。而不通情理的君王，却是自以为好即擢用之，而不是通过众人之审查，行事自有肺肠，主观武断，使民众眩惑，必生狂乱。

看那树林之中，并行着许多只鹿，而朋友背地里说坏话，而不友善，可谓上无明君，下必有恶俗，所以说进退维谷，前后都是穷途末路的空谷。

唯有圣人，言测未来，目察百里，只有那些愚人，天下将要覆亡，他还有所不知，且妄自狂喜。我不是不能说话，因为王暴虐无道，不敢谏言哩。

即是善良之人，他既不去求取，也不被荐用。那些怀有残忍之心的人，顾念重复不已者，就是贪乱。因为荼菜是苦的，且含有毒素，能杀物，只有任其荼毒了。

大风都有隧道，有空旷的大山谷。唯有忠良之人，他的作为都是善美的。唯有那些乖僻奸邪之徒，他的行为阴私诡秘，藏满了污垢，君子小人行为各有其道。

大风有其隧道，贪人都是败类，听别人的谏言，必反对之，不予接受，如是颂扬他的话，他心中如同喝醉酒一样高兴。他从来不采纳善言忠谏，反而迫使人们悖理行事。

嗟叹啊，朋友们，我岂是不懂情理而妄自发言？像那飞虫，有时能将它捕捉到手，好比我说的话，时有所中，有时那飞虫潜伏到阴暗角落，看不清了，不容易捉扑，这说明我的话也不一定都切中，这是客观实际，怎么还赫然暴怒于我呢？

民之贪婪，而不能制止，就是因为王专权独断，失信于民，走向善的反面，做出不利民众之事。如说达不到目的，民众之邪辟者，也是由于此辈专竞用力所造成的。

民众所以未定，是因为有盗臣在其中作乱。就是办信义事，小人也以为不可。反而制造恶言，以詈骂君子。他们还自以为文饰说："那不是我说的，那是你说的话，别人都编成歌唱了哩"。

注：①此诗传为周厉王时，任用贪人荣灵公为相，芮公芮良夫讽谏厉王而作。芮良夫说：王室其将卑乎。夫荣公好专利，而不备大难，夫利，百物之所生也，天地之所载也，而或专之，其害多矣。此诗所谓贪人，即指荣灵公。芮伯忧非一日，故作此诗。桑柔：意为茂盛柔嫩的桑树，很快叶子被人们捋光，由此起兴。

云汉①（八章）

　　倬彼云汉，昭回于天。王曰：於乎！何辜今之人？天降丧乱，饥馑荐臻。靡神不举，靡爱斯牲。圭璧既卒，宁莫我听？

　　旱既大甚，蕴隆虫虫。不殄禋祀，自郊徂宫。上下奠瘗，靡神不宗。后稷不克，上帝不临。耗斁下土，宁丁我躬。

　　旱既大甚，则不可推。兢兢业业，如霆如雷。周余黎民，靡有孑遗。昊天上帝，则不我遗。胡不相畏？先祖于摧。

　　旱既大甚，则不可沮。赫赫炎炎，云我无所。大命近止，靡瞻靡顾。群公先正，则不我助。父母先祖，胡宁忍予？

　　旱既大甚，涤涤山川。旱魃为虐，如惔如焚。我心惮暑，忧心如熏。群公先正，则不我闻。昊天上帝，宁俾我遯？

　　旱既大甚，黾勉畏去。胡宁瘨我以旱？憯不知其故。祈年孔夙，方社不莫。昊天上帝，则不我虞。敬恭明神，宜无悔怒。

　　旱既大甚，散无友纪。鞫哉庶正，疚哉冢宰。趣马师氏，膳夫左右。靡人不周。无不能止，瞻卬昊天，云如何里！

　　瞻卬昊天，有嘒其星。大夫君子，昭假无赢。大命近止，无弃尔成。何求为我。以戾庶正。瞻卬昊天，曷惠其宁？

那宽广的天河呀,光辉随天而旋转,王说:哎呀,什么罪过,现今天降丧乱,饥馑接连不断,祈祷鬼神而祭之,摆上宰牲,手捧圭璧举行祭仪,宣王对天仰述:"只要天下归宁,即是我付出一切,在所不惜"。

旱灾既然太甚,蕴蓄的暑热之气不断地蒸腾,不得不上祭天地,下祀宗庙,奠其礼、其物,没有一种神灵不尊不敬,然而农神后稷也无可奈何,上帝也不前来救助。下民百姓遭受涂炭,宁可我一个人承担了。

旱灾既然太甚,则不可除,兢兢业业,如响雷伴着沉雷。周朝所剩余的民众,没有一个是完整的人。昊天上帝不给我们留下任何东西,怎么能不可怕呢?连对先祖们的祭祀都顾不上了。

旱灾太甚,无可阻止,遍地都像在火中烧烤,使人无处容身,面临死亡在威胁。无人瞻视,无人关顾,卿士有益于民者,所以求谷食者,虽为先正,亦不见助。父母先祖们,怎么能坐视忍心不管呢?无可奈何,只有垂涕于道途了。

旱灾既然太甚,山林河川滴水不见,旱魃为虐,像水蒸火燎一般,心中被暑热折磨得十分害怕,心中忧愁得像被熏烤得一般,群攻先正和卿士们,对我们的灾患,充耳不闻,昊天上帝,简直使我们无处逃遁。

旱灾既已太甚,再费心力,也无处逃避。岂不得让旱灾折磨成病,孟冬祈来年于天宗,四方土神也以时祭祀,昊天上帝,怎么不体谅于我呢?我敬祭神明很是认真,谅不能对我产生恼怒和恨怨吧!

旱灾既然威烈太甚,人们四散得无有纲纪了。连民众之长庶政都愁得没有办法,最高的官长冢宰也愁病了,掌管马匹的官员,守宫门的官员,炊事官员,都不能正常履职尽责了,没有一个人不想救助百姓。然而情况如此。仰望昊天,如之奈何?

瞻仰昊天,有一颗闪亮的星,没有显现降雨的征候,大夫君子(群臣),竭其精诚,祷告于上天,毫无收效,虽濒临死亡,也不能抛弃前功,王说,非求为我一个人,乃所以安定百姓。瞻仰昊天,何时能惠赠给我以安宁啊?

注:①相传此诗系周宣王承厉王之烈,内心有拨乱之志,忽然遭遇旱灾心生忧惧,侧身修行,欲消除之,天下民众,见宣王有复兴王化之志,引起百姓同情,因此大夫仍叔作此诗以誉之。云汉:天河之别称。

崧高①（八章）

崧高维岳,骏极于天。维岳降神,生甫及申。维申及甫,维周之翰。四国于蕃。四方于宣。

亹亹申伯,王缵之事。于邑于谢,南国是式。王命召伯,定申伯之宅。登是南邦,世执其功。

王命申伯,式是南邦。因是谢人,以作尔庸。王命召伯,彻申伯土田。王命傅御,迁其私人。

申伯之功,召伯是营。有俶其城,寝庙既成。既成藐藐,王锡申伯。四牡蹻蹻,钩膺濯濯。

王遣申伯,路车乘马。我图尔居,莫如南土。锡尔介圭,以作尔宝。往近王舅,南土是保。

申伯信迈,王饯于郿。申伯还南,谢于诚归。王命召伯,彻申伯土疆。以峙其粻,式遄其行。

申伯番番,既入于谢。徒御啴啴。周邦咸喜,戎有良翰。不显申伯,王之元舅,文武是宪。

申伯之德,柔惠且直。揉此万邦,闻于四国。吉甫作

— 328 —

诵,其诗孔硕。其风肆好,以赠申伯。

山大而高为崧,崧之至尊者为岳。唯有高大而上接于天,才能降生神灵。宣王之舅甫侯和申伯,唯有他们二人可称为周朝的屏藩和桢干②,总领四周诸侯,其德泽及于四方。

奋勉自强的申伯,继承其先王之事。他的国都在谢地(今河南省南阳),是周朝最南方的土地,使之成为诸侯之法式和榜样。宣王又命召伯(穆公虎),确定了申伯后世常守其功,举行大封之礼,召公世职,为周朝守持南土。

王命申伯依理管领南邦谢邑,以创立功业,王又命令召伯划定与申伯的管理田土界限,正定赋税。王又命令申伯家臣傅御迁往其国,以为家人。

申伯之功,有赖召伯的经营,开始是构筑城墙,而后便是建设寝庙,状貌森森。王赐给申伯四匹公马,膘肥体壮,辔头胸上环铃崭新闪亮。

王派遣申伯乘车或骑马,告诉他及早去到南土,赐给你诸侯封圭(如后世之印鉴),以作为接任之宝,迁往迎接你这位周宣王之舅(应是宣王之内弟),南方的国土,即得到保障。

中伯诚厚守信,遂即前往,宣王在郿地(今陕西郿县)为其饯行。申伯去到南土谢城就职,感谢宣王对他的信任。宣王又命召伯协助申伯,彻查丈量土地疆域,核实其上缴之赋税,尽速积其粮,以应国家之需。

申伯武勇,回至南土谢地,随从人员车马很是拥盛,周朝所属的国家和人民,甚为欣喜,都说:今有这样良好的骨干,岂不是申伯的显耀和光辉。宣王最得力的内舅,是满朝文武的榜样。

申伯之德,宽柔而直,且关顾民众,具有治理万邦之才。声闻于四境。因此周之尹吉甫为此作颂诗一首,其诗善大,温和如暖风,吹遍原野大地,无不称好,即此以赠申伯。

注:①申伯,姜姓,是周宣王之内舅,传为穆王时作吕刑之子孙。召伯,召穆公虎皆是宣王之内舅,乃同时代人,尹吉甫作此诗以颂之。崧高,大而且高的山之意。

②屏藩桢干:屏藩,护庭院之障篱;桢干,夹围障之木桩。

烝民① (八章)

天生烝民,有物有则。民之秉彝,好是懿德。天监有周,昭假于下。保兹天子,生仲山甫。

仲山甫之德,柔嘉维则。令仪令色,小心翼翼。古训是式,威仪是力。天子是若,明命使赋。

王命仲山甫,式是百辟,缵戎祖考,王躬是保。出纳王命,王之喉舌。赋政于外,四方爰发。

肃肃王命,仲山甫将之。邦国若否,仲山甫明之。既明且哲,以保其身。夙夜匪懈,以事一人。

人亦有言,柔则茹之,刚则吐之。维仲山甫,柔亦不茹,刚亦不吐。不侮矜寡,不畏强御。

人亦有言,德輶如毛,民鲜克举之。我仪图之,维仲山甫举之。爱莫助之。衮职有阙,维仲山甫补之。

仲山甫出祖。四牡业业。征夫捷捷,每怀靡及。四牡彭彭,八鸾锵锵。王命仲山甫,城彼东方。

四牡骙骙,八鸾喈喈。仲山甫徂齐,式遄其归。吉甫作诵，穆如清风。仲山甫永怀，以慰其心。

天生众民，有物必有法则。民之秉性，习以为常。有此美好之德性，上天有监视昭明之德，用正理说服于人，所以保佑天子，因此诞生了贤佐仲山甫。

仲山甫之德，柔和嘉美，因以为法则。有好的威仪形象，经常保持和悦颜色行事，小心翼翼，古训就是法式，威仪就是力量，天子必须服从他所要发布的号令，必须付诸实行。

王命仲山甫，你秉法行事，你是王的诸事佐参，承继你的祖考，进为王之冢宰兼太保，外则总领诸侯，发布王之命令，你是王之喉舌，布政于外，经管四方。

严肃的王命，仲山甫付诸施行，邦国顺善或不善，仲山甫心力都明确，既明事理，又哲察是非，保持其夙夜匪懈之作风，以事奉天子一人。

世人有言，柔则茹之，刚则吐之，唯仲山甫之嘉善，柔弱者，亦不欺侮，刚暴者亦不惧怕，不欺侮矜持弱小，不惧怕强梁跋扈者。

世人有言，德轻如毛，民众很少能举得起来。然后，按这个形象去寻找，唯有仲山甫能举得起来。所以人都恒爱之，却莫能助之。即是君王的衮龙袍上有了残缺，唯有仲山甫能修补。

仲山甫外出行祭，四匹公马健壮有力，兵士随后紧跑，心力总想着没有到达。四匹公马，十分健壮，八个鸾铃，锵锵直响，后来王命仲山甫迁居于东方薄姑——即齐国的都城临淄。

四匹公马跑起来健壮有力，八个鸾铃喈喈作响，仲山甫前往齐地，周宣王盼他赶紧回来，不希望他在外地久居，尹吉甫作诗诵之，意境深远，犹如温和的清风。然而仲山甫鞠躬尽瘁为宣王效力的想法永远怀在心中，也是他的莫人的安慰。

注：①烝民：众民，即庶民之意。此诗传为尹吉甫作，诵樊侯之子仲山甫，佐

政周宣王,功业赫赫。周宣王命仲山甫筑城于齐。孔子读诗至此赞之曰:为此诗者,其知道乎,故有物必有则。民之秉彝也。故好是懿德。孟子引之,以证性善之说。

韩奕 ① (六章)

奕奕梁山,维禹甸之,有倬其道。韩侯受命,王亲命之:缵戎祖考,无废朕命。夙夜匪解,虔共尔位,朕命不易。榦不庭方,以佐戎辟。

四牡奕奕,孔脩且张。韩侯入觐,以其介圭,入觐于王。王锡韩侯,淑旂绥章,簟茀错衡,玄衮赤舄,钩膺镂锡,鞹鞃浅幭,鞗革金厄。

韩侯出祖,出宿于屠。显父饯之,清酒百壶。其肴维何?炰鳖鲜鱼。其蔌维何?维笋及蒲。其赠维何?乘马路车。笾豆有且。侯氏燕胥。

韩侯取妻,汾王之甥,蹶父之子。韩侯迎止,于蹶之里。百两彭彭,八鸾锵锵,不显其光。诸娣从之,祁祁如云。韩侯顾之,烂其盈门。

蹶父孔武,靡国不到。为韩姞相攸,莫如韩乐。孔乐韩土,川泽讦讦,鲂鱮甫甫,麀鹿噳噳,有熊有罴,有猫有虎。庆既令居,韩姞燕誉。

溥彼韩城,燕师所完。以先祖受命,因时百蛮。王锡韩侯,其追其貊。奄受北国,因以其伯。实墉实壑,实亩实籍。

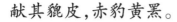

献其貔皮,赤豹黄罴。

高大的梁山,是当初大禹经治的,声名久传于世,直到韩国诸侯受命,他是武王之后,在此建立都城,王命令他,承继祖业,勿废朕命,夙夜匪懈,精诚守职以佐助君王我呀!

四匹公马健壮奕奕,既长且张。韩侯觐见君王,持其封圭,以为证物。王赐韩侯带有龙图案的淑旂。染鸟羽或旄牛尾制成的绥章,植于旗杆之首,车上铺以竹席,车后悬以苇帘,辕旁装有横木,黑色的衮衣,红色的鞋,马前胸饬有铃,马眉上也饰有旐,两辆车,用熟好的软皮拴紧,车的横木以带毛的皮张覆于其上,以金属为镮,拴于辔头之上。

韩侯归祖返国,有如初行,宿于屠地,周天子的卿士显父为其饯行,清酒百壶,肴是什么?煲鳖,鲜鱼。蔬菜是什么?唯有竹笋和香蒲的嫩芽。馈赠的什么?乘的车马,食器里盛装的东西很多,卿士们前来庆宴的人也很多。

韩侯娶了妻子,是汾王的外甥(厉王流放于彘,在汾河岸边人们仍称他为"王"),是蹶父的女儿,韩侯迎亲来到蹶父之里,上百辆车迎娶,热闹非常,每辆马车上八个鸾铃,锵锵作响,大显其光,诸姊前来送亲靓丽如云,韩侯亲迎,二国联姻皆娃娣,宾客盈门。

蹶父很有武力,没有一国他未去过,因此女儿韩姞找到这门亲事,没有比韩地再相当和快乐的了,很高兴在韩国土地上,川泽宽广,鲂鱼很多,大而肥美,牝鹿很多,还有熊和罴,有猫有虎,庆幸在此安居,这是韩姞终生的福气。

这样宽大的韩城,原本是燕召公之国,当初百貊为害,先祖受王之命,奋勇追杀,百貊(夷狄之国),才奄有北国,初受封时,召公为工部司空之职,带领人众劈岭填壑,建设城池,如仲山甫建设齐城,召伯营谢,功劳都是很大的,开垦土地,实亩实籍,献其貔皮,赤豹黄罴,无不为王所有。

注:①韩奕,韩城地处高大之山体,奕奕高大貌。梁山是韩之城镇,地在今陕西省韩城县,古韩国都城于此,传为武王之后,召公沿于此地为韩侯,尹吉甫作诗。

江汉① (六章)

江汉浮浮,武夫滔滔。匪安匪游,淮夷来求。既出我车,既设我旟。匪安匪舒,淮夷来铺。

江汉汤汤,武夫洸洸。经营四方,告成于王。四方既平,王国庶定。时靡有争,王心载宁。

江汉之浒,王命召虎:式辟四方,彻我疆土。匪疚匪棘,王国来极。于疆于理,至于南海。

王命召虎:来旬来宣。文武受命,召公维翰。无曰予小子,召公是似。肇敏戎公,用锡尔祉。

釐尔圭瓒,秬鬯一卣。告于文人,锡山土田。于周受命,自召祖命,虎拜稽首:天子万年!

虎拜稽首,对扬王休。作召公考:天子万寿! 明明天子,令闻不已,矢其文德,洽此四国。

江汉水流浮浮,武士们队伍,有如水势滔滔涌流。并不是在此地安居,也不是前来旅游,唯有追杀淮夷是我们此行的目的。既然触动了我们的车辆,又插上我们的军旗,不是为了安逸舒适,唯有驱除淮

诗经试译

夷是我们神圣的使命。

长江汉水滚滚流淌,武士们意气骄昂,为的是平定四方,胜利的喜讯报告君王,四方既已戡平,王国才得到安定。一时熄灭了战争,君王心中也得到安宁。

江汉两旁既已安定,王命召公虎依井田之法,开始彻丈田亩,稳固我封疆之土地。不是因为有什么毛病,也不是无由的急切,但求以此取正,以效王国。清理其疆界,以至于南海,全统领之。

宣王命令召公虎普遍前来,向你们宣布:昔年文王武王唯召公为桢干,今日你们不要说我这小子但为嗣召公事尔。能开创新的功业,即当赐你们福祉。

赐你们以圭玉制成的瓒杯以为祭器,用黑黍合郁金酿成的酒一樽,告知文王、武王先人,赐给你们以土地田亩,以广其封邑,不敢专擅,必于祖庙,追祀先人文武王之功德,召虎拜祭即受,祷祝天子万年。

穆公虎拜祭稽首,答称美成,作康公之庙器,勒之策令,以考其成。并称天子万寿,圣明天子,美闻不已。陈其大德,治理四方之国。

注:①此篇主述宣王命召穆公虎领兵平定淮夷之乱,取得胜利,诗人美其战事。江汉:即长江,汉水,由此起兴。

常武① (六章)

赫赫明明。王命卿士,南仲大祖,大师皇父。整我六师,以脩我戎。既敬既戒,惠此南国。

王谓尹氏,命程伯休父,左右陈行。戒我师旅,率彼淮浦，省此徐土。不留不处，三事就绪。

赫赫业业，有严天子。王舒保作，匪绍匪游。徐方绎骚，震惊徐方。如雷如霆，徐方震惊。

王奋厥武，如震如怒。进厥虎臣，阚如虓虎。铺敦淮濆，仍执丑虏。截彼淮浦，王师之所。

王旅啴啴，如飞如翰。如江如汉，如山之苞。如川之流，绵绵翼翼。不测不克，濯征徐国。

王犹允塞，徐方既来。徐方既同，天子之功。四方既平，徐方来庭。徐方不回，王曰还归。

威势显赫而明亮，宣王命令卿士，要有先祖南仲平定猃狁[2]的精神，在皇父的领导下征讨淮夷，首先整顿好我们的兵戎，既要敬慎于战略谋图，且要警戒于不周而失虑，平定淮役之乱，而造福于南国。

王命掌管内史的尹吉甫以为策命之卿大夫，命令程伯、休父为司马，左右排成队列，带领军旅沿着淮河边岸，插入徐州之土，途中不准留驻，三件事情已经就绪。

王师显赫浩大，上有威严的天子，队伍舒徐安行，中途不准纠紧或遨游。到了徐州地面，因为联络受些扰动，徐地夷冠，察知王师来到，如天上的雷霆乍响，十分震惊。

王师奋勇攻击，如迅雷震耳之突然，怒气上冲霄汉，兵戎布阵在淮水的岸边，冲杀淮夷，并抓到很多俘虏，切断沿淮河的去路，整个徐地已被王师占领。

王师取得胜利，战士们精神都很振奋，像飞一样的快活疾速，像江汉水势喷涌不可阻挡，像山上丛生的苞草那样壮茂，像川泽的水势急泄奔流。王师的队伍绵延不断，队形整齐不乱，不测不得知，攻无不克，大战徐国。

王道信实，既然来到徐地，徐方终于归顺，这是天子御驾亲征所取得的功效。四方既已平定,徐方来至朝廷面前表示不再违逆。王才下令班师凯旋。

瞻卬① (七章)

瞻卬昊天,则不我惠?孔填不宁,降此大厉。邦靡有定,士民其瘵。蟊贼蟊疾,靡有夷届。罪罟不收,靡有夷瘳!

人有土田,女反有之。人有民人,女覆夺之。此宜无罪,女反收之。彼宜有罪,女覆说之。

哲夫成城,哲妇倾城。懿厥哲妇,为枭为鸱。妇有长舌,维厉之阶!乱匪降自天,生自妇人。匪教匪诲,时维妇寺。

鞫人忮忒,谮始竟背。岂曰不极,伊胡为慝?如贾三倍,君子是识。妇无公事,休其蚕织。

天何以刺?何神不富?舍尔介狄,维予胥忌。不吊不祥,威仪不类。人之云亡,邦国殄瘁!

天之降罔,维其忧矣。人之云亡,心之忧矣。天之降罔,维其几矣。人之云亡,心之悲矣!

觱沸槛泉,维其深矣。心之忧矣,宁自今矣?不自我先，不自我后。蔍蔍昊天，无不克巩。无忝皇祖，式救尔后。

瞻望我的昊天哪，怎么不保佑我呀？怎么添加了那么多的不宁，降下这么大的灾厉？国家不安定，百姓遭了祸殃，像蛀蚀稻根的白蛆蟊贼一样，无可辟除的灾害，没法阻止，贼网不收，灾害不会解除。

人有土田反而归他所有。人有民人，反而被他劫走。此人本来无罪，他反而将人家收监治罪，那人本来有罪，他反而下令释放。

有智慧的人，本来应该承当为国家理事，而自以为聪明的褒姒像一只鸱鸮——猫头鹰似的恶禽，凭借着长了一根长舌头，成了作乱为害的梯阶。祸乱不是上天所降，生了一个坏女人，她既未受到先哲圣贤的指教和训诲，她实际就是一个跑腿学舌传令的女寺人，如同后来的阉人一路货色。

她像被鞫讯的犯人心生妒恨，满嘴胡言变诈无常，她谮愬别人的坏话，都是毫无实据。他为恶作乱像坐商一样，总得获利三分。妇人本不应干预朝廷的政事，她不知守持妇道，却把养蚕纺丝织布之事全扔掉了。

天何以责王，神为什么不让王富呢？因为王只信用贼女人，招来夷狄侵凌之大患，今王不信正言，反以忠谏为忌，因天降不祥，你遇灾而不恤，又不守其威仪，人无贤人辅，国家必遭珍殆危亡。

上天布下网罟，很是忧愁啊。人们提到死亡，心中能不忧愁吗？上天布下网罟，就在近前，人们提到死亡，心中能不悲伤吗！

那翻涌的泉水，是很深很深的，心中的忧伤，岂是从今天才开始的。它既不在我的前边，也不在我的后面，适当今日发生的事情，那高远的苍天，能说它不坚固吗？幽王倘若能够不辱先祖，危局是可以挽救，那将是后世莫大的安慰和幸福。

注：①此诗乃刺周幽王宠倖褒姒扰乱国政，致戎狄入侵，国家丧乱，灾荒频仍，民不聊生之诗。瞻卬，即瞻仰、瞻望之意。

— 338 —

召旻①（七章）

旻天疾威，天笃降丧。瘨我饥馑，民卒流亡。我居圉卒荒。

天降罪罟，蟊贼内讧。昏椓靡共，溃溃回遹，实靖夷我邦。

皋皋訿訿，曾不知其玷。兢兢业业，孔填不宁，我位孔贬。

如彼岁旱，草不溃茂，如彼栖苴。我相此邦，无不溃止。

维昔之富不如时，维今之疚不如兹。彼疏斯粺，胡不自替？职兄斯引。

池之竭矣，不云自频。泉之竭矣，不云自中。溥斯害矣，职兄斯弘，不烖我躬。

昔先王受命，有如召公，日辟国百里，今也日蹙国百里。於乎哀哉！维今之人，不尚有旧！

上天骤然发出神威，降下深重的祸乱，灾疫饥馑，民众四处流亡，我虽居住在边境地带，也是一片灾荒。

天降下罪罟，这些贪食民脂民膏的蟊贼内讧，昏乱椓②丧的阉人们，没有一个固守其职，溃乱得四处闲散游逛。哪得整治平顺，靖宁我的家邦。

一个个顽猾怠慢，互为诽谤，从不知自己的污点，即戒儆恐惧甚久而不得宁,证明你的皇位即将遭到贬黜。

像那岁旱之年,草长得很不茂盛,那漂在水中的浮草——栖苴,因为水小而浮在树根之旁者,得不到润泽而相续枯萎。国家如是类此情形,无不溃败而衰亡。

唯有昔日之家,未曾不像今时之病,今天之病,还不如这个厉害,就像小人与君子,好比粗米和碾的精细的粺米一样,很好分辨,何不专心去研究体悟呢?却弄得神志恍惚痴迷不觉,致事态日益扩大,最后岂不灾祸及身了吗?

池塘已经干枯,不说它无源自干,泉水枯竭,不说它是地下无泉喷涌所致,祸乱之所由起,不说是有其根源,因为为害已经很广,使或专心以为此怆况日益扩大,而忧之曰:其为危甚,灾害岂不到身边来了吗?

昔年文王受命,召公一日开辟国疆百里,今天一日国土缩小百里。呜呼哀哉,今天的人岂还有旧德可用之人了嘛?

注:①此亦刺幽王任用小人,致民众饥馑国家侵削之诗。召旻,旻音敏,天空之意。因该诗首章称旻天,末章称召公,故谓之召旻。以别前有《小旻》诗(卷五《小雅·小旻之什》)。

②椓:音浊,被阉之人谓之椓人,宫廷里侍从之辈,唯知谄媚,不懂大义之流。

第六卷　颂

周　颂

清庙之什（十篇）

清庙① （一章）

於穆清庙，肃雍显相。济济多士，秉文之德。

对越在天，骏奔走在庙。不显不承，无射于人斯！

　　啊！深远肃穆的清庙，参与祭祀的诸侯，雍和诚敬，那些参与执事的人来了很多，济济一堂，他们都秉承文王之德，既对越其在天之神，而又骏奔其在庙之主，如此，文王之德岂不得到彰显和传承吗？丝毫没有厌弃于人的地方。

　　注：①清庙：清静肃穆的神庙，即祭祀文王武王之神庙。此诗为周公摄政七年率诸侯文武百官烝祭（冬祭）文王的乐歌。《尚书》大传里说：周公升歌清庙，愀然如复见文王焉。《乐记》说：清庙之瑟朱弦而疏越，一唱而三叹，有遗音。

维天之命①（一章）

维天之命，于穆不已。於乎不显，文王之德之纯。
假以溢我，我其收之。骏惠我文王，曾孙笃之。

唯有天道，深远不已，呜呼不显，文王之德至纯。
文王之德，将何以恤我？有则我将受之，以大顺文王之道，后世孙辈们，必诚敬而不忘也。

注：①维天之命：唯先王——文王之命令。此亦祭文王之诗。

维清①（一章）

维清缉熙，文王之典。肇禋，迄用有成，维周之祯。

在清明日人们集聚一起，前往祭祀，这是纪念文王开始创立的典章。沿传下来，已成定式，这是周代树立的一个标桩。

注：①此亦祭祀文王之诗。维清：唯说清明之意。

烈文① (一章)

烈文辟公,锡兹祉福。惠我无疆,子孙保之。无封靡于尔邦,维王其崇之。

念兹戎功,继序其皇之。无竞维人,四方其训之。不显维德,百辟其刑之。於乎,前王不忘!

光辉的诸侯们,赐你这样的福祉,惠你常福无疆,子孙永保安顺。

虽未得到封赏,而最应受到尊崇的就是先王。还是应念及你有助祭赐福之大功,将使你的子孙其堂皇之。

勿强制于人,四方都来求你以为训导。莫显现自己是有高德,天子诸侯即将刑罚那些无德之人了。呜呼,先王之道不忘,每个人都很好地约束自己,恭行笃厚,而天下自然太平。

注:①此亦于宗庙,助祭诸侯之乐歌。

天作① (一章)

天作高山,大王荒之。彼作矣,文王康之。彼徂矣岐,有夷之行。子孙保之。

天然生成的高山，是大王（文王）经手治理的。上天生成那座岐山，崎岖险阻，是文王带领人民开辟出道路，有利于往来通行，使子孙后代的生产生活有了保障。

注：①天作：即天然生成的（岐山）。

昊天有成命① （一章）

昊天有成命，二后受之。成王不敢康，夙夜基命宥密。於缉熙！单厥心，肆其靖之。

天祚周有天下，即有定命，文王、武王受之，成王接续继承。成王亲政，不敢享乐安宁，夙夜积思，以承天命，既宏深而精密，续继光辉文王之事业，尽其心，方能靖宁其天下。

注：①昊天有成命：即上天早有既成的命令，由成王继王位。朱熹言此诗疑是祀成王之诗。於：此处读乌。

我将① （一章）

我将我享，维羊维牛，维天其右之。仪式刑文王之典，日靖四方。伊嘏文王，既右飨之。我其夙夜，畏天之威，于时保之。

我将奉祭上帝于明堂,一只公羊,一头犊牛,神坐东向在馔之右方,以享上帝。

仪式即是文王之典章,靖宁四方,降福的文王,在右方享祀,我辈岂敢不起早带夜,畏天之威,随时保佑我们。

注:①我将:将奉献举祭之意,此宗祀文王予明堂之乐歌诗。程颢说:万物本于天,人本乎祖,故冬至祭天,而以祖配之,冬至,阳气之始,万物成形予上帝,而人成形于父,故季秋季祭帝,而以父配之,季秋,乃成物之时,而以谷神后稷配焉。冬至祭天于南郊,夏至祭地于北郊,故祭天又称郊天。

时迈① (一章)

时迈其邦,昊天其子之,实右序有周。薄言震之,莫不震叠。怀柔百神,及河乔岳,允王维后。

明昭有周,式序在位。载戢干戈,载櫜弓矢。我求懿德,肆于时夏,允王保之。

随时巡狩诸侯之国,我们就是上天的儿子,天实在就是尊贵的周朝开始的。要说震慑,四方诸侯莫不震惧,又能怀柔百神,以至于河川深广,山岳崇峻,无不感戴文王之为君啊。

昭明于我周朝,既以布政法序即位,劝赏黜陟兼备。收敛干戈与弓矢,兴礼让,求懿美之德,以布陈于中国,相信王必将能保佑天命的。

注:①时迈:诗译者以为,此题有乘时迈进之意。朱熹言:此诗乃武王之世,周公所作。

执竞①(一章)

执竞武王,无竞维烈。不显成康,上帝是皇。自彼成康,奄有四方,斤斤其明。

钟鼓喤喤,磬管将将,降福穰穰。降福简简,威仪反反。既醉既饱,福禄来反。

坚强韧竞之武王,功烈之盛,谁都超不过他,岂不显赫吗,都是上帝生成的君皇。自从成王康王,四方土地尽收归所有,形式明察微细,毫不含忽。

钟鼓之声咣咣,磬管锵锵,将福穰穰(多多),降福既大且多,威仪却谨慎而持重。酒既已喝醉,饭也吃饱,福禄频来而不厌多。

注:①此祭武王,成王,康王之诗。执竞:坚韧之意,形容周武王自强不息之精神。

思文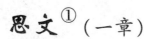（一章）

　　思文后稷，克配彼天。立我烝民，莫菲尔极。贻我来牟，帝命率育，无此疆尔界。陈常于时夏。

　　想起有文德的后稷，[2]其德克配于上天，一粒粒粮食供我们民众食用，他的德也高尚至极，为我们培植生长小麦、大麦（麰）谷物生产，不分彼此疆界，从而以陈其君臣父子之常道于中国。

　　注：①此诗颂后稷之德，思有文德之后稷之意。
　　②后稷：传为炎帝神农之后，姓姜名嫄，高辛氏之世妃，生后稷，六七岁时即好艺树植谷，技高每获大丰，帝尧举为农师，封于邰，见《诗经·生民之什·生民》篇。

臣工之什（十篇）

臣工[①]（一章）

　　嗟嗟臣工，敬尔在公。王厘尔成，来咨来茹。嗟嗟保介，维莫之春，亦又何求？如何新畲？于皇来牟[②]，将受厥明。明昭上帝，迄用康年。命我众人：庤乃钱镈，奄观铚艾。

　　唉，告诉你们这些群臣百官，敬重你们承担公务的职分。王已有成命可以守持，不明了的事情，随时前来咨询酌办。

　　唉，那些主持农事之官，时已届夏历建辰三月，又将有何要求？那些已新垦三年的农田，种着麦子和䅟（大麦），借助上天赐给一个好年景，喜获丰收。命令农夫们收拾好镰刀，及时收获。同时也要整好锹镢锄头一类农具，侍弄好大田，准备迎接新的收成。

注：①臣工：群臣之意。此诗乃告诫农官之诗。
　　②来，小麦也。

噫嘻^①（一章）

噫嘻成王，既昭假尔。率时农夫，播厥百谷。骏发尔私，终三十里。亦服尔耕，十千维耦。

噫嘻！成王发出命令，既已昭明要求你们率领农夫，播种百谷，大力地经营好他们的私田，总长有三十余里，旁有川泽，上万人在一起耦耕。

注：①噫嘻：感叹之辞，此诗承前诗，皆述成王告诫农官之词。周代实行彻助之法，即井田制，井字形四围八家之私田各有百亩，井字中间百亩为公田，八户合力耕植，所收之粮为税，交公。故《诗经》中有"雨我公田，遂及我私"句即述此。周成王号令农官，督促民众，管好私田，亦见其关爱民众之情形。

振鹭^①（一章）

振鹭于飞，于彼西雍。我客戾止，亦有斯容。在彼无恶，在此无斁。庶几夙夜，以永终誉。

一群飞翔的白鹭来到西雍^②水泽之泮，来到我们这里助祭的贵客们，容貌修整如同洁白的白鹭一样。

—— 351 ——

他们在国无恶,在此无厌,几乎夙夜跟着忙碌,统承先王之声誉。

注:①朱熹言:此二王之后来助祭之诗。二王,夏之后裔杞国、商之后裔宋国,与周为客,天子有事,皆以膰肉相赠,有丧前来拜祭。振鹭:飞翔的白鹭,由此起兴。

②雍,雍州,古九州之一,在今陕西、甘肃、青海一带,鹭飞西雍,在水泽之旁也。

丰年①（一章）

丰年多黍多稌,亦有高廪,万亿及秭。为酒为醴,烝畀祖妣。以洽百礼,降福孔皆。

丰年多黍多稌(音徒,糯稻),黍生冈地,稌生隰地,黍稌皆熟,众谷无不熟者,收获及秭(达到万亿),酿造米酒和醴酒(甜酒,一夜可成),用于冬祭先祖与祖妣,以尽孝礼,降福遍及子孙。

注:①此秋冬季报祭田事之乐歌。

有瞽①（一章）

有瞽有瞽,在周之庭。设业设虡,崇牙树羽。应田县

— 352 —

鼓，鞉磬柷圉。既备乃奏，箫管备举。喤喤厥声，肃雍和鸣，先祖是听。我客戾止，永观厥成。

有无目之乐师，在周王朝庭院里演奏呢。埋上高大的木桩，以悬钟磬，横木为绿色，下有大板，刻有牙桦如锯齿，下置大钟，上悬小鼓，下置大鼓，既已齐备，开始演奏。

咣咣的响声，肃穆，和乐而齐鸣，演给先祖们聆听，两位贵客（见前振鹭诗所叙二客），直听到演奏完毕。

注：①有瞽：有盲乐师，祭周先祖，演奏乐曲之情形。

潜①（一章）

猗与漆沮，潜有多鱼。有鳣有鲔，鲦鲿鰋鲤。以享以祀，以介景福。

平缓蜿蜒的漆沮河②哟，里面潜藏着很多的鱼，有鳣（音缠，即鲟鳇鱼）、有鲔（音锐，鲟鳇鱼类）、鲦（音迢，一名餐鲦，俗名白漂子）、鲿（音常，即黄颊鱼，俗名赶鸭子）、鲇鱼、鲤，冬季命渔夫开始捕捞，天子亲往视察，先祭祀祖庙，其次享食，以祈大福。

注：①此亦乐歌。潜：喻鱼类皆潜于水中生也，以此为题，而述渔事。
②漆沮：河名，漆水源出陕西同官县，西南流至耀县与沮水合为石川河，东南流汇入渭河。

雍①（一章）

　　有来雝雝，至止肃肃。相维辟公，天子穆穆。于荐广牡，相予肆祀。假哉皇考！绥予孝子。

　　宣哲维人，文武维后。燕及皇天，克昌厥后。绥我眉寿，介以繁祉，既右烈考，亦右文母。

　　行祭的队伍，人们面容雍和，诸侯们个个诚敬，天子庄严而肃穆。

　　荐献的是大牲，相续陈列，大哉皇考文王，孝子武王，绥安举祭。

　　通达哲智，尽人之道，维文王武王能尽君之德，能安及于皇天，文王之名讳姬昌，光辉垂陈于后世。

　　安我以眉寿（眉长而高寿），助之以多福，既尊祭先考文王，同时也敬祭文母太姒。

注：①此武王祭文王之诗。盖为设祭时所歌。雍：和也，言行祭之君臣，安和诚敬。

载见①（一章）

载见辟王，曰求厥章。龙旂阳阳，和铃央央。鞗革有鸧，休有烈光。率见昭考，以孝以享。以介眉寿，永言保之，思皇多祜。烈文辟公，绥以多福，俾缉熙于纯嘏。

众诸侯前来拜祭武王，进庙先言，禀受其法度交龙之旂旗随风飘扬，旂上的和铃央央直响，车皮套上拴着鸧铃，皆华美而闪亮。

率见昭考武王，以尽孝思和祭享[2]。

安我王以介眉寿[3]，永远保定平安，皇恩多相护佑，助祭诸侯，也安绥多福，使子孙承续不断，永远幸享嘏福。

注：①此诸侯祭武王庙之诗。载见：载语词，亲眼看到之意。

②朱熹言：庙制，太祖居中，左昭右穆，周庙文王当穆，武王当昭，因称武王为昭考(父死为考)。

③眉寿：前无解，注者以为寿高而眉长，故眉同寿命有关系，待议。

有客① (一章)

有客有客，亦白其马。有萋有且，敦琢其旅。有客宿宿，有客信信。

言授之絷，以絷其马。薄言追之，左右绥之。既有淫威，降福孔夷。

有客，有客，骑的是白色的马，有萋有且②，敬慎选择了他这次旅行。为客原只想住一宿，结果又多住了几天。开始递给他马缰绳，接着又把马缰绳拴起来了，不舍得让他走。他既已走远，又去人将他追赶回来,左右都妥帖地将他留下。既有大威,承先王天子礼乐使之降大福祥。

注:①有客,指殷纣王叔叔微子。殷纣无道,微子离去,后周灭纣,封微子于宋国,以祀其先王商汤。故微子来祭周之祖庙,成王仍待以客礼,不敢以君见臣那样对待,殷崇尚白色,因此骑的马以及备献礼品,皆依殷之旧习。此诗,即微子来祭祖庙之诗。

②有萋有且句,朱熹未解何意,故仍其旧。

武①(一章)

于皇武王,无竞维烈。允文文王,克开厥后。嗣武受之,胜殷遏刘,耆定尔功。

啊,大哉武王,不用初始奠定国基那样激烈,忠诚秉承文王之志以开创祖业,传诸后世。彻底清除殷纣劣政,滥杀,以期奠定你的伟大的功业。

注:①武:指武王。此周公表象武王丰功,所作大武之乐。

诗经试译

闵予小子之什（十一篇）

闵予小子①（一章）

　　闵予小子，遭家不造，嬛嬛在疚。於乎皇考，永世克孝。念兹皇祖，陟降庭止。维予小子，夙夜敬止。於乎皇王，继序思不忘。

　　可怜我这悲悯之人，遭逢家室不振，茕独无依，悲哀如在病中，呜呼，思念皇考（武王），永世我将遵从孝道。

　　默念皇祖（文王），恍惚他经常在庭院中来回踱步。作为我这嫡孙之辈，夙夜敬祭先辈。呜呼，老一辈的先人们，永思不忘。

　　注：①成王免除丧服（三年），始朝祭于先王之庙所作之诗。闵予小子：成王自称，我这悲闵之人。

访落①（一章）

访予落止，率时昭考。於乎悠哉，朕未有艾。将予就之，继犹判涣。维予小子，未堪家多难。绍庭上下，陟降厥家。休矣皇考，以保明其身。

我将谋访从前的历史，循我昭考武王之道，啊，很远很远，怎么也追寻不到，勉强前去就近觅找，面前是一片涣散渺茫，一无所见。我这可怜之人，不堪家多难，只能盘桓于庭院中，上下求索，美善啊皇考，我只能遵汝所示保明吾身而已。

注：①此成王朝于庙所作诗。访落：追访既往之事。

敬之①（一章）

敬之敬之，天维显思，命不易哉。无曰高高在上，陟降厥士，日监在兹。维予小子，不聪敬止。日就月将，学有缉熙于光明。佛时仔肩，示我显德行。

要诚敬啊，要诚敬啊，天道显明，其命是不可更改的。不要说他高高在上，而不察知我们，要说我们的行为或升或降，一举一动，上天无所不明监察知。

我这个鲜德之人，不聪明事理，因而不知诚敬于人，然而，能重视学习，日有所就，月有所长，嗜学不倦，日久天长，自然就趋于光明，又赖群臣助我以所负之任，示我以显明之德行，庶乎还可以达到要求。

注：①此成王爱群臣之戒，有所悟进所作之诗。敬之：即做事要诚敬啊！

小毖①（一章）

予其惩，而毖后患。莫予荓蜂，自求辛螫。肇允彼桃虫，拼飞维鸟。未堪家多难，予又集于蓼。

我知道惩戒前非之后，才明白了毖除后患的道理。不能藐视那小小的蜜蜂，它身上长有毒针，却能螫刺于人，经历了很多社会实践，我才知道那桃虫却能变成鹪鹩小鸟，鹪鹩幼雏，还能化而为鵰②，从小家多难，历尽了几多的辛苦，比吃水蓼都辛辣呢！

注：①此诗系成王自戒所作。成王说：我不经历有所惩，哪知道后有所警，蜂子很小，却能施毒螫人，桃虫虽小可化为鹪鹩，鹪鹩幼雏，能育成老鵰。此喻言管叔、蔡叔谋反作乱之事。小毖：小事有所惩，后事有所警慎。毖，慎也。
②桃虫可化鹪鹩，鹪鹩幼雏可化鵰之说，恐不实际，疑与蜾蠃收螟蛉为义子之说同类。

载芟①（一章）

　　载芟载柞，其耕泽泽。千耦其耘，徂隰徂畛。侯主侯伯，侯亚侯旅，侯彊侯以。有嗿其馌，思媚其妇，有依其士。有略其耜，俶载南亩，播厥百谷。实函斯活，驿驿其达。有厌其杰，厌厌其苗，绵绵其麃。载获济济，有实其积，万亿及秭。为酒为醴，烝畀祖妣，以洽百礼。有飶其香。邦家之光。有椒其馨，胡考之宁。匪且有且，匪今斯今，振古如兹。

　　一边除田草，一边铲树条，把田地修治得清清亮亮，左一遍，又一遍地耦耕除草，连低洼地的田埂上的杂草也薅得干干净净。田主人同他的大儿子、次子、众叔弟，还有近邻之有余力前来帮工的人，中午聚在田头上一起吃午饭，田主的妇人把饭菜挑到地头，为大家热诚服务，劝农夫们吃饱喝好。午饭之后，继续执耜，劳作于南亩大地。

　　播种的百谷，禾苗渐渐生芽出土，长得很是苗壮，有的特别壮实，那成片的庄稼长得真是喜人，一垄垄一片片的耘锄管理……到了收获季节，一大帮人集聚田野上收割庄稼，一捆捆一车车，一担担往场院里归集脱谷。收获的粮食满囷满仓，年终时，酿酒制醴。冬祭祖妣，以尽百礼，食物芳甘，是邦家的光彩，花椒散发香气，祝老人们长寿安康，非独此地有此稼穑之事，并不是从现今开始丰年之庆，从古以来，就是这样。

注：①此诗朱熹未详何用，辞意与前篇"丰年"相似。
　　①载芟：载，始也，芟，刈也。总谓收获之意。

良耜①（一章）

畟畟良耜，俶载南亩。播厥百谷，实函斯活。或来瞻女，载筐及筥，其饟伊黍。其笠伊纠，其镈斯赵，以薅荼蓼。荼蓼朽止，黍稷茂止。获之挃挃，积之栗栗。其崇如墉，其比如栉，以开百室。百室盈止，妇子宁止。杀时犉牡，有捄其角。以似以续，续古之人。

扛着锐利的镢锄，开始到南边大地上去耕作，播种百谷，禾苗出土，渐渐长大，媳妇领着孩子挎着方筐和圆篓，来送饷饭，饭是黍米做的。农夫的苇笠帽子，很是轻飘，一直在头上戴着，他们的镈锄磨得很是锋利，薅除苦菜和田蓼。

苦菜和田蓼都已铲除，黍稷开始茂密成长。赶到收获的时节来到，只听刷刷的镰刀声，很快把庄稼收完，堆积成谷垛，像累成的一座座土城。五户为比，五比为闾，四闾为族，庄稼积垛得像栉齿一样细密整齐，一族人百户，均相互助收。

百户族人，庄稼收完，粮食入仓，妇女儿童们也得以安闲。于是将那最肥的公犉（音淳，黄牛黑唇者）牛杀了，它的角是弯曲的，于是率领儿孙们承续祭祀先祖。

注：①或有疑问者：《思文》《臣工》《噫嘻》《丰年》《载芟》《良耜》等篇，应归于《豳风》者，查看《大田》篇之末。良耜：耜音似，锄镢之类农具，良耜，为好农具。

丝衣① (一章)

　　丝衣其紑,载弁俅俅。自堂徂基,自羊徂牛,鼐鼎及鼒,兕觥其觩。旨酒思柔。不吴不敖,胡考之休。

　　那举祭的人,穿着丝衣(祭服),很是整洁,戴着爵弁(帽子),很是恭顺,从堂屋走出大门,用祭器盛装新宰杀的牛羊,用大鼎及小鼎,用犀牛角制成的兕觥酒杯斟满了祭酒,谨其威仪,不准喧哗,不准倨傲,精诚敬祭先人,以祈祷寿考之福。

注:①此亦祭而饮酒之诗。丝衣:祭服之意。

酌① (一章)

　　於铄王师,遵养时晦。时纯熙矣,是用大介。我龙受之,蹻蹻王之造。

　　载用有嗣,实维尔公允师。

　　其初虽有圣哲王师而不肯用,退而自我循养与时皆晦,既已看到光亮,得到有利时机,于是披上铠甲着上戎衣,一怒而将殷纣诛灭,天下大定。后人宠而爱此跷跷腾举之功,继承王业者,无不称颂武王堪为先师。

注:①此又颂武王之诗。孟子言:"武王一怒而安天下",即此诗之义也。
酌:即勺,舞勺,以诗为节而舞:此"酌"字为题,与诗义无干。

桓①（一章）

绥万邦,屡丰年。天命匪解,桓桓武王。保有厥士,于以四方,克定厥家。於昭于天,皇以间之。

安绥万邦,屡获丰年,天命不可懈怠。英明的武王,保用其俊杰之士,遍布于四方,以定其家邦,其德上昭明于天,主宰天下,以代商纣。

注:①此亦颂武王之诗。常言,大兵之后,必有凶年。而武王灭纣之后,屡获丰年,天命之于周,久而不厌。桓:武貌,歌颂武王之辞。春秋传说:此诗为大武之六章。误传此诗为武王所作,篇内已有武王之颂,可见为后世之所误。

赉①（一章）

文王既勤止，我应受之。敷时绎②思，我徂维求定。时周之命，于绎思。

文王之勤劳，天下无比，子孙们受之。按照时间联想起来，不敢专有，为寻求天下之安定，这都是周朝之德所赐，并不是重复商朝的旧制。凡受封赏的诸臣，应绎思文王之德永志而不忘。

注：①此颂文王功业之诗。赉：上次之意。
②绎：连续不断，经常之意。

般①（一章）

于皇时周！陟其高山，嶞山乔岳，允犹翕河。敷天之下，裒时之对。时周之命。

伟大呀，今时执政的周朝，登上高山，纵目巡望，山势狭长而颠连。有高大而峻崇者，河川回曲婉转，时有漫溢而泛滥，然而，并不酿成灾患，民众裒然而聚以对答说："这是周朝管理的天下"。

注：①此亦歌颂周王朝之诗。般：朱熹注亦不解其为何义。

诗经试译

鲁颂（四篇）

鲁位居少皞之墟，在禹贡徐州蒙羽之野，成王封周公长子伯禽于此。因周公有大功，成王赐伯禽以天子礼乐，鲁于是有颂，以为庙乐，其后代自作诗以美其君。旧说：伯禽十九世孙僖公所作诗，今无从考，独"闷公"一篇是僖公所作。

驹①（四章）

驹驹牡马，在坰之野。薄言驹者，有骊有皇，有骊有黄，以车彭彭。思无疆，思马斯臧。

驹驹牡马，在坰之野。薄言驹者，有骓有駓，有骍有骐，以车伾伾。思无期，思马斯才。

驹驹牡马，在坰之野。薄言驹者，有驒有骆，有骝有雒，以车绎绎。思无斁，思马斯作。

驹驹牡马，在坰之野。薄言驹者，有骃有騢，有驔有鱼，以车祛祛。思无邪，思马斯徂。

膘肥雄健的公马,在林边的荒草地,要说那雄健的马哟,有两股间胯裆是白色的骊马,有黄白相间的皇马,有纯黑色的骊马:有黄红色的驿马,驾上车走起来很是盛壮,鲁僖公车马之盛,思绪无疆,情境善美。

　　肥壮雄健的公马,在林边的荒草地上。要说那雄健的马哟,有苍白杂毛的雅马,有黄白杂毛的駓马,有赤黄色的驿马,有青黑色的骐马。拉起车来,劲健有力,欣盛思绪无竟,赞美马之材力。

　　体质肥壮的公马呀,在林外的荒野上,要说这些雄健的马哟,有黑白花色的马,有白马黑鬃的雒马。拉着车络绎不绝,看到这样的情景,浮想联翩,经久不厌,心中十分振奋。

　　那体质肥壮的公马呀,在林边的荒野上,要说这些雄健的马哟,有阴白杂毛的骊马,有浅黑色俗称泥骢的马,有胫部长着白毛的驔马,有长着一双白眼圈的鱼马。拉着车强健往行,思想纯正无邪,驾着马车沿着这条光明正直的路,勇往前行吧!

　　注:①孔子曾言:"诗三百,一言以蔽之思无邪。"朱熹言:"盖诗之言美恶不同,或劝善,或惩恶,皆有以使人得其性情之正,然其简切,通于上下,未有若此言者。"因此,此诗所述之言,可当诗三百篇之总代表。昔之作此诗者,未必想到于此,孔子读诗至此,很有感悟,因对此章特别提出:思无邪,勇往直前。骊,音扃,肥壮之马。

有駜①（三章）

有駜有駜,駜彼乘黄。夙夜在公,在公明明。振振鹭,鹭于下。鼓咽咽,醉言舞。于胥乐兮!

有駜有駜,駜彼乘牡。夙夜在公,在公饮酒。振振鹭,鹭于飞。鼓咽咽,醉言归。于胥乐兮!

有駜有駜,駜彼乘駽。夙夜在公,在公载燕。自今以始,岁其有。君子有穀,诒孙子。于胥乐兮!

那肥且强健的马呀,他骑的是一匹黄色的壮马,夙夜为公事操劳,理事分明。今天在一起饮宴欢舞看他或上或下,像白鹭伸展着很长的翅膀,鼓声咚咚震响,一起相互祝酒,在一起乐庆。

那肥壮雄健的马呀,他骑的是一匹公马,黑夜白天为公事操劳。今天为公,大家一起饮酒,像群飞的白鹭,像白鹭伸展长翅翱翔,鼓声咽咽,在一起饮酒旋舞,喝醉了也不想回去,在一起相伴,欢快乐舞。

那肥且雄健的马呀,他骑的是一匹青黑色的马,黑夜白天都在为公事繁忙,在公也要前来饮宴,年终收成也好,君子贤善而有禄,贻福于子孙,从今天开始在一起欢庆乐舞吧。

注:①此欢庆乐舞宴饮之诗。有駜,駜音必,强健之马。

泮水① (八章)

思乐泮水,薄采其芹。鲁侯戾止,言观其旂。其旂茷②茷,鸾声哕哕。无小无大,从公于迈。

思乐泮水,薄采其藻。鲁侯戾止,其马蹻蹻。其马蹻蹻,其音昭昭。载色载笑,匪怒伊教。

思乐泮水，薄采其茆。鲁侯戾止，在泮饮酒。既饮旨酒，永锡难老。顺彼长道，屈此群丑。

穆穆鲁侯，敬明其德。敬慎威仪，维民之则。允文允武，昭假烈祖。靡有不孝，自求伊祜。

明明鲁侯，克明其德。既作泮宫，淮夷攸服。矫矫虎臣，在泮献馘。淑问如皋陶，在泮献囚。

济济多士，克广德心。桓桓于征，狄彼东南。烝烝皇皇，不吴不扬。不告于讻，在泮献功。

角弓其觩。束矢其搜。戎车孔博。徒御无斁。既克淮夷，孔淑不逆。式固尔犹，淮夷卒获。

翩彼飞鸮，集于泮林。食我桑葚，怀我好音。憬彼淮夷，来献其琛。元龟象齿，大赂南金。

说起那泮水边上，聊且长些芹菜，这是鲁侯居住的地方，可以望到他宫廷里竖起的旐旗，随风飘扬，鸾铃铮铮鸣响，在此也不分辨谁大谁小，欢快地同公子一起宴饮祝祷。

说起那泮水边上，还生长出一些水藻，鲁侯来到这里，他那马神气骄昂，嘶鸣起来，声音清亮，鲁侯和颜悦色地开着玩笑，并非恼怒，而是在说教。

说起在那泮水边上，曾在那采过莼菜，鲁侯来到这里，曾在泮水边旁饮酒，既饮美酒，顺祝他长生不老，顺着这条大道，同大家一起颂祷去吧！

穆穆庄敬的鲁侯啊，十分敬重他洞明义理，他很敬慎自己的威仪形象。维系民众利益就是原则，诚守文王武王之德，昭明烈祖周公鲁公，没有不尽孝道的地方，自会求得他们祜佑。

英明的鲁侯，达到了敬守其德，既修成了泮宫，淮夷被所征服，那些武勇似虎的臣子，在泮水旁晋献了被征服者的左耳。善询如皋陶（音天，舜之大臣），在泮宫旁收降了许多淮夷的俘虏。

那么众多的军士，聚德于一心，威武出征讨伐，直向东南方向追杀，雄赳赳气昂昂，庄肃认真，直到战败淮夷，凯旋收兵，安和而归，不在中途互相争功，直回到泮水旁，庆祝全军胜利。

角弓很是劲健，五十支为一束，或百支为一束，全部捆好，军车很宽，车所乘载，没有毛病，既然将淮夷战败，一个个前来投降，没有谋叛之徒，这是已经判定的事实，所有的淮夷，全部归顺。

那翩翩起飞的鸮鸟，群集在泮水之林，吃我的桑葚，怀思我们的佳乐，觉悟了的淮夷，来晋献他的珠宝、元龟、象牙，还有大量的南金（荆扬一带所产）。

注：①泮水，鲁侯泮宫之水，东西南三面临水曰泮，鲁侯宫殿所在之处。此诗主言鲁侯所居之地及其威仪高明，终将淮夷平灭具有大功。

②筏音代，筏筏飞扬貌，见朱熹注。不作筏即竹筏。编竹渡水为筏。颂佛法曰慈轮宝筏。

閟宫①（九章）

閟宫有侐，实实枚枚。赫赫姜嫄，其德不回。上帝是依，无灾无害。弥月不迟，是生后稷。降之百福。黍稷重穋，植稚菽麦。奄有下国，俾民稼穑。有稷有黍，有稻有秬。奄有下土，缵禹之绪。

后稷之孙，实维大王。居岐之阳，实始剪商。至于文武，缵大王之绪，致天之届，于牧之野。无贰无虞，上帝临女。敦商之旅,克咸厥功。王曰叔父,建尔元子,俾侯于鲁。大启尔宇,为周室辅。

乃命鲁公,俾侯于东。锡之山川,土田附庸。周公之孙,庄公之子。龙旂承祀。六辔耳耳。春秋匪解,享祀不忒。皇皇后帝!皇祖后稷!享以骍牺,是飨是宜。降福既多,周公皇祖,亦其福女。

秋而载尝,夏而楅衡,白牡骍刚。牺尊将将,毛炰胾羹。笾豆大房,万舞洋洋。孝孙有庆,俾尔炽而昌,俾尔寿而臧。保彼东方,鲁邦是尝。不亏不崩,不震不腾。三寿作朋,如冈如陵。

公车千乘,朱英绿縢。二矛重弓。公徒三万,贝胄朱綅。烝徒增增,戎狄是膺,荆舒是惩,则莫我敢承!俾尔昌而炽,俾尔寿而富。黄发台背,寿胥与试。俾尔昌而大,俾尔耆而艾。万有千岁,眉寿无有害。

泰山岩岩,鲁邦所詹。奄有龟蒙,遂荒大东。至于海邦,淮夷来同。莫不率从,鲁侯之功。

保有凫绎,遂荒徐宅。至于海邦,淮夷蛮貊。及彼南夷,莫不率从。莫敢不诺,鲁侯是若。

天锡公纯嘏,眉寿保鲁。居常与许,复周公之宇。鲁侯燕喜,令妻寿母。宜大夫庶士,邦国是有。既多受祉,黄发儿齿。

徂徕之松,新甫之柏。是断是度,是寻是尺。松桷有舄,路寝孔硕,新庙奕奕。奚斯所作。孔曼且硕,万民是若。

深幽的祖庙,情境静肃,威赫的姜嫄②,她的德行永远不泯,唯有上天可作凭证，无灾无害，就是实据，当她身孕足月的时候，始生后稷，他给民众带来百福，带领人们种黍种稷（谷子），种大豆种麦子，受封而领有下国——邰地（今陕西省武功境）。率领民众耕植收获，有稷有黍，有稻有秬（黑黍），领属这一方土地人民继禹根治水患之后，发展农事生产。

后稷的小子，实为大（泰）王（周文王父亲），居住在岐山前坡，实说已经开始歼灭商朝，至于文王武王，承继大王统绪，上天已达到了极限之地，于是在牧野地方，没有第二种选择或考虑，只有秉承天命，率领敦治商王朝的兵众，一举将殷纣灭掉，尽克其功。成王说："叔父（周公旦），请将你的长子伯禽，派到鲁国做诸侯去，大开你的庭宇，也是为周天下的辅佐。"

乃命鲁公（伯禽子僖公）使之在东方，赐给他一定的山川、土地和一些附属人员。周公的孙子，庄公之子搭着龙旗前往祭祀先人，六条辔缰顺柔以从，春秋四季都不懈怠，依时享祀不变，威仪美盛的后帝僖公皇祖后稷，享以赤黄色的骍牺之祭，这种飨祀最为适宜，降福既已很多，周公及先祖群公，也都降此洪福。

秋祭曰"尝"，夏祭叫"福衡"（即用一刻好的木方，凿穿儿孔，套在被宰杀的牲牛两只牛角上，以防其抵触神灵，名为福衡），白色的公牲，所以祭祀周公（因周公有王礼，不敢与文王武王同），鲁公用赤黄色骍牲，用制成牛形状的酒杯，不带毛烧烤的猪，有切成碎肉片的羹，用笾豆祭器盛装，放在小木桌上。随之跳起万舞，气氛震腾敬谨，孝孙们有庆，使你炽烈而昌盛，俾你们长寿永健，以保东方（鲁在东方）之安宁，不毁损崩坏，不震不腾，三寿作朋③，像山冈大陵那样磅礴牢固永恒。

鲁公的车上千辆，矛上拴有红缨，弓上捆着绿滕④，每个战士都有二支矛二张弓，以备坏折，徒步伍卒，三万人被甲胄，朱色绸子所拴结的缀饰，冬祭的队伍十分众多，戎狄为患，时刻装在心里，对于荆楚的惩罚，他们再也不敢承继，使你昌盛而繁炽，使你永寿且富。黄发（高寿毛发黄)台背(驼背),寿长者亦在待命为鲁公所用,使你昌而大,使你寿永而继,万又千岁,长眉有寿而永无侵害。

泰山巉岩高大,鲁国所能瞻望,领有龟蒙(龟不知指何山,蒙应是沂蒙山),遂至东边,濒临大海,淮夷前来归附投降,没有不跟从前来的。这是鲁侯之功。

我们境内有凫、绎二山,遂之接连徐国(今徐州一带),以至于海边,淮夷属于蛮貊一类的人,以至于南夷,没有不顺从的,没有不承诺的,全都顺从于鲁侯。

上天赐给鲁公以纯福,眉寿保鲁,当初曾居住在常和许田地方,[5]曾是鲁侯上朝宿住之处,后被诸侯侵夺。僖公有志,定能恢复周公当年所辖领的地界。鲁侯宴飨欣喜,令善之妻声姜,并长寿的母亲成风。大夫庶士都安和团结,国家的物资也充足富有。既多受福,黄发老人,竟生出了儿齿。

祖徕山的松树,新甫山的柏树,是伐倒还是丈量,是寻(八尺为寻)是尺,松木造成椽子很大很大,僖公新修筑的祖庙很是雄伟,这是为公子鱼——奚斯所建造,用以教属下功课章程的地方。既长且大,这是顺应万民所盼望的。

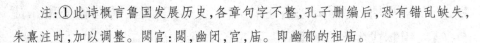
注:①此诗概言鲁国发展历史,各章句字不整,孔子删编后,恐有错乱缺失,朱熹注时,加以调整。閟宫:閟,幽闭,宫,庙。即幽郁的祖庙。

②姜嫄,炎帝神农氏之后,姓姜名嫄,高辛氏之世妃,首生后稷,尧聘为农师,率植百谷,民众受益。为周文王之先祖,后稷曾孙为公刘。

③三寿:朱熹不解何意。

④縢:音腾,裹腿一类的带子,用以束物。

⑤常:鲁国薛地之旁。许:许田,皆鲁地,被诸侯夺去。

商颂(五篇)

契是虞舜的司徒(户部长官),封于商,当时在亳(今安徽省亳州)后迁至今商丘,传十四世至汤,其后传至盘庚,迁都至殷(今河南省安阳市有殷墟),始曰殷朝,后至纣无道,为武王所灭,封其庶兄微子于宋,修其礼乐,以奉祀商之先祖,宋在今河南商丘。其后政衰,商之礼乐大多散失,七世至戴公时,大夫正考甫得商颂十二篇,归以祀其先王,至孔子删编《诗经》时,又丢弃七篇,残存者,多缺文疑义,不能强自收入,故《诗经》中仅收编商颂五篇,因此以说明之。

那① (一章)

猗与那与! 置我靴鼓。奏鼓简简,衎我烈祖。汤孙奏假,绥我思成。靴鼓渊渊,嘒嘒管声。既和且平,依我磬声。於赫汤孙! 穆穆厥声。

庸鼓有斁,万舞有奕。我有嘉客,亦不夷怿。自古在昔,先民有作。温恭朝夕,执事有恪,顾予烝尝,汤孙之将。

美啊，那么多人，鼓乐铿锵欣喜和乐，呈现祭牲，敬祀烈祖成汤。

主祭王孙，主持祭仪，安祝我们所敬祀的神明，鼓声咚咚，深远嘻嘻，是吹管发出清爽的谐声，既和且平，都依我的磬声为指挥，汤孙威仪显赫，声音悠扬而壮美。

九献之后，钟鼓变作，人们很有秩序地在庭间欢舞，所有的嘉宾，没有不悦于心的。

自古所行，不可忘却，先圣所传，不敢专擅，执事都要遵守固有的定格。

仅以此表示冬祭烝和秋祭尝的一点心意。汤先祖之宗孙奉上。

注：①此篇之意，类似前篇那，多之意，即众多之人。

烈祖①（一章）

嗟嗟烈祖！有秩斯祜。申锡无疆，及尔斯所。既载清酤，赉我思成。

亦有和羹，既戒既平。鬷格无言，时靡有争。绥我眉寿，黄耇无疆。

约軧错衡，八鸾鸧鸧。以假以享，我受命溥将。自天降康，丰年穰穰。

来假来飨，降福无疆。顾予烝尝，汤孙之将。

啊！烈祖成汤，他绵绵延传无穷之福，直申于无疆，就在他所居之处。

既备置了清酒,奉献了我们原先预想的祭品,还有调和好的羹汤,既已备置妥贴,便开始举行祭祀,庄敬静肃开始奏乐,既无滥言者,亦无争吵之声,慰安我们的眉寿前辈,也是黄耇老者之福。

助祭诸侯,乘车祭享于祖庙,马辔上八个鸾铃,叮铃作响,我受命既广大,天降福康,丰收年景,谷粮多多,祖考们齐来飨之,降福无疆。

仅以此表示冬祭(烝)和秋祭(尝)的一点心意。汤先祖之宗孙奉上。

注:①烈祖:指成汤。

玄鸟① (一章)

天命玄鸟,降而生商,宅殷土芒芒。古帝命武汤,正域彼四方。

方命厥后,奄有九有。商之先后,受命不殆,在武丁孙子。武丁孙子,武王靡不胜。

龙旂十乘,大糦是承。邦畿千里,维民所止,肇域彼四海。

四海来假,来假祁祁。景员维河。殷受命咸宜,百禄是何。

天命玄鸟,降而生商,居住在殷的土地上。地域宽广,上帝命令具有武德的成汤,辖域遍及于四方。

四方诸侯,无不从命,辖领九州之地,商之先人,受命不殆,故今武丁孙子,尤赖其福。

武丁孙子,犹承武王成汤之号,其武力无不取胜。诸侯们打着龙旗赶着十辆车,载着黍稷前来助祭。

邦畿千里,维民所止,天子直接管属辖域之内,不过千里,是民众止居的地方,而其封疆却极乎四海之广。

四海皆来交往,前来交往的人很多,幅员怎么样?殷(即商)受天命很合乎实际。百禄为其所负荷幸享。

注:①玄鸟:一鸟名。《史记》载:上古有一种鸟名玄鸟,春分则玄鸟降,有一个皇帝名叫高辛氏。他的妃子名叫有娀,生了个女儿名叫简狄,在郊外祈祷求子时,拾到一只玄鸟蛋吃了,随之怀揣有孕,生了一个男孩,取名契,其后世遂为有商氏即商王成汤之先祖。

长发①（七章）

浚哲维商,长发其祥。洪水芒芒,禹敷下土方。外大国是疆,幅陨既长。有娀方将,帝立子生商。

玄王桓拨,受小国是达,受大国是达。率履不越,遂视既发。相士烈烈,海外有截。

帝命不违,至于汤齐。汤降不迟,圣敬日跻。昭假迟迟,上帝是祗,帝命式于九围。

受小球大球,为下国缀旒,何天之休。不竞不絿,不刚不柔。敷政优优,百禄是遒。

受小共大共,为下国骏厖。何天之龙,敷奏其勇。不震不动,不戁不竦,百禄是总。

武王载旆,有虔秉钺。如火烈烈,则莫我敢曷。苞有三蘖,莫遂莫达。九有有截,韦顾既伐,昆吾夏桀。

昔在中叶,有震且业。允也天子,降予卿士。实维阿衡,实左右商王。

智慧深广的商,长久地发挥其吉祥,洪水茫茫,禹治洪水,奔走于四方,诸侯相距甚远,大国才是边疆,幅员既宽广,从有娀开始,皇帝高辛氏之女简狄生契,后为舜之司徒,他就是商之先祖,声明传于四方。

服玄鸟卵所生之契,堪称武治之王,受小国无所不达,受大国无所不达,行事循礼而不越,经他巡视处置的事,民众莫不应从。到了相士(契的孙子)时功业威势更加壮大,海外四方诸侯皆相归附。

商之先祖既有明德天命,未曾有违弃之处,至汤可谓极盛时期,汤降生虽不算晚,对其圣敬日升。以至昭明于天,维上天是敬。帝命布法于九州。

受小国大国之玉,小球大球皆天子所赉之镇圭(封诸侯之玉),为诸侯下国缀旒(垂旗),皆为天子所属,这岂不是天赐之美。办事既不争竞,又不舒缓,既不过刚,又不过柔,为政宽宏,百禄来聚。

受小贡大贡,是诸侯下国晋献的骏马,上天怎么那么受崇敬啊?敷予它以竭诚勇敢,不震不动,不恐不惧,百种福禄都将来聚。

武王成汤乘着镶有杂色旆旗的车,怀着一颗虔敬的心,手执斧钺,像一团烈火,气势莫之敢当。编席织履之苞草,旁生三蘖,既不能遂其愿,亦不能任他纵其恶,夏桀即是分蘖九权,也不能让其得逞,全都予以截除。韦和顾是夏桀的枝权爪牙,就算是夏桀的昆吾,也要一举将他歼灭。

昔在中叶之时,曾有过震惧和危殆(指成汤之前中衰时期),自从降生了成汤之后,可谓诚信的天子,同时又降生明哲的卿士伊尹。堪为佐时之阿衡(官名),实在是成汤之左右臂膀。

注:①此诗为商朝敬祭先祖庙祭之诗(禘祭)。长发:长久地发挥其吉祥之意。

殷武① (六章)

挞彼殷武,奋伐荆楚。深入其阻,裒荆之旅。有截其所,汤孙之绪。

维女荆楚,居国南乡。昔有成汤,自彼氐羌,莫敢不来享,莫敢不来王。曰商是常。

天命多辟,设都于禹之绩。岁事来辟,勿予祸适,稼穑匪解。

天命降监,下民有严。不僭不滥,不敢怠遑。命于下国,封建厥福。

商邑翼翼,四方之极。赫赫厥声,濯濯厥灵。寿考且宁,以保我后生。

陟彼景山,松伯丸丸。是断是迁,方斫是虔。松桷有梴,旅楹有闲,寝成孔安。

行事刚决果断的殷武(商汤之孙高宗),奋勇讨伐荆楚。贸然入其险阻之区,得其民众,尽收其地,皆汤孙高宗之功。(《易传》记载,高宗伐鬼方,三年克之,盖指此)

— 378 —

维你这荆楚,立国在南方。昔有成汤,从你们那里进入氐羌②,虽相隔甚远,然而莫敢不来朝贡者。都说这是商之定礼,况你们荆楚敢不来吗!

天命诸侯,各建都邑于禹所治之地,每年以时来至商都奏事,以求王之不谴,都说,我们对于耕稼农事不敢懈怠,每获丰收,庶乎也可以免生罪咎。

天命经常监察巡视,下民才知道威严庄肃,不敢怠惰或遑迫,天命其下国诸侯,大建其福(高宗中兴之时)。

商之城邑、王都,非常整饬有序,可谓四方之尖子,形势显盛,光华神美。高宗中兴之情境如此,百姓福寿康宁,保障了后世子孙之繁荣(高宗享国在位五十九年)。

登上那景山(商都之山),松柏树茂密参天,择伐良材移至一定方位,求其方正,截成很长的木椽,并截成方桷椽,或很长的梃檩闲然众多,构建成庞大威严的寝庙,百世不能动迁之庙,既成,祫而祭之。高宗之神大安。

注:①此为建成安祀高宗百世不迁之庙祫祭之诗。殷武:殷王高宗之武。
②氐羌:古为西戎之一部,在今甘肃境,即今之藏族。

附录:

姚译《诗经》读后记

范震威

　　《诗经》是一部两千五百多年前由孔夫子删定的我国古代的诗歌总集,其中既有当时诗人撰写的诗作(可惜没有留下作者的确切名字),也有由采诗的官员采风收集到的民歌。《诗经》中的诗,在春秋战国时已广泛地流传。孔子说:"诗三百,一言以蔽之,思无邪"(《论语·为政》),又曰,"不学诗,无以言。"(《论语·季氏》)由那时保留至今的《春秋》一书,就大量地记载了当时诸侯之间在国务活动中,频频引用《诗经》的诗句记录。在经历了秦火焚书后,《诗经》销声匿迹了一段时间,但是到了两汉时代被颠倒了的历史重新被颠倒过来。随着董仲舒等人对儒学的提倡,孔子被重新树立了起来,藏在民间的《诗经》重新进入社会的政治文化视野,不仅教授《诗经》的大家广为人知,连熟读《诗经》的学子也能被擢拔,进入官场,得到皇帝的重用。记述汉代社会历史活动的《汉书》,由班固撰写。《汉书》记录了上谏、诏书等的许多原文,恰巧我最近将《汉书》读了一遍,据粗略统计,在《汉书》的 100 卷中,仅《诗经》中的诗篇诗题,就被引用了 92 篇,187次(其他还引用了《论语》《孟子》《老子》《易经》等先秦文献),可见在西汉时代,不学诗,不会用诗,在社会上显然是吃不开的。大臣们上书要恰到好处地引用《诗经》中的诗句,以强调自己的观点,而皇帝们在当太子的时代,就熟读过《诗经》,所以引证之中与引证之外的诗的内涵也能读懂。由此,可知《诗经》是何等重要。

到了20世纪,西风东渐,批孔之风倏起,《诗经》逐渐边缘化,加上推行新学,以"人、手、力、口,马牛羊狗"为启蒙,《诗经》已退出童学课本,近年来虽有所恢复,也是局限的数篇而已,今人若想读懂《诗经》中的诗,谈何容易。——自东周时起,时间已经过去了两千多年,名物的称谓变化很大,当代人即使想读懂《诗经》,困难重重。因此,有识之士便应此中之急,专心致志地进行《诗经》的解读工作,乃将《诗经》中的诗作译成白话诗,其中既有局部译的,也有全译的,姚中嵋先生的这部译著属于后者,也属于民间学者的一次重要的攻关。反正,不管怎么说,《诗经》的翻译很难,姚先生为此付出了艰巨的努力,耗费了大量的心血,成果也是斐然的。

姚先生的译著需要细读,需咀嚼、细品方才能尝出其甘甜,大著给我印象深刻之处很多,比方说《豳风·七月》这篇,以往诸家的解读是:

"七月:夏历七月。火,古星名,又叫大火,心宿,阴历五月间黄昏时在中天,六月以后,渐偏西,……流火,即火星渐向西移动。"樊树云《诗经全译注》黑龙江人民出版社1986年版,第220页)

另一个译本说:

"流火:流,向下沉。火,星宿名,即心宿,又名大火。据记载,在周时大火六月黄昏出现在正南方,七月则开始西沉,天气开始变凉,故云七月流火。"(刘毓庆、李蹊译注《诗经》,中华书局,2011年版,第366页)。

比较这两种说法,基本相似,但事件的指陈又有异。这首诗属于《国风》中的《豳风》,记述的是陕西今彬县、郇邑之地民风(其篇幅之长,语言之优美,内涵之丰富,技巧之娴熟,亦可推知是一位杰出诗人的作品被流传于民间,也未可知)。

姚先生对"七月流火"的解读是,所谓"七月流火"实际上是七月这个夏末秋初的时节里,田野里有大量的萤火虫发光,萤火虫群飞起来,就是七月流火,姚先生告诉我,他的解读根据,一是田野考察,七月里中原地区萤火虫大量出现,是虫群纷飞的季节。姚先生把他的解读告诉我说的时候,我先是一惊,深思之后是一喜,惊的是他的解读前无古人,喜的是他的解读至少聊备一说,合理性很强。所以我认为他的"七月流火是萤火虫漫天纷飞如流动的火"这一解读是很有道理,也是很准确的。——沉吟这个解读,我想起在上世纪八十年代于《译林》上读到的一部日本获芥川龙之介奖的中篇小说《萤火河》(宫本辉著),其中对萤火虫在田野上纷飞如流火的美景,至今印象深刻。——但这能不能算是解读流火的一个注脚呢? 我不敢说,但从视觉效果上看却是颇为相似的。第二个证据是《七月》这首诗中,记述了许多草虫的活动,唯独没有"星象的印记"。诗中记有:五月斯螽(蝈蝈)动股(蹦跳);五月鸣蜩(蝉),六月莎鸡振翅(飞翔),七月亨葵及菽(蒸煮秋葵和豆子),八月剥枣,八月断壶(摘葫芦),九月叔苴(收麻籽),十月获稻,蟋蟀入我床下……都是一些自然生物活动的情景。

由是,在我看来,把"七月流火"解读为"萤火虫纷飞"是姚先生的一大发现,也是本书中的一个亮点。更为这首诗找到多接地气的一环。当然,火星西移说也不必废弃,两说并存可能更佳。

另《诗经·国风·邶风·谷风》中,有一句诗叫:"采葑采菲。"

关于"葑"有人将它解读为"萝卜"还有人将之解读为"大头菜"。姚先生认为,葑应为"芜菁",土名"不留克"……《诗经·国风·鄘风·桑中》,有一句诗叫:"爰采葑矣"。据有人解释,此诗中的"葑"与"谷风"中的"葑",不是一种植物,而姚先生认为是相同的,都应解为"芜菁"。芜菁这种植物生长广泛,我国北方各地都有。台湾学人潘富俊教授也认为"葑"就是"芜菁",蜀人称其为诸葛菜,据说诸葛亮屯兵时便让兵士们多种这种菜，因为这种菜，其苗、叶、茎、根全都可食。葑，在《唐风·采苓》中也有："采葑采葑，首阳之冬"。可见，葑——芜菁在东周甚至更早的时代，就已为国人所知，也为国人所食了。——有趣的是，笔者去年读瓦·沙拉莫夫的《科雷马故事集》，书中记述的生活在科雷马河流域劳改营中的前苏劳改犯人，饥饿的人曾在雪地中寻找芜菁吃（广西师大版，第502页），那个地方已经贴近北极圈了，是极寒地区，想不到葑——芜菁的生命力竟如此抗寒、顽强。

　　总之，姚中嵫先生的这部《诗经》翻译集，有他少年时代学于家大人的《诗经》童子功垫底，又有他数十年在我东疆北乌苏里田野、山林工作的生活积累，他的这部译著是很接地气，很可品懂的。

　　这也是我对姚先生这部书的推荐所在。当然，任何一部书都可能有其短长，对于读者而言（特别是专家）许多问题的见解又是仁者见仁，智者见智的，不过，多读有益，读后多思，仍是睿智积识的不二法门。若想学懂《诗经》，姚先生的译本，是一个助手。

　　八十八岁的姚中嵫先生，以米寿之年仍笔耕不辍，新著迭出，治学严谨，真让我钦佩不已。

　　"知我者谓我心忧，不知我者谓我何求？"（《诗经·国风·王风·黍离》）作为一位老年人的我，其忧虑很多，其中之一就是期盼《诗经》能在国人中普及。若想普及，能让人读懂是一个大前提，姚先生的这部译著，在一定程度上为《诗经》在今天的国人中普及作出了贡献。因此，在钦佩之余，我还应向他这位耄耋学者致敬。致敬的因由是这部译著可以对照品读，其实用性和收藏性俱佳。

2017 年 8 月 26 日晨于哈尔滨